LE CLAN DU CORBEAU BLANC

TOME 3 : L'ENFANT

ELFYDIL

LE CLAN DU CORBEAU BLANC

TOME 3 : L'ENFANT

ELFYDIL

La Terre des Anciens est un lieu dangereux,
attendez-vous à des événements pouvant
choquer certaines personnes.

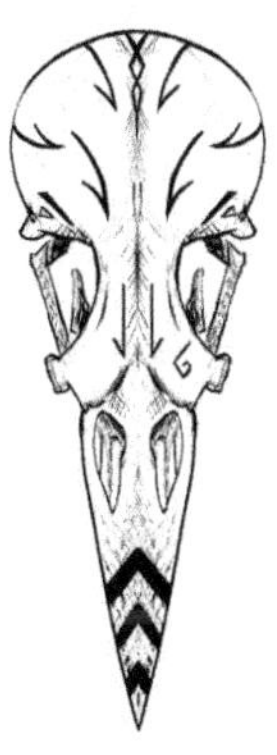

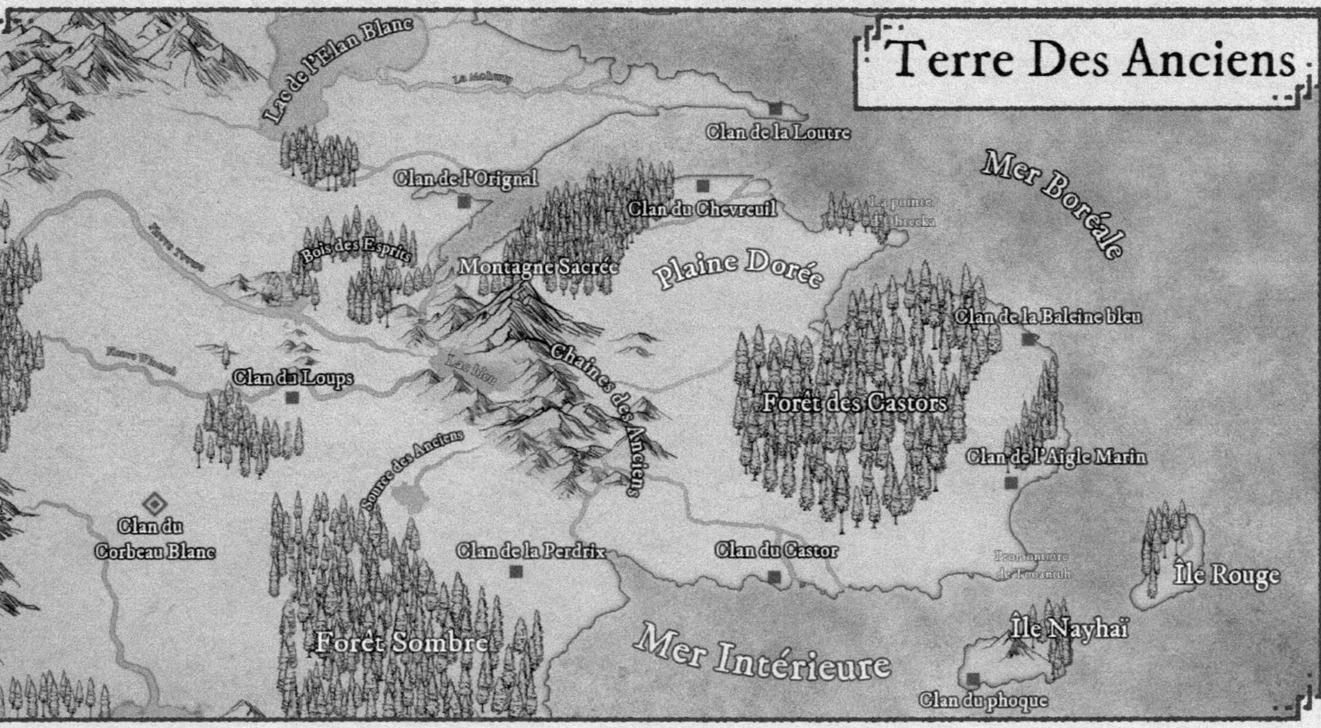

Terre Des Anciens
Lac de l'Élan Blanc
Clan de l'Orignal
Clan de la Loutre
Clan du Chevreuil
Mer Boréale
Bois des Esprits
Montagne Sacrée
Plaine Dorée
Clan de la Baleine bleu
Clan du Loups
Chaînes des Anciens
Forêt des Castors
Clan de l'Aigle Marin
Clan du Corbeau Blanc
Clan de la Perdrix
Clan du Castor
Île Rouge
Forêt Sombre
Mer Intérieure
Île Nayhaï
Clan du phoque

PROLOGUE

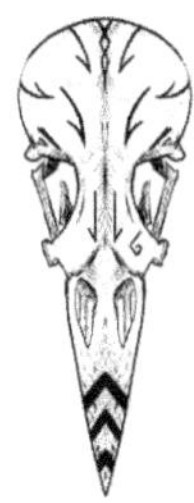

La nuit venait de tomber. C'était une nuit sans lune. Une nuit où le pouvoir des Anciens était le plus faible. Une nuit où il n'était pas bon de s'aventurer seul à l'extérieur.

Pourtant, au plus profond d'une forêt, dans les ténèbres d'une grotte dissimulée derrière un rideau végétal, un bruit lourd et cadencé s'éleva. Un rite avait lieu. Un rite sombre que même les Anciens ne pouvaient empêcher.

Au plus profond de cette grotte à ciel ouvert, les tambours battaient. Ils étaient accompagnés de voix de femmes de tout âge. Une pierre moussue, gravée de symboles géométriques issus d'un langage depuis longtemps oublié, illuminait le lieu d'une lueur verte démoniaque. Cette étrange lumière pulsait au rythme des tambours.

Dans cette pénombre morbide, une silhouette s'anima. Dissimulée sous un crâne de cerf agrémenté d'une fourrure noirâtre et de décorations d'os en tout genre, elle menait le rituel. Sa voix rauque laissait échapper des sons gutturaux auxquels répondaient les femmes composant l'assemblée.

Tendant un bras squelettique, la chamane dévoila un poignard. Présentant son autre bras, elle fit glisser la lame en os sur sa peau. Le nombre de cicatrices qui barraient ses tatouages indiquaient qu'elle n'en était pas à son coup d'essai, loin de là.

Un son de satisfaction s'échappa de ses lèvres tandis que l'arme mordait sa chair, libérant le précieux liquide qu'elle renfermait. Son offrande effectuée, elle se tourna vers une femme d'une vingtaine d'années agenouillée face à elle. Dos à la pierre, cette dernière avait le regard braqué au sol.

D'une pression sous le menton, la chamane lui releva la tête. De son autre main, elle essuya le sang de sa plaie qu'elle vint plaquer sur le visage maquillé de blanc de la jeune femme qui laissa l'impulsion du geste faire basculer sa tête en arrière. Ses yeux vitreux indiquaient qu'elle était à la limite de l'inconscience.

La chamane reprit son incantation. Psalmodiant des phrases dans cette langue gutturale et brutale que ses adeptes reprenaient avec ferveur. Puis, toujours à l'aide de son sang, elle dessina des symboles sur les joues, le front et les lèvres de celle qu'elle avait désignée pour devenir sa nouvelle apprentie. Du moins, si celle-ci survivait à cette épreuve.

Ses runes achevées, la chamane chuchota quelques mots à la jeune femme et se tourna face à ses adeptes qui l'observaient dans un silence de mort. Elle les survola du regard avant de reprendre une nouvelle fois son incantation. Des sons de plus en plus étranges sortaient de sa gorge.

Comme pour répondre à son appel, la pierre, qui avait perdu de son éclat lorsque les tambours s'étaient tus, s'illumina de plus belle, pulsant frénétiquement. Des filins noirs s'en échappèrent et vinrent s'enrouler autour des bras et du cou de l'apprentie qui fut violemment plaquée contre la surface moussue de la roche gravée. La chamane leva les mains au ciel.

Elle s'immobilisa telle une statue de chair le temps d'un battement de cœur. Puis, la chamane s'anima de nouveau. Elle posa sa paume sur la poitrine de la suppliciée dont les yeux s'embrasèrent de flammes vertes. Comme éveillée en plein cauchemar, la femme poussa un hurlement de terreur, mais aussi de douleur. Les yeux clos, la chamane laissait le pouvoir de son maître se déverser dans le corps de sa pauvre victime.

La femme se cambra subitement tandis que les tambours s'intensifiaient. Ses entraves noires se resserrèrent pour qu'elle reste en place. La main toujours sur la poitrine de la martyre, la chamane ouvrit brusquement les yeux. Son regard incandescent semblait inhumain.

Dans un mouvement ample, elle brandit son poignard. De nouveau, elle suspendit son geste, laissant son assistance se délecter du moment. Puis, elle marmonna quelques mots, se remit en mouvement et planta la pointe de la lame dans la peau de sa future apprentie.

Lentement et avec application, elle la fit glisser sur son front, ses joues, gravant des lignes courbes à même sa chair, mêlant son sang à celui de la jeune femme qui, à présent en transe, ne laissait plus échapper aucun son.

Son travail achevé, la chamane reposa son arme avec délicatesse, comme si elle était faite de glace. Elle recula d'un pas et se tourna de nouveau vers son auditoire en écartant les bras.

Derrière elle, le corps de la femme commença à vibrer avant de s'élever au-dessus du sol. Tel un être de cauchemar, deux points verdâtres illuminèrent les ténèbres, fixant l'assemblée d'un sinistre regard. Des bois, constitués de fumerolles noires, ornaient cette grossière tête suspendue dans le vide.

Relevant les bras, la chamane accompagna l'élévation du wendigo. Elle ferma les yeux. Dans une bourrasque de flammes, le pouvoir du démon l'entoura à son tour comme s'il cherchait à prendre possession d'elle.

Puis, dans un souffle, la manifestation s'écroula, emmenant au sol la chamane et son apprentie. Cette dernière roula sur le côté. Elle remua faiblement en laissant échapper une plainte étouffée.

La chamane l'ignora, son visage tout à coup habité d'une étrange joie. Un murmure s'éleva de ses lèvres tatouées :

– Te voilà enfin...

PARTIE 1

CHAPITRE 1

Le soleil était déjà haut dans le ciel quand Nokomis sortit de sa hutte. Arc en main, elle était prête à partir en chasse. Cinq étés avaient passé depuis qu'Eyrún et les siens avaient quitté la Terre des Anciens.

Depuis leur séparation, la cheffe iseldmenn était revenue trois fois. Outre le fait de revoir celles qu'elle considérait à présent comme ses plus proches alliées et amies, la naissance de Ranfri, fille de Chilali et d'Agnar, avait également motivé ses visites.

C'est ainsi que, deux hivers plus tôt, elle resta une saison complète au clan du corbeau blanc afin de passer du temps avec sa seule famille encore de ce monde. Du moins, si l'on ignorait les quelques rumeurs affirmant que sa sœur était toujours en vie. Malheureusement, ce fut l'unique visite prolongée qu'Eyrún s'accorda, les affaires de son propre clan, désormais sous son commandement, l'obligeant à laisser ces longs voyages aux émissaires iseldmenns. Nokomis ne lui en tenait pas rigueur, bien qu'elle aurait apprécié revoir son amie plus souvent.

– Nokoooo !

Le cri enfantin la sortit de ses réflexions. Un sourire apparut sur son visage quand elle aperçut la petite bouille ronde courir vers elle. La fillette se colla contre ses jambes, les entourant de ses bras avec force.

— Tu sais qu'on s'est vues hier ? rit Nokomis en lui ébouriffant les cheveux.

Ranfri retira sa main en riant à son tour, puis leva son regard gris vers elle. La fillette avait beaucoup pris de son père, que ce soit pour la couleur de ses yeux ou de ses cheveux, mais aussi son physique bien plus carré que celui des autres enfants du village. Les seuls traits qu'elle avait hérités de Chilali étaient la forme de ses yeux, légèrement en amande, et ce regard curieux qu'elle portait sur le moindre élément du monde qui l'entourait.

— Je peux venir ? demanda Ranfri après avoir remarqué l'arc de Nokomis.

Cette requête amusa Chilali qui arrivait à son tour, tout autant équipée que Nokomis.

— Tu vas rester avec Ayana, dit-elle en s'approchant de sa fille.

Ranfri ne semblait pas de son avis : elle voulait les accompagner !

— Je suis grande, déclara-t-elle en bombant le torse. Tokela, il a le droit, lui.

— Je ne pense pas que Paytah autorise Tokela à venir avec lui, rit Nokomis en s'accroupissant. Avant de partir chasser, il faut savoir tirer à l'arc. Je te montrerai quand tes bras seront un peu plus forts, d'accord ?

Ranfri lui adressa une moue dubitative.

— Ayana t'a préparé une surprise, ajouta Nokomis en baissant la voix comme si elle lui confiait un secret.

— C'est quoi ?

— Si je te le dis, ce ne sera plus une surprise ! Et Ayana sera déçue !

— Ah ?

Ranfri lança un regard à sa mère comme si elle cherchait une aide pour soutirer des informations. Cette dernière lui sourit :

— Je pense que tu ferais mieux d'aller voir Ayana pour en savoir plus. Regarde, Ciqala t'attend déjà.

En effet, la renarde était assise sur le pas de la porte.

Elle piétinait et jappait d'impatience, heureuse de retrouver sa camarade de jeu pour la journée.

— On rentre vite, ajouta Chilali en déposant un baiser dans les cheveux de sa fille.

Ranfri passa ses bras autour de son cou pour la retenir.

— Tu peux ramener des... ?

Elle marmonna un mot que Nokomis ne comprit pas.

— Si j'en trouve, je t'en ramène, promit Chilali. Allez file !

Comme si cette promesse était la meilleure que sa mère pouvait lui faire, Ranfri la serra fort et l'embrassa sur la joue avant de détaler vers la hutte de Nokomis et d'Ayana. Chilali la regarda disparaître derrière la peau de bête en souriant.

— On doit lui ramener quoi ? s'enquit Nokomis.

— Des myrtilles. Depuis que tu lui en as rapporté la dernière fois, elle en réclame tous les jours ! Heureusement qu'on n'en a pas au village, elle serait capable de s'empiffrer à s'en rendre malade !

— Mais elle en a déjà mangé avant !

— Je ne cherche plus trop sa logique, tu sais.

Son air faussement désespéré amusa Nokomis qui passa son bras autour de ses épaules.

— Arrête de te plaindre, t'es pas tombée sur la pire, la charria-t-elle. Même si elle tient pas mal de toi, c'est vrai.

Chilali la repoussa en riant :

— C'est ça, moque-toi. Bon, on y va ou on remet cette chasse à demain ?

***

Il fallut peu de temps à Chilali et Nokomis pour trouver la trace de leur proie : un wapiti qu'Asha les avait aidées à localiser par les airs. L'animal, encore loin, se déplaçait beaucoup et vite. Le duo accéléra la cadence pour ne pas le perdre, tout en restant discret et silencieux.

Si les Anciens leur permettaient d'attraper un ou deux lièvres en plus, elles leur en seraient reconnaissantes ; cette session de chasse ayant pour but de refaire le plein de viande du village afin d'entamer sereinement la saison automnale qui approchait à grands pas.

En plus de cette mission donnée par Paytah, Nokomis et Chilali profitaient de ces sorties loin du village pour entraîner leurs sens, mais surtout leur andiiyoh'aako. En effet, l'entité maudite vivant au cœur de l'énergie de Nokomis était désormais partagée entre leurs deux esprits, leur permettant ainsi d'être connectées en permanence.

Cela faisait déjà cinq étés qu'elles étaient aussi profondément liées et à aucun moment les amies n'avaient pensé à réduire ou supprimer ce lien, bien que la paix soit dorénavant pleinement installée sur la Terre des Anciens. À présent, elles s'en servaient uniquement quand elles chassaient. Cela leur offrait la possibilité de se retrouver, de sentir l'âme de l'autre comme s'il s'agissait de la leur. Durant leurs chasses, il arrivait même qu'elles s'accordent de libérer leur démon, mais toujours dans l'optique de localiser une proie récalcitrante.

C'est ce qu'elles firent ce jour-là alors que le wapiti les faisait tourner en rond depuis trop longtemps maintenant. Nokomis ferma les yeux et laissa l'énergie de son andiiyoh'aako l'envahir, ouvrant son esprit à Chilali afin qu'elle profite de l'augmentation des sens que lui octroyait ce pouvoir.

À peine Chilali fut-elle en contact avec l'âme de son amie qu'elle se figea. Ce n'était pas une de ses propres réactions, mais une de Nokomis, elle le savait. Bien qu'habituée à ces sensations partagées, cela n'en demeurait pas moins toujours aussi particulier et déroutant.

– *Tu as entendu ?*

La voix de Nokomis résonna clairement dans son esprit. Elle lui répondit d'un hochement de tête. Oui, elle avait entendu : un grondement suivi d'un cri.

Nokomis tourna les yeux et fixa un point au loin. Elle resta immobile un instant, sondant la moindre pulsation de la forêt, puis elle s'élança, Chilali sur les talons. Asha s'éleva dans les airs afin de surveiller leur course effrénée.

Un second cri résonna entre les arbres, cette fois parfaitement audible pour un humain normal.

En quelques foulées, le duo se retrouva dans une petite clairière traversée par un cours d'eau. Sur sa rive, un homme et un loup en prise avec un ours au pied duquel gisait le corps d'un homme dont le visage avait été arraché. Non loin de lui se trouvait la carcasse de ce qui semblait être un lièvre ou un lapin. Du moins à l'origine, car on ne discernait à présent qu'un tas de fourrure sanguinolent rendant impossible son identification exacte.

Grondant de rage, l'ours se leva sur ses pattes arrière, surpassant de près d'une demi-taille son adversaire humain qui, armé d'une lance, tentait désespérément de le tenir à distance. Son loup esquiva un coup de griffes et sauta à la gorge de leur ennemi commun.

Nokomis décocha une flèche au même moment. Le projectile se ficha dans le cou de l'ours sans pour autant le déranger plus que ça. Chilali l'imita sans plus de résultat.

Dans une nouvelle tentative de l'abattre, l'ours faucha le loup qui, dans un couinement, fut projeté au loin. Se retournant, il attrapa le bras de l'homme, qui suivit le même chemin que son totem, dévoilant de ce fait ce qu'il défendait : une vieille femme recroquevillée contre un rocher. Elle protégeait quelque chose ou quelqu'un. Son défenseur perdu, elle était au bord de la panique. Nokomis serra les poings. Il fallait intervenir. Et vite !

Elle libéra une salve de pouvoir afin d'augmenter ses réflexes, mais également ceux de Chilali, puis s'élança vers l'ours qui achevait de réduire en charpie sa pauvre victime.

– Asha ! s'écria Chilali, ayant suivi les pensées de Nokomis aussi clairement que s'il s'agissait des siennes.

L'oiseau comprit immédiatement ce qu'il devait faire et fondit vers la tête de l'ours.

Profitant de la diversion offerte par Asha, Nokomis contourna l'ours tandis que Chilali se positionnait entre la vieille femme et la bête. Arc tendu, elle visa les parties les plus fines de la peau de l'animal et décocha sa flèche.

L'ours se plia sous le projectile parfaitement placé, mais aussi sous le poids de Nokomis qui avait bondi sur son dos. Sans attendre, cette dernière lui planta son poignard dans l'œil.

L'animal l'envoya au sol en hurlant de douleur. Chilali siffla un coup bref. Asha y répondit par un cri strident et prit de la hauteur, laissant la voie libre à son humaine pour qu'elle décoche sa flèche, qui perfora le second œil de leur adversaire.

Bien qu'aveugle, l'ours n'en demeurait pas moins dangereux. Battant des pattes dans tous les sens, il tentait avec peine de repousser ses ennemis, bien trop agiles pour lui. Nokomis profita de sa confusion pour lui planter son second poignard sous la mâchoire. Elle l'acheva d'un coup de griffes en plein cœur dans un mouvement bien trop rapide pour qu'un humain lambda puisse le suivre.

L'ours vacilla sous la force du choc, puis il s'écroula sur elle.

Nokomis le soutint à bout de bras avant de le faire rouler sur le sol sous le regard terrifié de la vieille femme. Ces griffes ! Ces yeux incandescents ! Avait-elle rêvé ?

Anticipant une réaction de panique de sa part, Nokomis se hâta de couper son pouvoir et se tourna face à elle, les mains en l'air, afin de lui montrer qu'elle ne lui ferait aucun mal. Couverte de sang de la tête aux pieds et venant de terrasser un ours à l'aide de simples poignards – et de manifestations quelque peu démoniaques –, elle se doutait qu'il y avait plus rassurant comme première rencontre.

– Nous ne vous voulons aucun mal, dit Chilali, décidée à prendre les devants de la conversation.

Elle s'accroupit afin d'être à la même hauteur que le regard de la vieille femme et remarqua qu'elle était blessée à la jambe. À peine eut-elle entamé un geste dans sa direction qu'un lièvre lui sauta dessus, la menaçant de ses pattes avant.

– Doucement, Wubo, l'arrêta la vieille femme.

Intercepté par le faible bras de son humaine, le lièvre recula, mais resta aux aguets. Dans son mouvement, la vieille femme fit glisser le châle qui la recouvrait, dévoilant une petite fille terrifiée. Ses yeux d'un vert lumineux déstabilisèrent un instant Chilali, trop habituée à associer cette couleur à des êtres démoniaques. Elle se ressaisit. Depuis la visite des

Iseldmenns, cette pigmentation était devenue bien plus courante au sein de leur peuple.

– Comment vous appelez-vous ? lui demanda Chilali.

– Yobatu, souffla la femme dont les yeux suivaient les allées et venues de Nokomis, un air étrange sur le visage.

De la peur ? Du respect ? Chilali ne savait quoi en dire. Elle observa de nouveau la fillette. Elle devait avoir dans les six ans, soit un an de plus que Ranfri. La petite se cramponnait fermement à celle qui devez être sa grand-mère.

– Et voici Nohyandi, ajouta cette dernière en suivant le regard de Chilali.

– Laissez-nous vous aider, proposa Nokomis en revenant vers elle. Nous allons vous ramener chez nous.

Elle avait mis un moment à retrouver toutes ses capacités « civilisées », d'où son éloignement. Quand elle s'approcha, ses yeux se posèrent également sur Nohyandi. Leurs regards se croisèrent un court instant. Nokomis y lut une profonde peur. La petite ne lâcherait pas Yobatu. Pas tant qu'elle ne serait pas rassurée.

Nokomis s'accroupit et lui sourit :

– Si tu veux bien venir, évidemment.

Au son de sa voix, Nohyandi se détendit. Mais elle restait toujours fermement accrochée à la vieille femme. Nokomis tourna les yeux vers Yobatu qui regardait Chilali observer le carnage laissé par l'ours. Elle avait l'air tout aussi choquée que Nohyandi.

– Vous pouvez marcher ? lui demanda Nokomis.

Comme surprise en train de voler, la vieille femme sursauta. Réalisant que sa présence ne la rassurait pas, Nokomis recula pour rejoindre Chilali.

– Elle a vu mes yeux et mes griffes. Je ne sais pas si elle va accepter de nous suivre, lui souffla-t-elle.

– On ne peut pas la laisser là, répliqua Chilali en tournant la tête vers la vieille femme qui ne les quittait pas des yeux.

– Elle est encore en état de choc. Attendons un peu et occupons-nous d'eux, ajouta-t-elle en indiquant les cadavres du menton.

À voir l'état des corps des deux hommes et de leurs totems respectifs, le combat avait été particulièrement violent.

En observant les alentours avec plus d'attention, Nokomis et Chilali vinrent à la conclusion que l'ours, sans doute affamé, avait attaqué le campement. Accompagné d'une fillette et d'une vieille femme, il était logique que le groupe se soit arrêté aussi tôt dans la journée encore plus s'ils venaient de loin. Du clan du chevreuil, à en croire le tatouage de l'homme au loup.

– C'étaient mes deux fils, murmura Yobatu.

Chilali se tourna vers elle.

– Nous allons leur offrir une vraie sépulture pour que leur âme trouve leur chemin vers les Anciens.

Elle profita que Yobatu coopère pour obtenir des informations sur les défunts afin de préparer au mieux le rituel. Bien que nécessaire pour le repos de leur âme, celui-ci serait expéditif. En effet, elles ne pouvaient pas se permettre de rester plus longtemps ici. Le soleil allait bientôt se coucher et il faudrait les ramener au clan avant que la nuit ne s'installe sur la forêt.

Yobatu avait fini par accepter de les suivre. Chilali dut la soutenir seule sur la totalité du chemin, la vieille femme refusant catégoriquement que Nokomis la touche. Cette dernière parvint à calmer Nohyandi sans trop de difficulté et, avec l'accord de Yobatu, elle la soulagea du poids de celle qui s'avérait effectivement être sa petite-fille.

Encore choquée, Nohyandi se cramponna à sa nouvelle attache comme si sa vie en dépendait. Contre toute attente, le contact de Nokomis l'apaisa. Épuisée par tant d'émotion, Nohyandi finit même par s'endormir dans ses bras.

La petite dormait toujours paisiblement contre elle quand le groupe atteint le village. Ayana prépara sans attendre de quoi s'occuper des plaies de Yobatu, tandis que Nokomis allongeait Nohyandi sur leur paillasse. Son fardeau déposé, elle la regarda dormir un moment. Il n'en fallut pas moins pour assombrir ses traits.

Nohyandi avait réveillé en elle le douloureux souvenir d'Eïka, sa fille qu'elle n'avait vue que quelques minutes. Malgré cela, elle n'avait jamais cessé de penser à elle. Au fait qu'Ohanzee l'avait arrachée à elle pour on ne sait quel destin morbide. Elle espérait toujours qu'elle soit en sécurité. Qu'elle soit encore en vie. Quelque part.

Durant ces dernières années, elle n'avait pas renoncé à tenter de la localiser. Sachant qu'il aurait été inconscient de quitter le clan pour retourner la Terre des Anciens à sa recherche, Nokomis avait donc projeté son pouvoir. Aussi loin qu'elle l'avait pu. Et, bien qu'elle garde espoir de la revoir un jour, plus le temps passait, plus Nokomis se disait qu'Eïka était sans doute morte. Emportée par la puissance colossale que son père avait déversée en elle ou tout simplement par une maladie quelconque.

Ayana, qui venait de terminer le soin de Yobatu, la rejoignit.

– Elle doit avoir le même âge qu'Eïka, souffla Nokomis.

– Ne te fais pas du mal comme ça, dit Ayana en glissant ses bras autour de sa taille.

Elle déposa un baiser sur sa nuque et l'attira avec elle afin de laisser la petite dormir.

CHAPITRE 2

Lorsque Nokomis s'éveilla, le lendemain matin, elle sentit une masse chaude contre son ventre. En baissant les yeux, elle découvrit Nohyandi blottie contre elle. La fillette était parfaitement réveillée, mais ne semblait pas savoir où elle était. Elle s'était donc naturellement tournée vers la seule personne qui l'avait rassurée la veille. Nokomis trouva étonnant qu'elle ne soit pas plutôt allée rejoindre sa grand-mère.

— Je n'ai pas osé te réveiller, dit Ayana lorsque Nokomis se redressa. Elle n'a pas voulu te quitter quand je me suis levée et lui ai proposé de manger.

Préoccupée par l'état de Yobatu, Ayana avait dû se lever aux aurores afin de s'assurer que la vieille femme se portait bien. Malheureusement, les nouvelles n'étaient pas bonnes. Malgré les soins prodigués, les plaies de Yobatu commençaient déjà à s'infecter. Nokomis nota le teint cireux de la vieille femme et lança un regard à Ayana qui lui répondit d'un air soucieux.

— On dirait qu'elle t'a adoptée, remarqua Yobatu d'une voix faible à l'adresse de Nokomis.

— Yobatu, vous ne devriez pas parler, intervint Ayana en revenant vers elle avec un linge humide.

— Tu ressembles tellement à sa mère, continua la vieille femme, ignorant la recommandation de la guérisseuse. Les tatouages en plus.

Elle fit signe à Nokomis d'approcher. Cette dernière s'exécuta, suivie de près par Nohyandi qui adressa un regard apeuré à Ayana. À leur passage, Ciqala avança son museau en quête de caresses. Elle se ravisa en voyant la fillette se crisper.

Yobatu tendit la main vers elle.

– Tu n'as pas à avoir peur, ma chérie. Ayana est très gentille. Regarde, elle a même préparé les galettes que tu préfères.

Elle indiqua faiblement le récipient en terre cuite où refroidissaient les petits pains de maïs. Nohyandi suivit son geste des yeux et posa une main sur son ventre, réalisant certainement qu'elle avait faim. Ayana récupéra le plat et le lui apporta afin qu'elle se serve. Retenant un nouveau mouvement de recul, Nohyandi observa les galettes avec attention. Puis, elle en attrapa une et commença à manger en silence.

– J'espère qu'elle s'en remettra, soupira Yobatu.

Elle se réintéressa à Nokomis.

– C'est bien toi la femme démon ?

– Je n'aime pas ce nom, répondit brusquement Nokomis.

Elle se radoucit en réalisant que son ton ne rassurait pas Nohyandi.

– Mais oui, en effet, c'est bien moi. Désolée si je vous ai effrayées hier.

La vieille femme sourit :

– Tu ne m'as pas effrayée. En tout cas, pas autant que cet ours...

Elle lança un coup d'œil vers Nohyandi qui se resservait avec un peu plus de gourmandise et soupira :

– Il faut qu'elle retrouve sa mère.

– Vous ne savez pas où elle est ? s'étonna Nokomis.

– Si, si... Elle nous attends à notre clan. Mon fils, le père de Nohyandi, devait l'emmener voir un chaman plus au nord. Tu as dû le remarquer, mais Nohyandi est une petite bien étrange.

Tout en disant cela, elle couvrait la fillette d'un regard

à la fois triste et aimant.

– Nous vous escorterons jusqu'à chez vous quand votre santé le permettra, lui proposa Nokomis.

Yobatu secoua la tête.

– Les Anciens vont me rappeler, je le sens. J'aimerais que tu t'en charges.

– Ayana va vous soigner, je ne peux pas...

– Tu es la seule que ma petite-fille accepte. En temps normal, elle a un comportement tout à fait différent en présence d'étrangers. Si je ne dois pas revoir les miens, je voudrais que tu me promettes de la ramener à sa mère. Au clan du renard.

Nokomis tourna les yeux vers Ayana. Son expression ne la rassura pas quant aux chances de survie de Yobatu.

– Je vais en parler à notre chef, déclara-t-elle. Je reviens vers vous dès que j'aurai une réponse de sa part. En attendant, reposez-vous. Je suis persuadée que les Anciens vous accorderont de revoir votre village et les vôtres.

Elle lui serra doucement la main et se releva.

– Je ne lui donne pas deux jours, lui souffla Ayana.

Nokomis regarda un instant Nohyandi qui s'était enfin décidée à approcher de Ciqala. La renarde se laissa caresser calmement pour ne pas effrayer sa nouvelle amie.

– Occupe-toi d'elle au mieux dans ce cas. Je vais voir Chilali et essayer de changer les idées de Nohyandi.

En entendant son nom, la fillette tourna la tête vers elle. Ses yeux verts éveillèrent une sensation étrange dans les énergies de Nokomis. Elle n'eut pas le temps de mettre une explication sur ce léger malaise que Nohyandi la rejoignait déjà.

Nokomis s'accroupit pour être à sa hauteur.

– Je vais te présenter quelqu'un. Je suis sûre que vous allez bien vous entendre toutes les deux.

***

– Alors comme ça, elle viendrait du clan du renard ? demanda Chilali.

— Apparemment. Sa mère l'y attendrait.

— Ce nom de clan ne me dit rien.

— Moi non plus. D'après Yobatu, le village se trouverait au sud. Il doit être de l'autre côté de la forêt sombre. Enfin, j'imagine.

— Tu crois que cette forêt à une fin ?

En effet, la forêt située au sud-est du clan du corbeau blanc était immense. Bien trop vaste et dense pour que ses membres ne prennent le risque de la traverser. Certains avaient essayé, mais à part des arbres et un terrain escarpé, elle n'offrait rien de très intéressant.

— Elle a une fin, oui, rit Nokomis. Il nous faudrait un peu plus d'informations pour trouver le village par contre.

Elle regarda Ranfri jouer avec Nohyandi. Comme elle l'avait espéré, la fille de Chilali s'avérait très attentive à ce que sa nouvelle amie se sente bien, allant même jusqu'à éloigner leurs camarades trop curieux ou turbulents.

— Ran ! Doucement ! s'exclama d'un coup Chilali en voyant sa fille lancer une pierre à un autre enfant.

— Il se moque de Nohyandi ! répliqua la petite.

— C'est pas une raison !

— La digne fille de sa mère, pouffa Nokomis. Toujours à protéger les autres.

— C'est ça, fait la maligne... On se demande de qui elle s'inspire parfois.

Chilali se leva en lui adressant un air taquin et rejoignit sa fille qui râlait sur le fait qu'elle trouvait la situation injuste.

— Il se moque de Nohyandi parce qu'elle parle pas ! se justifia Ranfri à l'approche de sa mère. C'est pas bien !

— Non, c'est pas bien. Mais lancer des pierres non plus ! Il y a d'autres façons de s'expliquer.

— Je suis sûre que Noko, elle serait d'accord, elle !

Chilali lança un regard à son amie en tentant de cacher au mieux le sourire qui voulait apparaître sur son visage.

— Eh ! J'ai jamais lancé de cailloux à personne, moi ! s'exclama Nokomis, faussement outrée de l'accusation de Ranfri.

Elle se leva et la rejoignit.

— Ignore-les, c'est le mieux à faire, ajouta-t-elle.

Ranfri ne paraissait pas de cet avis.

— Pas de cailloux, reprit Nokomis en mimant les gros yeux.

— D'accoooord, soupira Ranfri. Eh, vous avez vu ce qu'on a fait avec Nohyandi ?

Elle attrapa la main de Chilali et la traîna à sa suite pour lui montrer tout un tas de cailloux et de brindilles qui avaient visiblement tous une fonction bien précise. Nohyandi la regarda en silence. Elle était toujours sur ses gardes et surveillait de loin les autres enfants. Malgré sa méfiance envers ses camarades, elle paraissait bien en présence de Ranfri, ce qui était une bonne chose. Tout à coup, elle tourna les yeux en direction de Nokomis et fixa un point derrière elle.

— Tout se passe bien avec ta petite protégée ?

Nokomis se releva pour faire face à sa mère.

— On fait au mieux. Elle est encore méfiante.

— Pas avec toi apparemment, sourit Aquene en baissant les yeux.

Elle regarda un instant Nohyandi qui l'observait, cachée derrière les jambes de Nokomis. Un léger froncement de sourcils rida le front de la chamane.

— Son père est iseldmenn ?

— Sa mère, je dirais. Ou alors l'homme que nous avons vu n'était que son père adoptif. Ça pose un problème ?

Elle savait que sa mère avait une profonde rancœur avec leurs nouveaux alliés. De par leurs actes à travers la Terre des Anciens, mais surtout pour ce que leur chef avait fait subir à sa fille.

— Du tout, répondit Aquene. Elle n'y est pour rien dans ce qu'ils ont fait.

Elle s'accroupit :

— Tu as hérité de magnifiques yeux en tout cas.

Elle lui sourit chaleureusement. Le compliment parut faire son effet, car Nohyandi lui rendit son sourire en se cachant toujours derrière les jambes de Nokomis, ce qui amusa cette dernière. Malgré sa méfiance, elle était heureuse de la voir se détendre un peu.

— Paytah réunit le conseil, reprit Aquene en se relevant avec l'aide de Chilali. Il faudrait se mettre d'accord sur ce qu'il adviendra de cette petite si sa grand-mère ne survit pas.

***

Le conseil réuni, la demande de Yobatu fut exposée. Contrairement à ce qu'aurait cru Nokomis, Paytah n'approuvait pas l'idée de la laisser partir.

— Ayana ne lui donne pas deux jours et il faut que cette petite retrouve sa mère ! avança Nokomis face à la moue dubitative de son chef.

Elle était prête à prendre Nohyandi sous son aile. Le temps qu'il faudrait ! Mais ce n'était en aucun cas son rôle de l'élever.

— Nous avons besoin de toi ici, rétorqua Paytah. N'importe qui pourrait s'en charger. Pourquoi toi ?

— Paytah, intervint Aquene. J'ai vu la petite. Il est clair qu'il sera difficile de la faire suivre un groupe de guerriers. Elle ne fait confiance qu'à Nokomis.

Paytah lança un regard agacé à sa chamane. Il passa une main sur son menton en interrogeant silencieusement les autres participants. Certains prenaient le parti d'Aquene, d'autres avançaient que s'aventurer dans la forêt sombre était bien trop dangereux, surtout avec une enfant.

— Personne n'a dit qu'il y aurait besoin de traverser la forêt ! réagit Nokomis quand ce fait fut énoncé. Et même si c'était le cas, cette forêt ne m'effraie pas. Je suis allée bien plus loin que ces bois ces dernières années.

— Cette forêt est hantée, Nokomis !

— Ces histoires remontent à plusieurs centaines d'années. Notre clan n'existait même pas. Ce sont des légendes !

— Je te trouve bien mal placée pour rire des mythes, rétorqua Paytah.

— Je ne dis pas que ces légendes sont infondées. Juste qu'il n'y a eu aucune nouvelle histoire relatant un quelconque esprit depuis au moins dix générations !

33

Paytah se leva d'un bond.

— Tu ne peux pas risquer ta vie pour une enfant ! trancha-t-il.

Il comprit à l'instant même qu'il avait dit le mot de trop. Tous savaient à quel point la disparition de sa fille avait marqué Nokomis. Que si le moindre espoir de la revoir vivante se présentait, elle le saisirait.

— Je n'ai pas besoin de votre accord, cracha-t-elle. Et je ne laisserai pas une autre mère s'inquiéter du sort de sa fille.

Elle ne prit pas la peine d'écouter la réponse de son chef qu'elle tournait déjà les talons. Comme à chaque fois qu'une décision de quitter le clan se présentait, Paytah le lui interdisait. C'en était presque ironique quand on savait qu'à l'origine, c'était lui qui l'avait fait bannir, jurant de la tuer si elle revenait au clan.

— Ça s'est mal passé ? s'inquiéta Chilali en la voyant revenir.

— Paytah refuse que je ramène Nohyandi chez elle.

— Il l'accepte dans le clan ?

— Même pas, répondit Nokomis en lâchant un rire bref. Il veut que quelqu'un d'autre s'en charge.

— Je vois... Cette histoire ne m'enchante évidemment pas, mais tu es de loin la mieux placée pour la ramener rapidement et en sécurité. Ohanzee n'est plus là et au vu de ta réputation, je ne pense pas qu'un autre wendigo ne cherchera à te nuire.

Elle se leva.

— Tu vas où ?

— Convaincre Paytah.

CHAPITRE 3

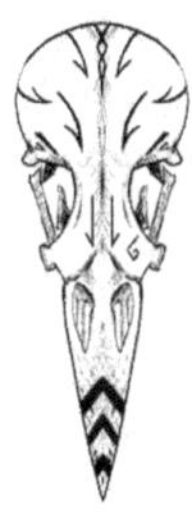

Chilali resta un long moment dans la hutte du conseil. Quand enfin elle revint, un sourire illuminait son visage.

– Ça n'a pas été facile, mais il a fini par céder.

– J'imagine qu'il y a une condition ? présuma Nokomis.

– Il ne veut pas que tu y ailles seule. Je t'avouerai que moi non plus. Même s'il y a peu de choses susceptibles de te tenir tête, je serais plus rassurée en t'accompagnant.

– Doucement ! Pourquoi toi ? Qui s'occupera de Ranfri ? N'importe quel guerrier pourrait venir avec moi.

– Parce que je sais dans quel pétrin tu es capable de te fourrer, répondit Chilali.

Elle sourit avant de reprendre :

– Et pour Ranfri, j'imagine qu'Ayana ne sera pas contre le fait de la garder le temps de notre absence.

Nokomis allait rétorquer, quand Ciqala arriva en trombe. Elle tourna autour d'elles en jappant comme si elle voulait attirer leur attention. Nokomis pinça les lèvres.

– On verra ça directement avec elle.

Elle appela Ranfri et Nohyandi, puis le groupe emboîta le pas de Ciqala afin de rentrer, prêt à accueillir la triste nouvelle que la présence de la renarde semblait annoncer.

– Nohyandi restera dehors, souffla Nokomis à Chilali.

Elle s'assura que les deux petites soient occupées, et surtout, sous la surveillance d'Asha. Nokomis savait qu'elles ne craignaient rien au sein du village. Mais depuis l'attaque iseldmenn et ses diverses aventures, elle avait gardé cette habitude de constamment surveiller les alentours, bien qu'elle n'ait pas à s'inquiéter ; Asha ne quitterait pas les fillettes des yeux. Sous aucun prétexte. Qu'importe la situation, le harfang veillerait sur elles comme s'il s'agissait de ses propres oisillons.

Rassurée par cette perspective, Nokomis pénétra dans la hutte, suivie de près par Chilali.

— Elle veut voir Nohyandi, dit Ayana sans même leur laisser le temps de s'exprimer.

Son air grave indiquait que la vieille femme n'en avait effectivement plus pour très longtemps. Nokomis jeta un œil à Yobatu ainsi qu'à son totem. L'un comme l'autre était très faible. Respirant à peine, on aurait pu croire que les Anciens les avaient déjà rappelés à eux.

Nokomis attira Ayana à l'écart et baissa la voix :

— Est-ce que c'est vraiment une bonne idée ? J'ai peur de comment pourrait réagir Nohyandi.

— C'est sa grand-mère, Noko, intervint doucement Chilali qui voyait que son amie faisait tout pour protéger la petite, qu'elle associait très certainement à sa propre fille.

Mais là était le souci : elle n'était pas sa mère.

Nokomis saisit son sous-entendu et baissa la tête.

— Oui, c'est vrai... Je vais la chercher.

Elle revint quelques instants plus tard avec Nohyandi. La fillette ne comprenait pas ce qu'on lui voulait encore et ne semblait en aucun cas rassurée d'être de nouveau le centre d'intérêt. Ranfri entra à leur suite. Elle fut immédiatement interceptée par Chilali quand elle prit la direction de la couche de Yobatu avec sa nouvelle amie.

— Nohyandi va parler avec sa grand-mère. Elle reviendra jouer avec toi après, dit-elle à sa fille.

Elle la conduisit de l'autre côté de l'habitation. Ranfri avait toujours été très curieuse et empathique. Ce n'était en aucun cas un problème, mais il pouvait lui arriver de devenir envahissante et Chilali préférait éviter qu'elle sollicite trop Nohyandi. Surtout dans ce genre de situation.

Nohyandi fut emmenée jusqu'à sa grand-mère. Elle refusa de lâcher la main de Nokomis quand cette dernière voulut la laisser seule avec la vieille femme.

– Tu peux rester, souffla Yobatu, comprenant que sa petite-fille serait plus rassurée.

Malgré la douleur qui se lisait dans ses yeux, elle semblait attendrie par le comportement de Nohyandi. Elle s'adressa à elle avec douceur, lui parlant de ses parents, lui expliquant la situation le plus simplement possible afin qu'elle ne s'inquiète pas de ne plus la voir dans les jours prochains.

Silencieuse, Nokomis surveillait avec attention les réactions de Nohyandi. Ou plutôt son absence de réaction. La petite était peut-être un peu trop jeune pour comprendre ce qu'il se passait, bien qu'étrangement, Nokomis en doutait. C'était plutôt le fait qu'elle ne réagisse pas qui la préoccupait le plus.

Tandis que Yobatu parlait à Nohyandi, Nokomis tourna les yeux vers Ayana et Chilali qui discutaient à voix basse un peu plus loin. Intriguée par les traits angoissés de sa femme, elle projeta son esprit vers Chilali afin de savoir ce qui tracassait à ce point Ayana.

Quand Chilali sentit sa présence contre son âme, elle fronça les sourcils et lui lança un regard courroucé. Elles avaient pourtant établi des règles sur ce genre de choses. Nokomis se retira immédiatement. De toute façon, elle n'avait pas besoin de rester plus longtemps, elle avait capté l'intention de Chilali de tenir Ayana au courant de leur décision de raccompagner Nohyandi auprès de sa mère.

Alors qu'elle s'excusait silencieusement envers Chilali, Nokomis sentit une caresse sur son bras. En tournant la tête, elle vit que Nohyandi passait ses doigts sur l'un de ses tatouages.

Comme si elle se savait observée, la fillette leva ses grands yeux verts vers elle. La curiosité que Nokomis y lut lui fit se demander si elle n'avait pas par inadvertance laissé ses tatouages briller, bien que cela lui semble impossible au vu de la faible quantité de pouvoir qu'elle venait de libérer.

Son attention fut ramenée à Yobatu quand une violente quinte de toux la secoua. La pauvre femme hoqueta plusieurs fois et tenta de dire quelque chose, avant de se remettre à tousser de plus belle. Nokomis lui proposa de l'aider à se redresser, mais Yobatu refusa en lui repoussant gentiment la main, puis elle adressa un regard à Ayana. Elle hocha la tête comme si elle la remerciait de s'être occupée d'elle. Cela fait, elle se laissa doucement tomber en arrière. Une volute bleutée s'échappa des yeux de son totem à l'instant même où son dos toucha la couche, indiquant que tous deux avaient rejoint les Anciens.

Nokomis la regarda sans un mot. Bien qu'habituée à ce genre de situations, elle était presque choquée de la vitesse avec laquelle la vie avait quitté la vieille femme. Nohyandi détacha sa main de celle de Nokomis et la porta sur celle de sa grand-mère. Immobile, la fillette observa le sang que la toux avait laissé sur les doigts de Yobatu. Puis, au bout d'un long moment, elle releva les yeux vers Nokomis.

Comme elle l'avait pressenti, Nohyandi avait parfaitement compris ce qu'il se passait. Elle savait que sa grand-mère était la dernière personne qu'elle connaissait depuis sa naissance et qu'elle n'était plus là. Qu'à présent, elle se retrouvait entourée d'inconnus ! Qu'elle n'avait plus personne pour la protéger !

Soudain, Nohyandi sursauta et regarda autour d'elle avec panique. Ayana approcha doucement sa main de son épaule afin de la rassurer. À son contact, la petite recula avec un air affolé.

— Calme-toi, tout va bien, souffla la guérisseuse en lui présentant les paumes de ses mains afin de lui montrer qu'elle ne lui ferait aucun mal. Tout va bien.

Mais c'était comme si Nohyandi ne l'entendait pas. La fillette observait les alentours avec peur.

Son comportement ne la rassurant pas, Ayana tourna les yeux vers Nokomis. Il y avait quelque chose ? Une force invisible ? Pourtant, les totems étaient calmes. Nokomis, qui avait pris l'initiative de sonder la hutte et le village, secoua la tête pour lui indiquer que non, rien de dangereux ne se trouvait à proximité. Chilali confirma son analyse.

— Nohyandi ? l'appela doucement Nokomis. Tout va bien, tu es en sécurité.

La petite tourna vers elle un regard grave et soucieux. Un regard bien trop marqué pour une enfant de son âge. Elle retira sa main de celle de sa grand-mère et se leva. Elle se leva et resta debout, immobile, comme si elle ne savait pas quoi faire.

— Je vais aller prévenir Paytah, dit Chilali, brisant le silence pesant qui commençait à s'installer.

Ayana hocha la tête en fixant le corps sans vie de Yobatu, mais aussi en surveillant Nohyandi dont l'étrange comportement ne la rassurait en aucun cas.

***

Le corps de Yobatu fut déposé dans une hutte où Aquene et Chilali le prépareraient pour la cérémonie du lendemain. Le rite permettrait à l'âme de la défunte de quitter en douceur son enveloppe charnelle pour qu'elle trouve le chemin vers les Plaines Sacrées.

Suite à la mort de Yobatu, la décision ou non de ramener Nohyandi chez elle fut revotée, et cette fois approuvée à l'unanimité. Nokomis ne savait pas ce qu'avait pu avancer Chilali pour que le conseil la suive si sûrement, mais cela avait été plus qu'efficace. Paytah ne releva même pas le fait qu'Ayana exigeât elle aussi de venir. Nokomis avait été la seule à refuser. Elle continua de raisonner Ayana bien après que la décision fut validée.

— Nous n'avons pas besoin de partir à trois ! s'exclama Nokomis à voix basse une fois qu'elles étaient parvenues à endormir Nohyandi. Le voyage ne durera que deux lunes, tout au plus. Peut-être deux lunes et demie.

Elle marqua une pause.

— Puis il faut que quelqu'un reste avec Ranfri !

— J'ai déjà parlé de ça avec Chilali et ta mère. C'est elle

qui la gardera pendant notre absence. Et je préfère venir.

Nokomis secoua la tête.

– Vous me faites si peu confiance, Chilali et toi ?

Ayana lui sourit.

– J'ai juste peur pour toi.

– Ohanzee est mort, lâcha Nokomis. Il ne peut rien m'arriver.

– Je ne parlais pas de lui.

Ayana semblait chercher ses mots.

– Depuis l'arrivée de Yobatu et Nohyandi, je te trouve… différente, reprit-elle. Tu prends trop personnellement ce qui arrive à Nohyandi.

– Et ?

– Je ne veux pas que tu souffres en projetant Eïka à travers elle. Ce n'est bon ni pour toi ni pour elle.

Elle désigna Nohyandi de la tête.

– Elle m'apprécie. Et je fais de mon mieux pour la protéger, grogna Nokomis, subitement sur la défensive.

– Mais tu as conscience que tu as promis à Yobatu de la ramener à sa mère ? Qu'elle ne peut pas rester ici ? Comment réagiras-tu après avoir passé deux lunes à ses côtés ? Est-ce que tu ne vas pas décider de traverser la Terre des Anciens pour retrouver Eïka ?

Nokomis secoua la tête. Elle n'allait pas faire ça. Simplement parce qu'elle ne voulait pas passer sa vie à la poursuite d'un fantôme. Pourtant, elle sentait que sa fille était toujours en vie, là, quelque part sur la Terre des Anciens.

– J'espère juste qu'elle a trouvé une famille qui l'aime et qu'elle n'a pas hérité de ma part sombre ni de celle d'Ohanzee.

Elle marqua une pause.

– Et aussi qu'elle est heureuse, ajouta-t-elle. Et oui, je ne veux pas faire vivre cette inquiétude à la mère de Nohyandi.

– Et on peut te faire confiance pour la ramener en sécurité chez elle, répondit Ayana. Elle ne peut pas avoir de meilleure protectrice. Mais notre rôle à Chilali et à moi est de te protéger, toi. Pour que tu ne souffres pas en cherchant à remplacer Eïka, même pour quelque temps.

Nokomis soupira en hochant la tête. Ayana avait raison, elle ne pouvait rien lui cacher. Ce soutien sans faille de sa femme et sa meilleure amie lui avait toujours permis de surmonter bon nombre de situations.

— D'accord, tu peux venir, râla finalement Nokomis qui savait qu'elle ne pourrait de toute façon pas la convaincre de rester au village.

— Tu crois que j'allais attendre ton autorisation ? rit Ayana. Tu n'es pas encore la cheffe de ce village, mon cœur. Et même si c'était le cas, tu sais que j'aurais le dernier mot à chaque fois.

Son air taquin fit immédiatement sourire Nokomis. Toujours ce même petit air auquel elle résistait difficilement.

— Je ne veux juste pas te voir souffrir, reprit plus sérieusement Ayana en l'attirant contre elle. Tu as déjà vécu assez de moments difficiles pour toute une vie. Et même si ce voyage ne s'annonce pas dangereux, je préfère être auprès de toi plutôt qu'à m'inquiéter ici.

CHAPITRE 4

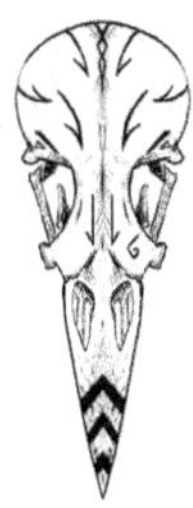

Le jour du départ approchait à grands pas. Nokomis, Chilali et Ayana avaient décidé d'un commun accord de prendre le temps de le préparer au mieux. Le choix de décaler de quelques jours leur voyage avait été fait dans un premier temps pour permettre à Ranfri de se faire à l'idée qu'elle serait séparée pendant une longue période de sa mère. Une première depuis sa naissance.

Ayana avait également jugé plus prudent de ménager Nohyandi, que les cauchemars harcelaient depuis la mort de sa grand-mère. Plus d'une fois, la petite s'était réveillée en pleurs, venant se blottir entre elle et Nokomis au cœur de la nuit.

Les cauchemars s'espaçant enfin, l'heure du départ avait donc sonné.

– Pourquoi Nohyandi peut pas rester ? demanda Ranfri alors que Chilali vérifiait une dernière fois son sac de voyage.

– Parce qu'elle doit retrouver sa maman.

Ranfri hocha la tête avec un air de réflexion intense sur le visage. Elle regarda sa mère continuer ses préparations quand soudain une idée lui traversa l'esprit. Elle partit chercher une peau dans laquelle elle roula des vêtements.

– Qu'est-ce que tu fais ? rit Chilali en la voyant faire.

Ranfri ne répondit pas, trop occupée à rassembler les lanières des cuirs de son baluchon dans une sorte de nœud maladroit.

Chilali sourit en comprenant son intention et s'accroupit :

— On en a déjà parlé. Tu ne peux pas venir, ma chérie. C'est trop dangereux. Tu vas rester avec Aquene le temps de mon absence.

— Mais moi aussi je veux aider Nohyandi à retrouver sa maman ! s'indigna Ranfri.

— Et moi je préfère que tu restes en sécurité au village. Tu pourras voyager quand tu seras plus grande.

Ranfri la regarda avec une mine boudeuse. Chilali lui caressa la joue en souriant.

— Je serai vite de retour. Tu te souviens comment était la lune hier soir?

Ranfri hocha vigoureusement la tête.

— Oui ! Comme ça !

Elle lui montra le mur sur lequel figurait une lune bien ronde que Chilali avait pris soin de dessiner la veille en lui expliquant le cycle lunaire.

— Et il faut que la lune soit encore comme ça euh... deux fois.

Elle fit une pause, compta sur ses doigts, puis montra le résultat à Chilali et ajouta :

— Et tu rentreras !

Elle sourit, fière d'avoir compris et tout retenu.

— C'est ça ! Et si tu as un doute ?

— Je demande à Aqueneeee.

— C'est bien.

Chilali lui sourit en retour et l'embrassa sur le front. Puis toutes deux quittèrent la hutte afin de rejoindre Ayana, Nokomis et Nohyandi, déjà prêtes à partir. Aquene arriva en même temps qu'elles et salua tout le monde.

— Faites attention à vous. Tu te souviens du trajet ? demanda-t-elle en s'adressa à sa fille.

Elle savait qu'elle était capable de se repérer, mais comme chacun de ses précédents départs s'était soldé par de douloureuses épreuves, elle préférait s'assurer que pour cette fois, elle et ses amies étaient parfaitement préparées.

— Oui, maman, ne t'en fais pas. C'est un simple aller-retour.

Elle lui sourit.

— Elles seront à la maison quand la lune sera toute ronde, intervint Ranfri.

Sa précision amusa les adultes. Décidément, cette petite avait une énergie et un culot inépuisables. Elle les regarda en souriant avant de s'intéresser à Nohyandi. Elle chercha quelque chose dans sa poche et le tendit à son amie. C'était un petit collier avec une perle rouge entourée de deux pierres noires qu'elle avait fabriqué avec l'aide de Chilali quelques jours plus tôt.

— C'est pour toi ! dit-elle à Nohyandi. La rouge, c'est pour te protéger, et les noires, c'est une pour toi et une pour moi.

Elle leva les yeux vers sa mère pour être sûre d'avoir bien expliqué. Cette dernière hocha la tête en lui souriant. Ravie, Ranfri s'approcha de Nohyandi pour lui donner son cadeau.

— Et regarde, j'ai le même collier que toi.

Elle tira sur son col pour lui montrer le sien, en tout point identique.

— Comme ça, on sera toujours amies !

Nohyandi sourit timidement et récupéra le présent, puis elle le tendit à Nokomis pour qu'elle le lui attache. À peine son nouveau bijou au cou, Nohyandi commença à faire tourner les perles entre ses doigts. Elle ne parlait toujours pas et changeait très peu d'expression, mais son geste semblait indiquer qu'elle était contente de ce cadeau.

Pendant que Nokomis s'occupait de Nohyandi et de son collier, Aquene demanda à Chilali si elle pouvait récolter des informations sur les pratiques chamaniques du clan qu'elles visiteraient. En tant qu'apprentie, ce voyage pouvait lui apporter un savoir qu'elle partagerait avec son mentor en rentrant.

— Et Ran, tu écoutes Aquene, dit Chilali à l'attention de

sa fille, sa discussion avec la chamane terminée.

Elle connaissait son tempérament énergique et préférait anticiper de quelconques bêtises que la petite pourrait tenter de faire en son absence.

– Et pas de bêtises, ajouta-t-elle.

– Promiiiiiis, répondit Ranfri en lui adressant son air le plus innocent.

Sa réponse accompagnée de sa bouille d'ange arracha un sourire à sa mère. Elle n'aurait pas cru que le départ lui serait si difficile. Chilali attira sa fille dans ses bras.

– On se retrouve à la deuxième pleine lune, mon cœur.

Elle lui embrassa les cheveux et eut en retour un bisou humide sur la joue. Puis, Ranfri se colla contre les jambes d'Ayana pour lui dire au revoir. Alors qu'elle allait faire de même pour Nokomis, elle s'arrêta, se campa face à elle, ses petits poings sur les hanches, et la regarda sévèrement :

– Tu protèges ma maman, hein ?

Son ton autoritaire amusa Nokomis qui s'accroupit à sa hauteur.

– Évidemment ! Même si je pense que c'est elle qui me protège le plus souvent.

Elle lui adressa un clin d'œil, lui embrassa le front. En se relevant, elle lui ébouriffa les cheveux, faisant éclater de rire la fillette.

***

Le premier jour de voyage se déroula sans encombre. Le groupe traversa la petite forêt parsemée de clairières sous un doux soleil de début d'automne. Les feuilles des arbres commençaient déjà à arborer des taches ocre illuminant de leur couleur le vert de la forêt.

Comme pour chacun de leurs voyages, Asha se chargeait d'ouvrir la marche par les airs, leur permettant ainsi d'éviter les chemins trop dangereux pour Nohyandi ou simplement trop escarpés pour passer.

Alors que le soleil atteignait la ligne d'horizon, le groupe fit une halte pour la nuit. Préférant ne pas s'aventu-

47

rer dans les bois sombres – qui ne portaient que trop bien leur nom – aussi tard dans la journée, elles établirent leur bivouac en lisière de forêt.

– C'était quoi cette légende qui a tenu le clan loin d'ici ? demanda Chilali en fixant l'ombre des arbres, une fois le campement installé.

Elle se tourna vers Nokomis qui, contrairement à Ayana, connaissait dans les moindres détails tous les mythes et légendes de leur clan.

Nokomis lança un regard à Nohyandi qui, occupée à manger, ne semblait pas trop les écouter. Elle jugea qu'elle pouvait parler sans trop l'effrayer. Se raclant la gorge, elle prit un ton de conteuse qui fit lever les yeux au ciel à Ayana.

– Un clan aurait vécu dans ces bois, commença-t-elle. Il y a de cela plusieurs générations. C'était avant que Wakanda ne fonde notre clan. D'après la légende, ce clan était prospère. Mais un jour, il a perdu la protection des Anciens.

Elle marqua une pause, observant les réactions de Chilali, déjà complètement absorbée par son récit.

– Du jour au lendemain, leur chamane disparut ! reprit Nokomis. Quand elle revint, quelques jours plus tard, elle était méconnaissable. Amaigrie et perdue, elle parlait dans une langue que personne ne comprenait ! Comme si un esprit maudit la possédait. Et c'était certainement le cas, commenta Nokomis.

Elle fit une nouvelle pause pour s'assurer que son auditoire l'écoutait.

– Noko, c'est peut-être pas le moment de…, commença Ayana, que Nokomis coupa en reprenant son récit.

– Malgré l'état de la chamane, le guérisseur a tenu à s'occuper d'elle. Des jours durant, il a tenté de faire baisser sa fièvre et d'arrêter les paroles sans queue ni tête qu'elle répétait en boucle. Puis, une nuit, elle fut prise d'un coup de folie et décima son clan. Jusqu'au dernier. Depuis ce jour, il paraîtrait qu'elle et son totem, un hibou, hantent les bois et s'attaquent aux voyageurs qui osent y pénétrer.

Comme pour illustrer son récit un hululement résonna dans la nuit. Chilali sursauta et regarda autour d'elle en cachant au mieux ses craintes.

— Chilali, rit Nokomis. S'il y avait le moindre démon ou présence maléfique dans ces bois, on le saurait, non ? Tu sens quelque chose autour de nous ?

Chilali étendit son pouvoir, uniquement pour se rassurer. Nokomis apparut auprès de son énergie et l'entraîna avec elle pour sonder encore plus loin la forêt.

— Donc ?

— Bon, oui, il n'y a rien, répondit Chilali. Mais ça reste pas rassurant.

— C'était il y a au moins dix générations ! s'exclama Nokomis. D'accord, les chamans y ont interdit l'accès pendant un bon moment, mais si aucun humain ne parcourt cette forêt, ça n'a aucun intérêt pour un wendigo. Celui responsable du massacre a dû fuir la région il y a longtemps.

— Noko, doucement sur les détails, intervint cette fois clairement Ayana en indiquant discrètement Nohyandi de la tête.

Bien qu'elle ne semblait pas écouter la conversation, elle était très certainement en train de le faire. Son observation attentive des alentours était peut-être même due à une recherche assidue d'un potentiel démon caché derrière un arbre.

— Ça va, j'ai déjà raconté des histoires pires que ça à Ranfri, dit Nokomis.

Elle s'arrêta et se racla la gorge en réalisant qu'elle avait trop parlé, puis ajouta :

— Et même s'il y avait un wendigo, on sait qu'ils ne peuvent rien contre nous deux ! Hein, Chilali ?

Elle éleva légèrement la voix pour que Nohyandi intègre bien l'information.

Ayana leva de nouveau les yeux au ciel. Si la petite se réveillait en plein cauchemar cette nuit, il ne faudrait pas s'étonner. Elle croisa alors le regard inquiet de Chilali. Finalement, ce ne serait peut-être pas Nohyandi qu'il faudrait rassurer avant de dormir.

— Ce ne sont que des légendes, dit Ayana pour la tranquilliser. C'est vrai que les mythes sont toujours basés sur une histoire ou une autre, mais on est aussi bien placées pour savoir que souvent, ce sont des exagérations abusives. La véritable histoire de ce clan est qu'il a été décimé par une maladie. On en a parlé jusqu'au clan du loup ! Tu as oublié ce détail, Noko ?

– Chilali a demandé la légende !

Ayana secoua la tête en souriant :

– Joue sur les mots, oui.

– Tu voulais me faire peur ? s'exclama Chilali quand le sourire taquin de Nokomis étendit ses lèvres. Tu sais que je déteste les histoires d'horreur !

– Je sais, oui. Mais comme l'a dit Ranfri : je suis là pour te protéger !

Chilali se mordit la lèvre pour ne pas sourire, mais l'air moqueur de son amie finit par la détendre. Elle lui frappa l'épaule.

– T'es pas croyable ! Et comme tu lui as si bien répondu, c'est moi qui te protège en général. Et en parlant de Ranfri, tu les lui as racontées quand, tes histoires ? Ne commence pas à lui donner de mauvaises idées !

La discussion partit sur les différents moments où l'une ou l'autre avait dû intervenir pour leur éviter une mort certaine ou une blessure grave.

Leur entrain amusa Ayana. Son regard glissa vers Nohyandi. Elle espérait vraiment que les histoires de Nokomis ne l'avaient pas trop effrayée. Heureusement, ça ne semblait pas être le cas. Nohyandi paraissait même plutôt écouter les sons de la forêt que de sonder les alentours avec angoisse, ce qui rassura immédiatement Ayana.

***

Le lendemain matin, le départ fut donné aux aurores. D'après les indications que les trois amies avaient récoltées au village, le clan du renard se situait de l'autre côté de la forêt sombre. Nokomis avait dans un premier temps promis de ne pas la traverser, mais il était clair que pour atteindre leur destination, il leur faudrait affronter cette forêt remplie

50

de terrifiantes légendes.

— Au final, ce n'est qu'un simple bois de conifères, constata Chilali au bout d'un long moment de marche en son sein.

Malgré ses paroles, elle ne disait cela que pour se rassurer. Car oui, elle n'était en aucun cas sereine. Ces arbres centenaires aux formes parfois étranges qui les surplombaient de toute leur hauteur et ce hululement incessant qui s'échappait des cimes de ces géants de bois l'effrayaient au plus haut point.

Elle ne pouvait s'empêcher de lancer des regards angoissés et de projeter son esprit en direction de chaque bruit et mouvement suspect. Mais à chaque fois, elle ne décelait rien d'autre qu'un animal ou le souffle du vent. Aucun esprit ou autre élément inquiétant n'était à signaler. Finalement, elle se détendit.

— Je te l'avais bien dit, dit Nokomis en le ressentant.

Elle passa un bras autour des épaules de Chilali et ajouta :

— Toute cette histoire de forêt hantée, c'est une légende. Mais j'en ai encore plein d'autres que tu ne connais pas sur cet endroit si tu veux.

— Tu arrives encore à avoir des histoires que je ne connais pas en réserve ?

— Oui, toutes celles que tu ne veux pas entendre parce qu'elles « font trop peur ».

— Celles que tu racontes à Ran ?

— Peut-être, sourit Nokomis en lui adressant un clin d'œil.

— Rappelle-moi de surveiller un peu plus l'éducation que tu donnes à ma fille en rentrant, rit Chilali.

— Je lui apprends des choses utiles !

Elles discutaient avec entrain quand soudain, un craquement suivi d'un grincement profond résonna. Ayana n'eut pas le temps de comprendre ce qu'il se passait qu'elle se retrouva projetée au sol, entourée par les bras de Nokomis. La terre trembla au même instant. Puis, plus rien.

Lorsque les feuilles soulevées par la chute de l'arbre

retombèrent, Ciqala déboula alors en couinant. Elle qui avait décidé de partir plus en avant rejoignit en vitesse son humaine comme si la mort la pourchassait.

Ayana mit un moment à réaliser ce qu'il venait de se passer. La surprise d'avoir été projetée si subitement l'avait quelque peu secouée. Elle leva doucement la tête et découvrit l'impressionnant tronc qui avait manqué de l'écraser.

– C'est pas passé loin ! s'exclama Nokomis. Ça va ?

Ayana hocha la tête.

– Oui. Enfin, je crois.

Elle tremblait comme une feuille, mais la présence de Nokomis ne mit pas longtemps à la calmer. Ce qui n'était pas le cas de Ciqala qui ne bougeait pas des bras de son humaine. Elle aussi avait évité de se faire écraser de peu.

À côté d'elles, Nohyandi était comme pétrifiée, le regard braqué sur l'arbre. Celui-ci était littéralement tombé à ses pieds ! Chilali la rejoignit pour s'assurer qu'elle allait bien. Choquée par ce qu'il venait de se passer, Nohyandi ne réagit pas quand Chilali s'accroupit à ses côtés.

Nokomis observa le tronc un instant. Comment un arbre aussi gros avait pu tomber de la sorte ?

– La foudre a dû le toucher récemment, supposa Chilali en suivant son regard. Ou c'est peut-être la dernière tempête qui l'a fragilisé ?

Son amie hocha la tête, c'était effectivement les seules explications plausibles. Elle se réintéressa à Ayana qui se remettait de sa frayeur et la libéra de son étreinte.

En se dégageant, Ayana croisa son air inquiet. Elle lui sourit : tout allait bien.

– Plus de peur que de mal, lui dit-elle. Mais restons sur nos gardes, d'autres arbres ont peut-être été fragilisés par ces orages.

CHAPITRE 5

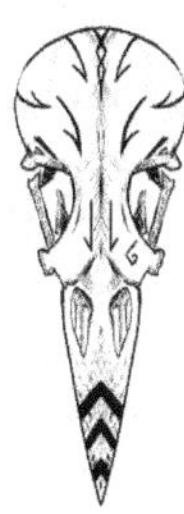

Le groupe resta sur ses gardes les jours suivants sans qu'aucun nouvel arbre ne menace de tuer l'une de ses membres. Pour plus de sécurité, Nokomis continuait d'étendre son esprit afin de s'assurer qu'aucun autre danger ne se profilait à l'horizon. Ce point avait été demandé par Ayana, et fortement soutenu par Chilali, que ces histoires de forêt hantée avaient profondément marquée.

Afin de la rassurer, que ce soit sur l'aspect purement fictif de ces légendes, mais aussi sur les dangers plus réels de la forêt, Nokomis échangeait avec Chilali sur ses sensations et ses propres déductions des auras suspectes à chacune de ses explorations des alentours. Malgré ses efforts pour rationaliser toute cette histoire de fantômes et autres esprits, Chilali ne pouvait s'empêcher de sursauter à chaque hululement nocturne.

De son côté, Nokomis sentait un étrange malaise l'envahir de temps à autre, au point où elle s'efforçait de dissimuler sa gêne afin de ne pas tracasser ses amies ou effrayer davantage Chilali. Après tout, ses vertiges et nausées étaient apparus peu de temps après qu'elle eut mangé les myrtilles trouvées la veille sur leur chemin. Bien que parfaitement comestibles, ces baies pouvaient tout aussi bien lui avoir donné une légère indigestion.

Leur route se poursuivit ainsi une journée durant lorsqu'un violent orage éclata. Le ciel grondait depuis un bon moment déjà quand la luminosité avait subitement chuté, le sous-bois étant alors devenu aussi sombre que le crépuscule. Puis, le ciel avait déversé des trombes d'eau.

– Le chemin est encore plus escarpé ici, lança Nokomis à travers la tempête tandis qu'elle et ses amies cherchaient un endroit où s'abriter.

L'eau coulait entre leurs jambes, rendant leur progression particulièrement dangereuse. Tenant fermement Nohyandi contre elle, Nokomis sonda les semi-ténèbres de la forêt quand un éclair zébra le ciel, révélant une avancée rocheuse un peu plus en hauteur.

– Là ! En contournant, on devrait l'atteindre rapidement.

Sa voix fut couverte par le grondement sourd du tonnerre qui résonna dans la vallée toute proche.

Prenant les devants, Nokomis guida ses amies sur la pente glissante qu'était devenu le chemin. Accélérant le pas, elle parvint enfin à rejoindre le promontoire et se protéger de la pluie. Ayana entra à sa suite, suivie de Ciqala et d'Asha.

Lâchant Nohyandi, Nokomis tendit la main à Chilali quand soudain, un nouvel éclair suivi d'un son assourdissant fit vibrer l'air. Le sursaut qui secoua Chilali l'entraîna en arrière. Nokomis la rattrapa *in extremis*. Du moins, juste avant que le sol ne se dérobe sous les pieds de son amie. Elle eut beau resserrer sa poigne, la main de Chilali lui échappa.

– Nooon !

Sans réfléchir, Nokomis libéra son andiiyoh'aako et sortit de l'abri sous les appels d'Ayana, couverts par l'orage.

La pluie redoubla tandis que le torrent de boue emportait à son tour Nokomis qui projeta son esprit à la recherche de l'aura de Chilali. Celui-ci répondit d'une impulsion énergétique.

S'accrochant à son signal, Nokomis ne tarda pas à retrouver son amie en contrebas. La jambe bloquée sous un tas de bois, elle tentait tant bien que mal de ne pas se faire ensevelir par la boue et les débris.

Nokomis se laissa glisser à sa hauteur. Délivrant une nouvelle quantité de pouvoir, elle fit apparaître des flammes vertes qui lui léchèrent la peau de leur lumière démoniaque. Cela lui permit de sortir les griffes maudites qu'elle n'utilisait qu'en cas de dernière nécessité.

– *Accroche-toi à moi !*

Les mots claquèrent dans l'esprit de Chilali. Nokomis n'avait pas pris le temps de modérer son pouvoir, la vie de son amie était en jeu !

Chilali obéit sans hésitation. La boue de plus en plus présente et les trombes d'eau se déversant sur elle n'aidèrent pas ses mouvements, mais elle réussit à se maintenir à la taille de Nokomis.

Cette dernière s'assura que Chilali soit bien attachée avant de planter ses griffes dans un tronc. Tirant de toutes ses forces, elle parvint à l'extirper de l'amas de débris qui s'était accumulé autour d'elles, libérant un puissant torrent de terre boueuse au passage.

Sentant sa prise sur l'écorce glisser, Nokomis puisa une nouvelle fois dans les ressources de son andiiyoh'aako et souleva Chilali qu'elle plaqua entre elle et l'arbre. Il ne fallut pas longtemps pour que ses membres commencent à trembler. Trop de puissance, trop rapidement. Ses yeux s'illuminèrent de vert, les flammes sur son corps se firent plus agressives. Sa conscience vacilla dangereusement, faisant monter en elle des envies de sang et de violence.

Ce n'était pas le moment ! Elle devait résister.

Chilali capta son effort pour ne pas se laisser submerger et, malgré la peur de se retrouver une nouvelle fois dans le torrent de boue, elle prit le risque de récupérer une partie du pouvoir de Nokomis afin de la soulager de sa puissance.

À sa surprise, Nokomis lui bloqua l'accès. Elle ne pouvait pas se permettre de la laisser puiser dans son apport de pouvoir au risque d'empêcher la totale tangibilité de ses griffes. Le battement affolé du cœur de Chilali, coincée entre elle et l'arbre, traversa sa propre poitrine. Ses sens de prédateur prirent une fraction de seconde le dessus. Une vie à prendre ? Nokomis secoua la tête. Elle ne devait pas craquer.

Cela faisait des années qu'elle n'avait pas été submergée par son pouvoir de la sorte, elle ne pouvait pas le laisser guider ses instincts. Pas aujourd'hui. Pas maintenant.

Dans un geste qui lui demanda un contrôle total, elle releva l'une de ses griffes pour ajuster sa prise. Elle fit de même avec l'autre afin d'être parfaitement ancrée contre l'arbre tandis que la montagne qui les surplombait continuait de déverser la quasi-totalité des rochers et de la terre qui couvraient ses flancs.

Les deux amies restèrent un long moment dans cette inconfortable position quand, peu à peu, la pluie cessa. Puis, la boue laissa place à un courant d'eau plus clair pour enfin s'arrêter totalement.

Encore secouée par cette épreuve, Nokomis laissa doucement son pouvoir se calmer. Chilali savait à quel point il pouvait être difficile pour Nokomis de complètement reprendre ses esprits. Elle attendit donc patiemment, lui envoyant son soutien par vagues de pouvoir.

Quand Nokomis revint enfin à la réalité, elle était à bout de souffle. Toujours aux aguets, elle sursauta lorsque le sabot d'une biche délogea une roche que la pluie avait rendue instable. Elle braqua ses yeux subitement redevenus luminescents dans sa direction, prête à l'attaquer. Chilali ne la laissa pas faire. Elle posa sans attendre sa main sur sa poitrine pour entraver le pouvoir du démon récalcitrant.

Cette fois, Nokomis reprit complètement ses esprits. Elle cligna plusieurs fois des yeux puis tourna la tête vers l'endroit où la biche avait disparu. Une migraine soudaine lui traversa le crâne, la faisant vaciller.

– Ça va ? demanda Chilali, inquiète.

– Ça va passer, répondit Nokomis.

Avec ces mots, elle voulait rassurer Chilali, mais aussi elle-même, car cela faisait bien longtemps qu'elle n'avait pas ressenti cette douleur familière, cette pression qui enserrait son crâne comme un étau. Elle se massa les tempes en grognant quand un vertige suivi d'une nausée, cette fois, la submergea. Elle s'accroupit.

– Tu n'aurais pas dû forcer, remarqua Chilali.

– Je ne pouvais pas faire autrement. C'était ça ou laisser la boue t'emporter.

Asha apparut au-dessus d'elles en lançant un cri strident. Elle se posa puis s'approcha de Chilali. Elle émit de brefs sifflements comme si elle lui reprochait de ne pas avoir été assez prudente.

– Allons retrouver Ayana et Nohyandi, déclara Nokomis, préférant éviter de nouvelles questions sur son état.

En effet, la soudaine montée en puissance de son andiiyoh'aako l'avait tout autant surprise que Chilali. C'était comme si son pouvoir était devenu subitement plus brut et sauvage. Comme si une force l'avait appelée à se déchaîner. Nokomis repoussa ces pensées absurdes. Elle avait eu du mal à le contrôler uniquement à cause de la faiblesse passagère qu'avaient déclenchée ces baies noires qui n'étaient peut-être pas des myrtilles tout compte fait. Dans quelques jours, elle irait mieux.

Le duo remonta la pente qu'il avait dévalée plus tôt. Les deux amies étaient descendues bien plus bas qu'elles ne l'auraient cru. Afin de ne pas inquiéter Ayana plus que nécessaire, Chilali avait envoyé Asha la retrouver avec une preuve que tout allait bien.

Quand enfin elles arrivèrent à leur point de départ, la nuit commençait doucement à tomber.

– Vous m'avez fait une de ces peurs !

Ayana attrapa Chilali et Nokomis et les serra de toutes ses forces. Elle s'assura ensuite qu'elles n'étaient pas blessées. Mis à part quelques contusions superficielles, elle fut heureuse de constater qu'elles étaient indemnes. Elle nota tout de même le teint pâle de Nokomis, mais ne le lui fit pas remarquer. Elle devait simplement être exténuée. Une bonne nuit de sommeil lui ferait du bien.

Rassurée, Ayana recula pour les laisser respirer quand Nohyandi la dépassa pour se coller à Nokomis. Cette dernière ne sut comment réagir. Nohyandi était en sécurité avec Ayana, pourquoi agir de la sorte ? Elle releva la tête vers sa femme.

– Il s'est passé quelque chose quand on n'était pas là ?

demanda-t-elle.

– Rien du tout. Mais dès que tu as disparu, elle s'est affolée. J'ai dû l'empêcher de te suivre. Elle s'est calmée quand la tempête s'est arrêtée. Après, elle n'a plus voulu que je la touche.

Ayana avait parfaitement agi et Nokomis faisait entièrement confiance à sa femme pour gérer ce genre de situations. Mais il était clair que le comportement de Nohyandi la laissait perplexe. Elle échangea un regard avec ses amies. Aucune ne comprenait l'attachement qu'avait cette enfant pour elle. Il allait sûrement devenir problématique pour la suite, surtout quand elles devraient repartir. Mais pour l'heure, cette question ne se posait pas. Elles devaient préparer au mieux leur campement, faire sécher leurs vêtements, et surtout, essayer d'allumer un feu malgré l'environnement détrempé qui les entourait.

Après un nombre incalculable de tentatives, Chilali parvint enfin à embraser des herbes presque sèches qu'Ayana avait dans ses affaires. Il leur fallut un petit moment pour réussir à stabiliser leur feu. Quand ce fut le cas, la chaleur réconfortante des flammes les soulagea immédiatement du froid qui commençait à les envahir.

Un repas expéditif englouti, toutes quatre s'allongèrent afin de se reposer, laissant leur sécurité à Ciqala et Asha, postées à l'entrée de leur abri de fortune. Le sommeil s'était rapidement emparé de Nokomis et ses amies, exténuées par cette journée.

***

Nokomis dormait paisiblement quand un soudain vertige l'éveilla brutalement. La lumière du soleil lui transperça la rétine. Elle cacha ses yeux et se redressa sur un coude. Puis, elle s'éloigna de Nohyandi, qui ne l'avait plus quittée depuis la veille, et s'affaira à relancer le feu que quelques braises maintenaient difficilement en vie. Un nouveau vertige, cette fois accompagné d'une nausée, la força à s'arrêter dans sa préparation.

— Foutues baies, marmonna-t-elle quand la désagréable sensation se calma.

Elle attrapa sa gourde et réalisa que de violents tremblements secouaient sa main. Alertée par ses grognements, Chilali se tourna vers elle, les yeux encore embués de sommeil. Elle fronça les sourcils. Son teint cireux ne la rassura pas.

— Ouh, ça va pas, toi, ce matin. Laisse, je vais m'en occuper.

Elle prit la relève tandis que Nokomis sentait la fièvre monter d'un cran. Heureusement, Ayana aurait ce qu'il faut pour la soulager. Elle attendit donc patiemment que sa femme se réveille sans toucher aux maigres vivres secs que Chilali lui proposait.

Quand Ayana s'éveilla enfin, elle lui prépara le remède qui calmerait ses nausées et ses migraines. Cela fait, la guérisseuse décréta qu'elles resteraient là pour la journée, ou au moins jusqu'à ce que l'état de Nokomis leur permette de se déplacer.

Tandis qu'Ayana s'occupait de Nokomis, qui avait de nouveau sombré dans le sommeil suite aux mixtures qu'elle avait ingérées, Nohyandi la fixait, suivant le moindre de ses gestes avec attention.

— Ne t'inquiète pas, elle va dormir un peu et elle ira mieux. Ça arrive de tomber malade, lui dit Ayana.

Il était vrai que Nokomis était rarement malade. Même si Ayana avait noté quelques faiblesses ces derniers jours, tout cela n'en restait pas moins étrange.

Remarquant l'air perdu de Nohyandi, Ayana tendit la main pour attirer son attention et la rassurer. Nohyandi recula pour éviter le contact.

Ayana figea son mouvement. Elle ne prit pas mal sa réaction, bien qu'elle ne comprenne pas ce qu'il avait pu arriver pour que la fillette se méfie d'elle de la sorte.

— Elle n'a peut-être pas apprécié que tu l'empêches de la suivre ? supposa Chilali alors que Nohyandi se levait pour s'éloigner d'Ayana et se rapprocher de Nokomis.

— Peut-être, soupira Ayana. Mais je ne pouvais pas

faire autrement... Dis-moi, Nokomis a utilisé son pouvoir hier ?

Chilali prit une gorgée de boisson chaude et hocha la tête.

— Et ça ne s'est pas très bien passé. J'ai senti qu'elle perdait le contrôle, ajouta-t-elle. Elle m'a aussi empêchée de l'aider. Après, elle est restée bizarre un moment. Pourquoi ? Tu penses que les Anciens n'ont pas apprécié qu'elle utilise ses pouvoirs ici ?

— Possible. Même s'il y a peu de chances pour que ce soit ça. Elle n'est pas bien depuis plusieurs jours déjà. Tu as dû le remarquer.

Chilali hocha une nouvelle fois la tête

— Oh oui, elle n'est vraiment pas la plus douée pour cacher les choses. Mais je ne m'en suis pas inquiétée, ça arrive, les fatigues passagères. Surtout qu'elle est à cran et qu'elle utilise beaucoup trop d'énergie pour protéger Nohyandi. Elle oublie trop souvent qu'on est là.

— Non, je n'oublie pas que vous êtes là, grogna Nokomis, ignorant la remarque de Chilali à son égard. Tu peux pas parler moins fort ?

Son intervention étira les lèvres de son amie.

— Je parle normalement. C'est tes oreilles qui résonnent ! lança Chilali dans une tentative de détendre un peu l'atmosphère devenue tendue par le comportement distant de Nohyandi.

Nokomis marmonna une réponse, tout sauf compréhensible, et se retourna en tirant un bout du sac de couchage de Chilali sur sa tête.

— J'ai comme l'impression qu'on n'est pas près de partir d'ici, soupira Ayana, qui aurait préféré voir l'état de sa compagne s'améliorer dans la journée.

Et son intuition fut bonne. Nokomis resta incapable de se lever pendant trois jours consécutifs, une forte poussée de fièvre accompagnée de nausées la clouant sur place.

Pendant cet arrêt prolongé, Chilali avait pris l'initiative de faire quelques réserves de nourriture, chassant ce qu'elle trouvait et ramassant quelques baies. Baies que Nokomis refusa de manger de nouveau, les accusant de l'avoir rendue malade.

Un matin, alors qu'elle était en partance pour l'une de ses excursions, Chilali surprit Nohyandi à l'observer discrètement.

– Ça te dirait de venir avec moi ? lui proposa Chilali, espérant ainsi la faire se dégourdir les jambes et surtout s'éloigner un peu de Nokomis qu'elle ne quittait plus. Je vais chercher à manger et remplir les gourdes.

Chilali sourit, s'accroupit face à la fillette et ajouta :

– Mais je peux aussi te montrer les plantes que Ranfri préfère. Ça te dit ?

Nohyandi jeta un œil par-dessus son épaule pour regarder Nokomis, toujours alitée, comme si elle s'inquiétait de la laisser seule.

– Ayana s'occupe de Nokomis, ne t'en fais pas.

Elle se rapprocha d'elle comme pour lui dire un secret et lui souffla :

– On peut lui ramener quelque chose si tu veux ? Je vais t'aider à choisir.

Nohyandi se tritura les mains, puis elle hocha la tête en esquissant un léger sourire que Chilali lui rendit. Ce n'était peut-être pas l'entrain qui aurait animé Ranfri avec une telle proposition d'excursion, mais le fait que Nohyandi accepte de la suivre était déjà un point positif.

Le duo partit donc en quête de nourriture, mais aussi d'un petit cadeau pour Nokomis. Un cadeau que Nohyandi chercha avec attention. Elle se laissa guider par Chilali qui, au détour d'une cueillette de fruits ou de racines, lui montrait les fleurs, cailloux et fruits que Ranfri aurait pu lui ramener d'une promenade avec Nokomis ou Ayana. Le choix de Nohyandi se fit finalement sur un petit galet noir strié d'une ligne blanche. Ce n'était pas grand-chose, mais elle semblait heureuse de l'offrir à sa protectrice, car dès qu'elle rentra au campement, elle le lui apporta et attendit patiemment que Nokomis se réveille pour le lui donner.

***

Le lendemain, à l'aube du cinquième jour, Nokomis sentit enfin une amélioration. Son état ne permettait toujours pas de reprendre le voyage, mais elle pouvait participer un peu plus aux tâches sur le campement. Elle remarqua alors le comportement quelque peu distant de Nohyandi envers Ayana et Chilali. À croire que l'excursion de la veille avec cette dernière n'avait jamais eu lieu. Nokomis se retrouva donc à devoir s'occuper de la fillette une fois remise, Nohyandi refusant désormais qu'une autre personne qu'elle ne l'approche.

La fin de cette étrange journée se termina sur un échange à voix basse entre Nokomis et ses amies. Le voyage reprendrait dès le lendemain matin, tout comme les tentatives d'apaiser Nohyandi, dont le comportement de plus en plus possessif ne rassurait pas. Nokomis ne pouvait pas la laisser s'attacher à ce point à elle. Elle et ses amies se mirent donc d'accord sur un plan pour que Chilali et Ayana retrouvent leur place de personne de confiance pour la petite.

Pour ce faire, Nokomis ferait simplement le lien entre elles et Nohyandi pour que, petit à petit, cette dernière les accepte de nouveau. Car plus le temps passait, plus elle sentait que Nohyandi ne faisait que tolérer leur présence.

CHAPITRE 6

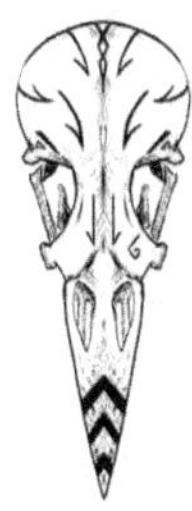

Comme prévu, le groupe put reprendre sa route le lendemain matin. Bien qu'affaiblie, Nokomis suivait au mieux le rythme imposé par ses amies. Elles avaient perdu du temps et si elles ne voulaient pas que leur clan ou la mère de Nohyandi s'inquiète, il fallait presser le pas.

Même si elle paraissait au meilleur de sa forme, Nokomis était toujours au plus mal. Son état ne l'empêchait pas de marcher, de chasser ou de faire toute activité s'y apparentant. C'était plutôt sa psyché qui était affectée.

Depuis leur arrivée dans cette forêt et encore plus depuis que l'arbre était tombé, elle sentait comme un étau lui enserrer le crâne. Elle tentait au mieux de cacher son trouble et sa douleur à Chilali en montant ses défenses énergétiques ou en sondant les alentours, mais son amie n'était pas dupe, elle se doutait que quelque chose n'allait pas. Et pas uniquement parce que Nokomis lui cachait quelque chose, non. Elle sentait qu'une force hantait cette forêt.

***

Deux jours plus tard, au soir, l'étrange malaise qui habitait Nokomis se fit soudainement plus fort.

– Ça va ? s'inquiéta Ayana en la voyant pâlir malgré la faible lueur de leur feu de camp.

Nokomis hocha la tête en se forçant à sourire.

– Un vertige. Rien de grave.

Ne désirant pas plus s'étendre sur le sujet, elle se tourna vers Chilali et la vit piocher dans sa pochette de baies noires récoltées sur le chemin.

– T'en veux toujours pas ? demanda son amie en croisant son regard.

– Sans façon. Tu ne me diras pas que je ne t'avais pas prévenue si tu te retrouves dans mon état demain.

– Tu sais, elles ne sont pas toxiques. Ça arrive de faire une indigestion. Ayana aussi les mange et elle va très bien.

– Je n'ai jamais dit qu'elles n'étaient pas comestibles, répliqua Nokomis en dissimulant maladroitement un nouveau malaise. Juste que tu en manges un peu trop.

– *Et toi, tu devrais arrêter de nous cacher certaines choses,* rétorqua mentalement Chilali en plantant ses yeux bleus dans ceux de Nokomis.

Cette dernière lui répondit d'un froncement de sourcils. Cette simple réaction indiqua à Ayana qu'un échange mental avait eu lieu. Elle passa de Chilali à Nokomis, attendant une explication. Explication qui ne vint pas.

Nokomis attrapa quelques fruits secs de sa propre réserve. Elle en proposa à Nohyandi. Toujours collée contre celle qu'elle considérait comme sa protectrice, la fillette piocha quelques baies colorées.

– *Arrête de t'inquiéter. Je vais très bien,* répondit finalement mentalement Nokomis face à l'insistance de Chilali.

– *Tu peux me parler…*

Afin de montrer qu'elle ne lui en voulait pas de ne rien lui dire, Chilali envoya une douce vague de pouvoir vers Nokomis. Cette dernière y répondit quand tout à coup, Nohyandi vint se coller contre elle en scrutant les arbres avec appréhension. Les trois amies échangèrent un regard inquiet.

Chilali, qui n'aimait définitivement pas cette forêt, étendit son esprit. Nokomis l'imita et sonda elle aussi les alentours, mais ne sentit rien. Rien d'autre que la vie nocturne et inoffensive de la forêt. Un hululement posé résonna, comme pour confirmer que tout était normal.

– Tout va bien, Nohyandi, lui dit Nokomis en passant un bras autour de ses épaules. Il ne peut rien t'arriver avec nous.

Puis, elle releva les yeux vers Chilali pour la rassurer à son tour. Elle lui envoya une nouvelle vague d'apaisement tandis qu'Asha se blottissait contre son humaine. Chilali lui gratta la tête en indiquant silencieusement à Nokomis que tout allait bien.

Le regard de cette dernière fut subitement attiré par Nohyandi quand elle passa un doigt sur le tatouage de son bras, suivant avec attention le motif.

Nokomis ne comprenait pas cette obsession qu'avait Nohyandi pour ses tatouages, mais une chose était sûre : ils la fascinaient. Elle aurait adoré pouvoir lui en expliquer le sens. Comment elle les avait eus. Pourquoi. Mais elle ne voulait pas l'effrayer davantage avec des histoires de wendigo. Encore moins au cœur de cette étrange forêt.

Nohyandi la sortit de ses pensées en se redressant. Cette fois, elle se dirigea vers Ayana et attrapa sa main pour observer ses tatouages. Surprise que la fillette accepte enfin de la toucher de nouveau, Ayana la laissa faire. Son inspection terminée, Nohyandi se tourna vers Chilali et la regarda, perplexe.

– J'en ai aussi un, mais il n'est pas visible, lui sourit Chilali, comprenant que c'étaient les tatouages de wendigo qui l'intriguaient autant.

En effet, à aucun moment elle ne s'était intéressée au tatouage de clan de Nokomis. Nohyandi avait une réelle fascination pour les symboles laissés par les forces démoniaques sur la peau des trois adultes qui l'accompagnaient. Et ce détail n'avait échappé à personne.

– Tu aimes ces tatouages ? demanda Chilali, profitant de l'intérêt de Nohyandi pour obtenir sa confiance.

La petite la fixa sans bouger. Avait-elle peur de répondre ?

Un craquement retentit alors dans les ténèbres. Ciqala

se retourna vers la forêt en grognant. Alertée par son comportement, Nokomis se redressa et fit passer Nohyandi derrière elle.

De nouveau, elle étendit son esprit. Toujours rien. Elle interrogea Chilali du regard, laquelle secoua la tête : elle non plus ne comprenait pas. De nature plutôt peureuse, la réaction de Ciqala aurait pu paraître habituelle, mais la renarde se trompait rarement quand un danger pointait son nez. Et lorsqu'elle grognait de la sorte, mieux valait se méfier.

Nokomis sonda donc de nouveau les ténèbres quand un mouvement agita les buissons. La vague les contourna puis s'arrêta. Chilali étendit ses sens à sa poursuite et ne rencontra aucune âme, bonne ou mauvaise. Et il n'y avait rien d'assez gros pour être une quelconque menace pour elles dans ce buisson. Pourtant, la pesanteur de l'air ne pouvait la tromper. Ni le nouveau mouvement qui secoua l'arbuste.

– Qu'est-ce que c'est que ce truc ? souffla Chilali, de plus en plus livide, du moins autant que la blancheur de sa peau le permette.

Tout en sortant l'un de ses poignards, Nokomis lui fit signe de se tenir prête. Puis elle s'orienta face à l'endroit où leur visiteur s'était arrêté et attendit. Les sens en alerte, elle sondait le buisson sans trouver la moindre menace.

Le grondement de Ciqala s'intensifia. La renarde se plaça entre Ayana et Nohyandi, les oreilles plaquées sur le crâne.

Alors que le silence, uniquement perturbé par le crépitement de leur feu et les hululements d'un hibou en aucun cas préoccupé par leur situation, devenait de plus en plus lourd, une masse noire bondit des ténèbres.

Un loup aux proportions impressionnantes frôla Nokomis et se dirigea droit sur Ayana qui, par réflexe, s'était postée devant Nohyandi. L'animal la renversa, lui saisit le bras et la traîna vers les profondeurs de la forêt.

– Chilali, reste avec Nohyandi ! s'exclama Nokomis s'élançant à la poursuite du prédateur, Ciqala sur les talons.

Elle le retrouva quelques mètres plus loin. Il grondait contre Ayana qui avait réussi à se dégager. Son bras blessé contre elle, elle tentait de repousser l'animal à coups de pied.

Dans la seconde, Nokomis se laissa submerger par son pouvoir puis se rua sur le loup qu'elle envoya contre un arbre. L'animal s'écrasa lourdement au sol dans un couinement plaintif.

Frustré d'avoir été écarté si facilement, le loup sauta sur ses pattes et s'ébroua. Ses yeux se braquèrent sur Nokomis. Une colère sourde y brûlait. Il dévoila ses crocs. Une bave visqueuse et légèrement noirâtre s'échappa de sa gueule avant de s'écraser mollement au sol. Le loup se ramassa sur lui-même, se figea, puis se jeta sur Nokomis qui, de nouveau, laissa son pouvoir l'envahir.

Les flammes couvrirent son corps. Cette fois, pas de griffes. Elle attendit la dernière minute pour sauter sur le loup et enserra son cou. Surprise, la bête gesticula pour se dégager. Sa gueule claqua aux oreilles de Nokomis quand l'animal tenta de lui saisir la gorge.

Les combattants roulèrent au sol sans que l'un ne prenne le dessus sur l'autre quand soudain, le loup parvient à se défaire des bras de son adversaire. Contrairement à ce qu'un loup normal aurait fait dans une telle situation, il ne fuit pas. Non. Il retourna à l'assaut, crocs en avant. Nokomis le dévia d'un redoutable coup de poing, puis, le bloquant de nouveau à terre, elle brandit son poignard et lui transperça le crâne, fracassant ainsi la tête de l'animal qui vola en éclats.

Un sang vermillon se répandit au sol. Son fumet chatouilla les narines de Nokomis qui sentit ses instincts de chasseuse reprendre le dessus. Elle braqua ses yeux enflammés vers Ayana, qui la dévisagea avec effroi. Elle connaissait ce regard. Ce regard de prédateur.

– Noko, c'est moi, souffla-t-elle en levant sa main couverte de sang. Calme-toi...

Une nouvelle vague de flammes glissa sur le corps de Nokomis. Elle serra les poings, mais son pouvoir était trop fort. Tout comme l'odeur du sang frais !

Ses yeux enflammés plantés sur la main ensanglantée d'Ayana, elle tremblait de tout son corps pour contenir son démon quand une masse la percuta et l'entraîna à terre.

Main sur sa poitrine, Chilali envoya une salve d'énergie. Sans retenue. Elle délivra une telle puissance que Nokomis la prit de plein fouet. L'énergie des Anciens traversa ses veines. L'emprise de son andiiyoh'aako sur son âme vacilla. Il lutta un court instant avant d'enfin totalement disparaître.

La forêt tourna dangereusement autour de Nokomis tandis qu'elle reprenait ses esprits. Au-dessus d'elle, Chilali scrutait ses pupilles.

— Noko !

Elle lui bloqua le visage pour fixer son attention, mais ses yeux ne semblaient pas vouloir suivre.

— Respire lentement, reprit Chilali, inquiète d'y avoir peut-être été un peu fort. Tu as perdu le contrôle, j'ai dû intervenir. Ça va ?

Nokomis capta enfin son regard. Elle hocha doucement la tête et fronça les sourcils quand un pic de douleur lui traversa le crâne.

— Ayana va bien ? marmonna-t-elle. Je n'ai fait de mal à personne ? Où est Nohyandi ? Je t'avais dit de rester avec elle.

— Tout le monde va bien, la rassura Chilali. Nohyandi est là.

Elle indiqua la fillette assise près d'Ayana. Elle la regardait avec une expression indescriptible.

— Je ne voulais pas qu'elle me voie comme ça, grogna Nokomis en se redressant.

Une nouvelle douleur lui traversa le crâne suivie d'un énième vertige. Chilali la rattrapa avant qu'elle ne tombe.

— J'y suis allée un peu fort, excuse-moi...

— Tu as bien fait, répondit Nokomis en s'appuyant sur elle.

Elle ferma les yeux en attendant que la douleur cesse. Ayana s'approcha et s'accroupit à ses côtés. Du sang, qu'elle tentait tant bien que mal de retenir, s'échappait toujours de son bras blessé.

— Il faut s'occuper de ça, reprit Nokomis.

— Ce n'est rien, reste assise. Chilali va s'en charger, assura Ayana en retirant lentement sa main afin de voir les dégâts laissés par la morsure.

Cette dernière était bien moins grave que ce que la quantité de sang ne le laissait supposer. Mais il ne fallait pas tarder à la nettoyer avant qu'une infection ne se déclare.

— Je ne comprends pas comment on a pu passer à côté d'un loup aussi gros, lâcha Nokomis une fois que les arbres avaient enfin cessé de tourner autour d'elle.

Elle leva les yeux vers le cadavre... et ne vit rien ! Absolument aucun corps. Pas de trace de sang non plus, bien que le poignard de Nokomis soit toujours planté là où elle l'avait laissé et que les profondes marques dans la terre indiquaient qu'un combat avait eu lieu.

— Je n'aimais déjà pas cette forêt, mais là..., souffla Chilali en regardant autour d'elle.

— Si vous ne l'avez pas repéré, c'est sans doute à cause de ça, déclara Ayana en désignant du menton une étrange association de branchages et d'os gisant au sol.

Le gri-gri était serti d'un crâne d'oiseau peint et gravé de divers symboles.

— Il a dû tomber quand le loup a percuté l'arbre, reprit-elle en s'adressant à Nokomis.

— C'est une amulette ?

— Ça ressemble plus à un sortilège de malédiction, répondit Ayana. Nohyandi, recule !

Elle se redressa d'un bond.

— On ne sait pas ce que c'est, se radoucit-elle, réalisant que son ton avait effrayé la petite.

Elle s'approcha et lui sourit pour lui montrer qu'elle ne lui en voulait pas.

— C'est peut-être dangereux. Il vaut mieux ne pas toucher.

Elle lui tendit la main pour qu'elle vienne vers elle. Sans aucune surprise, Nohyandi se dirigea vers Nokomis puis se colla à elle. Ayana regretta d'avoir haussé le ton, mais elle avait eu peur que cet étrange artefact ne déclenche quelque chose de pire que le loup fantôme.

— Ciqala ! Ça vaut pour toi aussi ! Recule !

Elle soupira et attrapa son totem bien trop intéressé

par l'amulette. En écho, Asha siffla sur la renarde comme pour lui faire remarquer son inconscience. Chilali s'approcha à son tour pour observer le gri-gri plus en détail.

— Étrange..., souffla-t-elle en le détaillant.

— Tu sais à quoi il sert ? demanda Nokomis.

— C'est une simple amulette de protection. Rien de dangereux.

— Tu es certaine ? dit Ayana.

Chilali hocha la tête. Aquene lui avait appris comment confectionner des amulettes protectrices. Elle reconnaissait cet assemblage, ces symboles. Tout cela faisait bel et bien partie des types de protection que lui avait enseignés la chamane.

— Ça sert à éloigner les esprits, expliqua-t-elle.

— Efficace, remarque ironiquement Nokomis en la rejoignant.

Elle s'accroupit pour regarder l'amulette de plus près et confirma l'analyse de Chilali. Nohyandi l'imita. Elle pencha la tête sur le côté et fixa un point. Elle tendit la main comme pour la saisir, mais Nokomis l'arrêta.

— Non ! Ayana a raison ! C'est peut-être dangereux. Il vaut mieux ne rien toucher.

Nohyandi libéra sa main et indiqua l'amulette du doigt avec insistance. Nokomis fronça les sourcils. Qu'est-ce qu'elle voulait lui montrer ?

Allant à l'encontre de sa propre recommandation, Nokomis ramassa l'objet.

— Noko, qu'est-ce que...

Chilali ne put terminer sa phrase, une flamme bleutée parsemée de vert illumina l'amulette puis remonta le long du bras de Nokomis, qui se figea : Bjørnarsen venait d'apparaître devant elle. Les sensations associées à la présence de l'homme l'envahirent et la pétrifièrent en un battement de cœur. Lorsque la main fantomatique de l'Iseldmenn lui saisit l'épaule, Nokomis lâcha l'amulette et recula.

Le souffle court, elle fixa cette dernière en silence. Pourquoi ce souvenir était-il revenu ? Pourquoi aussi brusquement ? Pourquoi maintenant ? Ça n'avait aucun sens !

– Ça va, Noko ? s'inquiéta Chilali en la voyant pâlir.

Son amie hocha la tête, tentant d'éloigner ses douloureuses réminiscences.

– C'était un peu violent... Mais ça va...

Elle n'avait toujours pas détaché ses yeux de l'amulette. D'où venait cet artefact ? Chilali s'accroupit auprès de l'objet en prenant soin de ne surtout pas le toucher.

– Il a dû réagir à ton...

Chilali lança un regard à Nohyandi et réalisa qu'elle ne pouvait pas comprendre de quoi elle parlait. Elle reprit donc :

– Elle a dû capter ton andiiyoh'aako.

– Aucune amulette n'a jamais réagi comme ça, rétorqua Nokomis qui détestait être assimilée de près ou de loin à un wendigo, qu'il soit question de son andiiyoh'aako ou non.

– Calme-toi. Je n'ai pas dit que c'était normal.

– C'est peut-être à cause de ça ? intervint Ayana en désignant un point dans l'amulette.

Retournée, cette dernière laissait apparaître l'intérieur du crâne. Une légère aura bleue en émanait. Nokomis et Chilali s'approchèrent. Pour plus de précautions, Nokomis envoya son énergie à la rencontre de l'étrange lueur. Son intuition fut confirmée : ce crâne était serti d'une gemme de Anciens ! Une gemme particulièrement puissante et gorgée d'énergie pure.

Elle qui se focalisait sur les recherches d'entités maléfiques n'avait jamais pensé à sonder les forces bénéfiques de la forêt, celles-ci n'étant ordinairement pas agressives à son égard. Et pourtant, celle qui habitait cette pierre la repoussait avec ardeur alors qu'elle ne faisait que l'effleurer de ses sens.

L'échange de flux fut subtil, mais permit à Nokomis de détecter une aura qui lui était totalement inconnue. De cette aura pulsait la puissance maléfique des wendigos, mais aussi la douce magie des Anciens. Toutes deux profondément liées l'une à l'autre. De ces énergies, à la fois singulières et familières, émanait une force brute verdâtre associée à une violence froide bleutée. C'était comme si les auras des wendigos et celles des Anciens avaient été inversées !

Cet artefact possédait une troisième source d'énergie. Une source qui semblait provenir d'un autre âge. D'une époque où les forces bénéfiques et maléfiques étaient encore plus profondément entremêlées qu'aujourd'hui. D'une époque où les Anciens et les wendigos ne formaient qu'un.

CHAPITRE 7

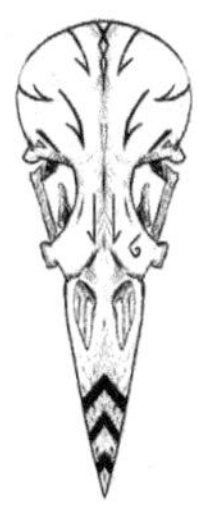

Les ténèbres envahirent la forêt tandis que les dernières braises s'éteignaient lentement. Un craquement réveilla Nokomis. Elle jeta un regard à Ciqala qui lui répondit d'un doux clignement d'œil. Aucun danger n'était à déclarer. Se déplaçant silencieusement pour ne pas réveiller Nohyandi blottie contre elle, Nokomis raviva le feu. Le soleil se levant dans de longues heures et les nuits se faisant de plus en plus froides, elle ne pouvait pas le laisser mourir.

Elle fit un pas pour s'en occuper quand la terre se déroba sous ses pieds. Nokomis traversa la couche de feuilles mortes et tomba lourdement au sol.

– *Te revoilà... Je ne pensais pas te revoir de sitôt...*

Nokomis sursauta. Un frisson remonta le long de sa colonne quand une ombre glissa sur sa droite. La créature rôda dans l'obscurité comme un prédateur autour de sa proie. Puis, dans un souffle glacial, elle l'attrapa par la tunique et la plaqua contre un mur absent quelques secondes plus tôt. Le regard vert de Bjørnarsen illumina les ténèbres en un battement de cœur et se planta dans celui de Nokomis, qui se figea.

D'un doigt décharné, le wendigo effleura la joue de Nokomis qui n'osait plus bouger. Les traumatismes de sa séquestration revinrent un à un dans son esprit. Que faisait-elle là ? Pourquoi Ohanzee était-il vivant ?

– *Encore ces questions,* soupira-t-il. *Je suis et serai toujours là !*

Il tapotait son doigt sur le front de Nokomis. Un sourire carnassier étendit ses lèvres, déformant ses traits, glissant jusqu'à atteindre la base de ses oreilles. Ses dents s'affinèrent pour devenir des pointes acérées. Son visage, dont la peau se craquelait, s'allongea pour laisser apparaître un crâne de cervidé au regard flamboyant.

Nokomis chercha à se défaire de la poigne du wendigo, sans succès. Ses pieds décollèrent du sol. Son corps, lui, fut recouvert d'une fumée visqueuse qui remonta jusqu'à son cou. Les griffes d'Ohanzee enserrèrent sa gorge pour la porter plus haut et... l'embrocher sur des cornes recourbées.

Une profonde douleur irradia la poitrine de Nokomis, à présent transpercée de bois en son centre. Elle retint un cri et se recroquevilla.

Satisfait de son travail, Ohanzee recula. Il adopta une forme fantomatique. Les yeux toujours braqués vers sa descendante, il rejoignit le sol.

– Qu'est-ce que tu veux ? souffla Nokomis à mi-mot.

Tout en disant cela, elle chercha discrètement à capter son andiiyoh'aako, et surtout, Chilali.

Le crâne d'Ohanzee tressauta sous son rire caverneux. Il tendit le bras, invoquant des liens visqueux qui enserrèrent les membres de Nokomis afin de la maintenir fermement aux bois qui transperçaient sa poitrine. Elle laissa échapper une plainte sourde.

Pourquoi son pouvoir ne répondait-il pas ? Pourquoi était-elle là ? Elle pencha la tête en avant. Une larme qu'elle ne put retenir glissa le long de sa joue. C'est alors qu'elle remarqua un mouvement sur sa droite. Une petite fille aux yeux verts flamboyants le dévisageait. Des bois avaient été grossièrement fixés sur son crâne. Dans sa main, elle serrait un cœur encore frais. Son menton et ses bras étaient couverts de sang. Le reste de sa peau, quant à lui, était enduit d'un mélange de suie noire et d'un autre composant inconnu.

– Eïka ?

Un filet de sang s'échappa des lèvres de Nokomis quand un sanglot monta dans sa gorge. Eïka laissa tomber le cœur et s'approcha d'elle. Les yeux plantés dans ceux de sa mère, elle semblait chercher à sonder son âme. S'arrêtant à un pas de Nokomis, Eïka dévoila le même sourire démoniaque que son wendigo de père.

Son expression dérangeante sur le visage, elle se remit en mouvement, levant doucement sa main à la hauteur de la poitrine de Nokomis. Des griffes visqueuses poussèrent au bout de ses doigts quand Ohanzee la rappela sèchement à l'ordre comme s'il parlait à un animal mal dressé. Eïka se figea, hésita, puis glissa vers Ohanzee pour se blottir contre lui. Cela sans jamais détacher ses yeux de ceux de Nokomis. Cette vision serra le cœur de cette dernière.

— Qu'est-ce que tu lui as fait ? gronda-t-elle à l'adresse d'Ohanzee.

Sa question resta sans réponse. Le wendigo s'était volatilisé, la laissant seule avec sa fille dans un silence pesant.

— *Je n'ai absolument rien fait,* glissa un murmure à l'oreille de Nokomis.

Une haleine glaciale et pestilentielle effleura sa joue, accompagnée d'un doigt squelettique qui suivit la ligne de sa mâchoire. Son contact tétanisa une nouvelle fois Nokomis.

— *Notre fille n'a besoin de rien de plus. Elle est parfaite. Tu ne trouves pas ?*

— Ce n'est qu'une enfant..., souffla Nokomis, la gorge serrée. Laisse-la partir... Prends-moi si tu veux, mais laisse-la !

Elle n'arrivait plus à retenir ses larmes. Elle ne voulait pas qu'Eïka vive de la sorte. Sa fille n'était pas un monstre ! Elle le savait !

— *Elle nous ressemble à tous les deux,* sourit Ohanzee comme s'il suivait le cours de ses pensées. *Elle ne peut être qu'un monstre.*

— S'il te plaît...

Jamais Nokomis n'aurait cru devoir un jour supplier de nouveau Ohanzee. Mais il le fallait. Elle devait l'implorer de laisser leur fille tranquille. Lui demander de la libérer de son emprise.

Pour toute réponse, le wendigo la dépassa dans un souffle pour rejoindre Eïka. Puis, il l'entoura d'un filin visqueux et lui ordonna d'un mot bref et brutal de le suivre.

– Non, laisse-la ! Ohanzee !

Sourd à ses appels, le démon continuait son chemin, s'enfonçant davantage dans les ténèbres, sa fille dans son sillage.

– Ohanzee ! Reviens ! Eïka ! Non !

Nokomis se débattit de plus belle, en vain. Les cornes et ses liens poisseux l'empêchaient de partir à leur poursuite.

– Eïka ! Reviens ! Ne le suis pas !

***

– Eïka !

Nokomis se réveilla en sursaut. En panique, elle tourna son regard vers le feu crépitant qui illuminait l'endroit de sa douce lueur. Aucune trace d'Ohanzee. Ni d'Eïka. Elle soupira en passant une main sur son visage.

– C'est qui, Eïka ?

Assise face à elle, Nohyandi la fixait de ses grands yeux verts avec étonnement. Elle semblait l'observer depuis un moment.

– Tu as dit plein de fois « Eïka », répéta la fillette. C'est qui ?

Nokomis ferma les yeux pour reprendre ses esprits. Ce cauchemar... Elle essuya la sueur qui couvrait son front et se tourna vers Nohyandi.

– Pour quelqu'un qui ne parle pas, tu es bien bavarde, dit-elle en souriant, espérant écarter l'intérêt de la petite pour Eïka. J'ai fait un cauchemar, c'est tout. Ça arrive, mais ce n'est rien.

Nohyandi se rapprocha pour la prendre dans ses bras.

– Ma maman fait ça quand je fais des cauchemars. Après, ça va mieux.

Un premier temps surprise, Nokomis répondit à son étreinte, attendrie par tant d'attention de sa part.

– Maintenant que je suis réveillée, je vais mieux, dit-elle. C'est aussi grâce à toi.

Elle lui caressa la joue et l'embrassa sur le front. Une habitude qu'elle avait prise quand elle rassurait Ranfri. Nohyandi lui sourit. Un sourire sincère, le premier depuis leur rencontre.

– On dirait que tu vas mieux, toi, constata Nokomis.

Derrière elle, Ayana se redressa, inquiète de l'entendre parler au beau milieu de la nuit. Nokomis la rassura. Elle n'eut pas à en rajouter davantage pour que sa femme retombe dans un sommeil réparateur.

– Allez, on dort maintenant, chuchota Nokomis à l'adresse Nohyandi avant que la petite ne commence à poser de nouvelles questions.

Cette dernière ne se fit pas prier. Elle s'installa entre ses bras et ferma les yeux. Alors que Nokomis la pensait endormie, elle sentit Nohyandi glisser un doigt sur l'un de ses tatouages.

– J'aime bien quand ça brille la nuit, murmura la fillette.

Elle marqua une pause puis ajouta :
– Kiso.

Puis, elle se blottit contre Nokomis. Malgré l'étrangeté de sa confidence, Nokomis fut rassurée de ne pas passer pour un monstre à ses yeux, bien que l'effet luminescent non contrôlé de ses tatouages ne soit en aucun cas un bon signe. Pour personne.

***

Dès le lendemain matin, Nokomis fit part de ses inquiétudes à Ayana et Chilali.

– Et tu ne lui as pas demandé qui était « Kiso » ? s'étonna cette dernière.

Nokomis secoua la tête.

– J'avais peur qu'il s'agisse de quelqu'un de proche ou d'un totem décédé. Je ne préférais pas la perturber avant qu'elle se rendorme.

Chilali acquiesça et se massa le front. Elle avait beaucoup de difficulté à suivre la conversation. Elle voulait en savoir plus sur Nohyandi, qu'elle trouvait particulièrement étrange dans ses réactions, mais une migraine comme elle n'en avait rarement eu lui vrillait le crâne à chaque son, l'empêchant de se concentrer sur la discussion.

— Tu as bien fait de ne pas lui demander de précision, soutint Ayana.

Elle tendit à Chilali un gobelet de décoction de plantes qu'elle venait de finir de préparer pour elle.

— Surtout si ce Kiso émet la même lueur que tes tatouages, ajouta-t-elle en rangeant son matériel de guérisseuse. Ce n'est pas bon signe.

— Tu penses qu'elle a déjà eu affaire à un wendigo ? demanda Nokomis.

— Tout est possible. Les manifestations magiques qu'elle a pu voir récemment n'ont pas eu l'air de la perturber jusque-là.

— On pourrait aussi lui poser la question, intervint Chilali en observant du coin de l'œil Nohyandi cueillir quelques baies un peu plus loin.

Comme à leur habitude, Ciqala et Asha ne la lâchaient pas d'une semelle. C'étaient bien les seuls êtres que Nohyandi tolérait, avec Nokomis.

— Ça peut être une solution, approuva cette dernière en suivant le regard de son amie. Même si je doute qu'elle ne rouvre la bouche avant ce soir. J'attendrai qu'elle m'en reparle pour lui demander.

— On parle de wendigo, Noko, s'exclama à voix basse Chilali afin de ne pas alerter Nohyandi. C'est peut-être lui qui a déposé l'amulette et qui nous nargue.

— Ça n'a aucun sens ! répliqua Nokomis. Pourquoi ce wendigo n'est pas directement venu à elle si elle lui fait autant confiance ? Non, je pense qu'il s'agit d'un totem. Son propriétaire devait être possédé. Si Nohyandi a côtoyé assez longtemps ce totem en étant seule avec lui, elle n'a pas pu associer cette lueur à quelque chose de mauvais.

— Et si c'était sa mère le wendigo ?

Nokomis fronça les sourcils et secoua la tête.

– Si sa mère était un wendigo, elle aurait largement la capacité de localiser et de protéger sa fille. Nohyandi ne serait donc pas là avec nous, mais avec elle.

– Peut-être que notre aura la cache ?

– Arrête de chercher à comprendre ! s'énerva Nokomis en envoyant mentalement une vague de pouvoir à Chilali. Je lui demanderai quand elle sera prête !

Ses tatouages s'illuminèrent subitement tandis qu'une rage inexplicable montait en elle.

– Noko ! s'exclama Ayana.

Elle posa une main sur son bras.

– Doucement ! Qu'est-ce qu'il te prend ? Chilali ne fait que poser des questions.

Nokomis fixait avec fureur Chilali qui, malgré son mal de tête, soutint son regard avec défi. Mais un violent vertige la força à décrocher ses yeux de ceux de Nokomis. Cette dernière le ressentit. Elle vacilla à son tour. La colère retomba aussi vite qu'elle était apparue.

Nokomis cligna des yeux, puis elle porta une main à sa tête quand une profonde douleur lui transperça le crâne telle une flèche. Elle releva les yeux et réalisa qu'elle se tenait face à elle-même !

À peine Nokomis eut-elle eu le temps de comprendre qu'elle occupait le corps de Chilali qu'elle réintégra son propre corps avec violence. La douleur tambourina plus fortement à ses tempes au même instant. À moins que ce ne soit celle de Chilali ? Elle ne savait plus. Ne comprenait plus ce qu'elle ressentait, quand enfin, la douleur s'estompa.

– Pardon..., bafouilla-t-elle.

Un frisson la traversa. Chilali leva les yeux en le remarquant, ou plutôt, en le ressentant à son tour. C'était comme si les réactions de Nokomis se propageaient à elle telle une onde au milieu d'un lac. Nokomis capta son interrogation dans son regard. Elle secoua subtilement la tête pour lui indiquer qu'elle ne savait pas ce qu'il se passait, que ça ne venait pas d'elle.

Entre elles, Ayana les dévisageait avec inquiétude.

– Des transferts d'énergie, expliqua simplement Nokomis en se levant. J'ai du mal à les maîtriser. Pardon, Chilali.

Elle avait besoin de bouger, ce coin de forêt ne lui plaisait définitivement pas. Elle fit un pas vacillant qui l'obligea à se raccrocher à un arbre. Ayana sauta sur ses pieds pour la soutenir.

– Des énergies ou un empoisonnement ? Rassieds-toi, tu es blanche comme la neige.

– Ça va, je te dis, grogna Nokomis en la repoussant.

Elle arrêta son geste, réalisant qu'il était plus que disproportionné.

– Noko ! Assieds-toi avant de tomber.

Bras tendus, Ayana chercha à la retenir. Nokomis vacillait encore bien trop dangereusement à son goût.

– Vu vos états respectifs, on va rester ici pour aujourd'hui, ajouta-t-elle. Ce n'est pas...

– Non ! la coupèrent à l'unisson Nokomis et Chilali.

Elles échangèrent un regard entendu. L'une comme l'autre voulait à tout prix s'éloigner de cet endroit.

Ayana les dévisagea de nouveau. Comprenant que quelque chose de plus profond qu'une simple maladie les tourmentait, elle accepta de lever le camp à une unique condition : au moindre signe de faiblesse de leur part, elle les obligerait à faire une pause. Ce qui se passa plus de cinq fois durant la journée.

Quand ce n'était pas Nokomis qui était prise d'un soudain malaise, c'était au tour de Chilali de voir les arbres tournoyer autour d'elle et d'être envahie par des sueurs froides. Il lui arrivait aussi de sursauter et de sonder les alentours avec appréhension en affirmant avoir entendu un cri de hibou, chose presque impossible en plein jour.

À chaque fois qu'elle réagissait de la sorte, Nokomis projetait son esprit au loin. Entraînant, volontairement ou non, celui de son amie dans son sillage afin de s'assurer que la voie était libre et qu'aucun rapace nocturne ne hantait les cimes des arbres, comme Chilali le répétait sans cesse.

De plus en plus inquiétée par leur comportement, Ayana se mit elle aussi à sentir une angoisse monter en elle.

Et pourtant, si elle se fiait à Ciqala ou Asha, tout indiquait qu'aucun prédateur ou force maléfique ne les épiait. Nohyandi, elle, ne lâchait pas la main de Nokomis, comme si elle cherchait à la rassurer par sa présence.

Le groupe n'avança pas bien vite ce jour-là. Il put tout de même s'éloigner assez du lieu de découverte de l'amulette pour que les sensations de malaise de Nokomis et Chilali s'estompent et leur permettent de se reposer à la nuit tombée.

***

Ce soir-là, la veillée ne dura pas longtemps, Nokomis et Chilali ayant utilisé toute leur énergie pour lutter contre leurs vertiges et angoisses partagées. Ayana attendit un bon moment avant de les suivre dans un sommeil réparateur, préférant s'assurer que ses amies ne se réveillent pas en panique suite à une quelconque impression de manifestation démoniaque fictive.

Malgré cette attention et assommée par la fatigue, Chilali fut sortie de son sommeil par un bruissement de feuilles. Son sang se figea. Elle fut rassurée de voir qu'il s'agissait seulement de Nohyandi qui s'éloignait, sans doute dans l'optique de se soulager. Un point l'intrigua tout de même : la fillette n'avait pas réveillé Nokomis pour l'accompagner. Ni même Ciqala.

En effet, depuis leur rencontre, Nohyandi avait toujours refusé qu'une des adultes ne l'aide à se changer ou se laver, une exigence qui n'avait en aucun cas dérangé ses gardiennes. La seule chose que ces dernières lui avaient demandée était qu'elle ne s'éloigne jamais. Jamais seule. Quand cela devenait nécessaire, Nohyandi était donc accompagnée de Ciqala, que la fillette appréciait particulièrement.

Chilali fronça les sourcils. Il était bien trop tard dans la nuit pour que Nohyandi ait besoin de se changer ou de se laver. À moins, qu'elle n'aille pas bien.

– Nohyandi ! chuchota-t-elle, la voix encore engourdie par le sommeil. Où est-ce que tu vas ?

La petite ne répondit pas à son appel. Chilali lança

un regard à Nokomis qui dormait paisiblement et soupira. Elle n'allait pas la réveiller pour ça. Elle se redressa donc et emboîta le pas de Nohyandi qui disparaissait déjà dans les ténèbres.

Chilali la suivit à une distance raisonnable afin de ne pas l'effrayer, mais surtout pour s'assurer qu'elle ne s'éloignait pas trop. Si elle avait besoin de se soulager, elle n'irait pas très loin. Et pourtant, Nohyandi continua sa route, s'enfonçant de plus en plus profondément entre les arbres.

– Nohyandi ! Reviens !

Chilali trottina pour la rattraper.

– Où est-ce que tu vas comme ça ?

La fillette se tourna vers elle et la regarda avec une expression étrange. Puis, elle tendit le doigt vers un tronc d'où émanait une lueur verdâtre. Chilali frissonna en sentant la pulsation maléfique effleurer son esprit.

– Ne restons pas là, souffla-t-elle.

Elle attrapa la main de Nohyandi pour la forcer à reculer. Et se pétrifia quand elle rencontra du vide. Non, c'était impossible ! Elle se tenait à un pas d'elle !

– Nohyandi !

Chilali fit un tour sur elle pour voir si la fillette n'avait pas décidé de rentrer d'elle-même. Elle s'arrêta. Ce tronc. Il n'était pas là avant. Cette roche non plus. Hésitante, elle observa les alentours plus attentivement. Elle était bien en forêt, mais les arbres avaient changé de place et d'aspect. Elle tourna les yeux vers l'arbre verdoyant. Lui était toujours là.

– C'est la fatigue, juste la fatigue... Tout va bien, murmura-t-elle en reculant doucement pour rejoindre le campement où Nohyandi devait déjà l'attendre.

Elle fit demi-tour, espérant se guider grâce à la lueur chaude dc leur feu de camp qu'elle devrait voir apparaître quelques pas plus loin. Elle marcha pendant un long moment sans percevoir le moindre éclat orangé au cœur des ténèbres.

Plus elle avançait, plus elle sentait l'angoisse monter en elle. Enfin, une lumière attira son attention. Pas une lumière jaune comme elle l'aurait souhaité, non. Une lumière verte ! L'arbre qu'elle venait de quitter... il se retrouvait face à elle ! Pourtant, elle était persuadée de lui avoir tourné le dos et d'avoir marché tout droit.

Un mouvement dans les buissons la fit sursauter.

– Nohyandi ? C'est toi ? demanda-t-elle d'une voix tremblante.

Elle attendit. Aux aguets, elle scrutait le moindre bruit afin de s'assurer que Nohyandi n'avait pas besoin d'elle.

Seul le silence lui répondit. Un silence pesant en aucun cas normal. Un silence lourd qui commençait doucement à jouer avec ses nerfs. Un silence si oppressant qu'elle entendait son sang bourdonner à ses oreilles. À moins que ce ne soit les déplacements d'un prédateur ? Ou des tambours au loin ?

– Noko ? dit-elle sans grande conviction. Ayana ? Asha ?

Tout en appelant ses amies, elle projeta son esprit à travers les arbres, cherchant l'énergie réconfortante de Nokomis. Sans succès. Rien. Rien que le silence, le vide et le froid de la nuit répondaient à sa détresse. Les larmes lui montèrent aux yeux. Où était-elle ?

Elle inspira profondément pour se reprendre.

– Calme-toi, c'est un cauchemar, murmura-t-elle. Ça ne peut pas être autre chose qu'un cauchemar... Noko serait là sinon...

Elle recula doucement pour plaquer son dos à un arbre. Ce mouvement lui parut absurde, mais elle ne savait pourquoi il la rassurait.

Trop occupée à sonder les ténèbres, elle ne sentit pas l'extension visqueuse glisser sur son épaule.

– *Ce que tu vis est bien réel...*, souffla une voix rauque.

Une voix qu'elle ne connaissait que trop bien et qu'elle aurait préféré ne plus jamais entendre : Ohanzee.

– Non... Pas toi... Tu es mort ! couina-t-elle. Tu n'es pas là...

Elle voulait se persuader qu'elle avait raison. Après tout, elle l'avait vu être réduit en cendres par Nokomis. Son âme être absorbée et détruite.

– *Je suis toujours là... Dans tes pas, dans tes songes...*

L'extension frôla le cou de Chilali, qui bondit en avant. Dans son mouvement, elle trébucha et s'étala de tout son long entre les feuilles mortes. En panique, elle se retourna et le vit : le crâne de cerf aux yeux incandescents. Il la surplombait de toute sa hauteur. Un filet de bave noirâtre s'écrasa sur sa jambe. L'humidité froide qui s'en dégageait traversa le tissu, effleura sa peau, déclenchant un incontrôlable frisson de dégoût et de peur à travers le corps, pourtant pétrifié, de Chilali.

Un éclair zébra le ciel, la pluie tomba soudainement. Un feu s'éleva sur sa droite. Sous ses mains, l'humus de la forêt avait laissé place à une roche dure et détrempée. Encore un éclair. Un éclair qui lui permit de discerner un corps au sol, juste derrière Ohanzee. La personne bougea faiblement.

– Noko ? souffla Chilali.

Elle réalisa alors qu'elle revivait le soir où Nokomis avait libéré Ohanzee de sa gemme. Le soir où il avait pris possession d'elle. Le soir où Chilali avait bien cru ne jamais revoir son amie.

Le rire caverneux d'Ohanzee attira de nouveau son attention.

– *Je ne me lasserai jamais de cette terreur dans ton regard.*

Puis il fondit sur elle, étouffant le cri qui s'échappait de la gorge de sa pauvre victime.

***

– Chilali !

Complètement déboussolée par ce qu'elle venait de vivre, Chilali se débattait, envoyant des coups à l'aveugle pour qu'on la lâche.

– Chilali, c'est moi ! Tout va bien, je suis là.

Nokomis tenait son visage entre ses mains, la forçant à la regarder. Ses yeux trahissaient son inquiétude.

– Respire, tout va bien, reprit Nokomis quand elle capta enfin son regard.

Chilali la dévisagea un court instant avant de lui sauter

85

dans les bras, trop heureuse de la voir saine et sauve. Elle la serra contre elle en laissant échapper ses larmes.

Tremblante de sa vision de cauchemar, la chaleur réconfortante de son amie finit par doucement l'apaiser.

— J'ai cru qu'il s'en était encore pris à toi, souffla-t-elle entre deux sanglots.

— Tout va bien. Personne ne s'en est pris à moi, la rassura Nokomis en resserrant son étreinte.

Elle lui envoya subtilement une vague d'énergie pour la détendre davantage, mais n'y parvint pas. Elle aurait aussi aimé pouvoir sonder son esprit à la recherche de réponses quant à sa panique soudaine, mais elle ne pouvait violer leur règle de consentement établie depuis longtemps entre elles : il leur était interdit de sonder l'esprit de l'autre sans son accord. Encore moins dans ce genre de situation.

Mais elle voulait savoir. Savoir pourquoi Chilali s'agrippait à elle comme si elle allait disparaître dans l'instant.

— Qu'est-ce qu'il s'est passé ? s'inquiéta Ayana en s'accroupissant auprès d'elle.

C'est alors que Chilali réalisa qu'elles étaient en pleine forêt et non dans leur camp. Celui-ci se trouvait quelques pas plus loin à en croire l'aura orange qui filtrait entre les arbres. Elle s'était donc bien levée. Elle tourna les yeux vers Nohyandi qui la fixait en silence. La même expression neutre qui quittait rarement son visage.

— J'ai suivi Nohyandi, expliqua Chilali. Puis on a vu l'amulette là et...

Elle s'arrêta pour regarder l'arbre d'où émanait la lueur verte, mais celle-ci avait disparu. L'arbre était un simple arbre sans aucun effluve maléfique.

— Il y avait une amulette ici ! L'arbre brillait ! s'exclama-t-elle.

— On te croit, calme-toi, la rassura Ayana. Elle est peut-être tombée quand l'ours est parti. Il a effleuré l'arbre.

— Quel ours ?

— Celui qui t'a attaquée, répondit Nokomis en fronçant les sourcils. Je l'ai fait partir au moment où il allait t'arracher la tête.

– Il n'y avait pas d'ours..., murmura Chilali.

Elle secoua la tête.

– Il n'y avait pas d'ours ! répéta-t-elle, réalisant que ses amies ne comprenaient pas. C'était Ohanzee qui était là ! Juste là !

Elle indiqua un point derrière Nokomis, puis revint à elle.

– Et toi aussi tu étais là. C'était le soir où... où tu l'as libéré.

Nokomis regarda Ayana avec inquiétude. Chilali perdait-elle la tête ?

– Tout va bien, lui assura Nokomis. Ohanzee est mort. Il ne peut pas t'atteindre.

Elle marqua une pause.

– Mais tu n'es pas la seule à avoir rêvé de lui. Il m'est apparu la nuit dernière. Je pensais qu'il s'agissait d'un simple cauchemar. Mais si toi aussi tu le vois...

Ayana les observa avec inquiétude. Si cette forêt n'était pas hantée, elle était très certainement maudite ! Ou en tout cas, elle n'était pas protégée par les Anciens. Un flux démoniaque devait couler sous leurs pieds, il n'y avait pas d'autre explication. Elle fut sortie de ses réflexions par Nohyandi qui partit en direction de l'arbre indiqué plus tôt par Chilali. La fillette le contourna et s'arrêta auprès de ce dernier. Puis, elle les regarda avec insistance.

Nokomis se leva pour la rejoindre.

– Fais attention, couina Chilali qui ne voulait en aucun cas revivre son cauchemar, même si Nokomis et Ayana étaient près d'elle.

Ignorant sa recommandation, Nokomis se dirigea vers Nohyandi.

– Et bah, on l'a retrouvée, ton amulette, dit-elle à l'adresse de Chilali. Elle ne brille plus par contre.

Contrairement à la première amulette, celle-ci n'était pas composée d'un crâne de corbeau, mais d'un crâne de renard. Les fonds de ses orbites étaient tous deux sertis d'une gemme des Anciens. Pour plus de sûreté, Nokomis la sonda rapidement et réalisa que l'étrange énergie qui était censée l'habiter l'avait quittée.

— Elle ne sera plus un danger. Quelqu'un ou quelque chose l'a vidée de son pouvoir.

Elle s'arrêta et se tourna vers Nohyandi.

— Elle brillait avant que tu viennes nous chercher ?

— Nohyandi était avec moi ? demanda Chilali.

Nokomis leva la main pour lui dire d'attendre un instant et s'accroupit devant Nohyandi, qui lança un regard inquiet à Chilali et Ayana, restées volontairement en retrait. Ses yeux glissèrent vers Ciqala, qui les avait rejointes pour observer l'amulette de plus près.

— Elles ne t'entendent pas, la rassura Nokomis. Tu sais que tu peux tout me dire ? Alors, est-ce que les pierres brillaient quand l'ours était là ?

Nohyandi tritura ses mains en fixant le sol. Après un court instant, elle hocha doucement la tête puis s'arrêta comme si elle voulait dire quelque chose.

— Fait comme si elles n'étaient pas là, la rassura Nokomis, comprenant que la présence de ses amies la gênait. Comme hier soir, on n'est que toutes les deux.

— Ça a fait « pouf », quand l'ours est arrivé, dit timidement Nohyandi en mimant un geste d'explosion.

Nokomis la remercia d'un sourire et se tourna vers ses amies pour leur transmettre l'explication.

— Donc elle était bien là ! répéta Chilali en se levant. Cette amulette, c'est un piège alors ?

— Peut-être, répondit Nokomis en haussant les épaules. Dans tous les cas, elle ne fera plus de mal personne. C'est juste un bout de crâne avec deux cailloux maintenant.

— Quelque chose me chiffonne, l'interrompit Ayana. Chilali, tu as bien dit que Nohyandi t'avait montré le chemin vers l'amulette ?

— J'ai l'impression, oui.

Ayana hocha la tête et s'accroupit à son tour face à Nohyandi.

— Comment sais-tu que les amulettes sont là ?

— Elle tombe dessus par hasard, intervint Nokomis. C'est tout.

– Elle ne tombe pas dessus par hasard, répliqua Ayana. Ça fait deux fois qu'elle nous les montre.

Elle se retourna vers Nohyandi qui jouait de nouveau avec ses mains. La fillette lança un regard à Nokomis comme si elle cherchait à avoir son accord pour parler.

– On ne te gronde pas, lui assura cette dernière. Si tu sais comment les trouver, il faut nous dire.

Nohyandi fit une moue dubitative. Elle cachait quelque chose.

– Et si tu ne me le disais qu'à moi ? proposa Nokomis.

L'idée parut plaire à Nohyandi, mais quelque chose semblait la tracasser. Elle ne voudrait pas parler. Pas tout de suite.

– C'est pas grave, lui sourit Nokomis. Tu le diras plus tard.

Elle se leva et lui tendit la main pour regagner le campement. Visiblement, elles n'en apprendraient pas plus pour ce soir et personne n'en tiendrait rigueur à Nohyandi, ce qui rassura la fillette. Le groupe rejoignit donc sa couche sur cette énigme non résolue.

Du moins, c'est ce que crut Nokomis, car quand les respirations paisibles d'Ayana puis de Chilali montèrent sur le camp, une petite main glissa le long d'un de ses tatouages. Et Nohyandi chuchota :

– Kiso.

Juste ce nom, sans rien ajouter de plus. Encore ce nom.

Ce simple nom suffit à ce que l'esprit de Nokomis tourne en boucle. Qui était Kiso ? Pourquoi Nohyandi était-elle si obsédée par ce nom ? Et surtout, pourquoi la comparait-elle constamment à lui ?

CHAPITRE 8

Le lendemain matin, le groupe reprit sa route non sans une certaine appréhension. Deux jours consécutifs, et deux amulettes faisaient leur apparition. Pour Chilali, cela était dû à tout sauf au hasard.

– On ne devrait pas déjà être arrivées de l'autre côté ? demanda-t-elle alors que le soleil était à son zénith. Ça fait des jours qu'on marche. Elle est infinie cette forêt ?

– C'est pour cette raison que le clan ne s'y aventure pas, répondit Nokomis. Mais ça reste le chemin le plus rapide pour rejoindre les renards.

Du moins, si elle en croyait les informations qu'elle avait pu réunir sur ce clan presque inconnu des corbeaux blancs. À la fois si proche et si lointain. Elle aurait aimé pouvoir en demander plus à Yobatu, mais la pauvre femme était partie bien trop vite avant de pouvoir les aider davantage.

– *Détends-toi*, reprit mentalement Nokomis à l'adresse de Chilali. *Tout va bien.*

Son amie lui répondit d'un subtil mouvement d'énergie. Bien qu'elle le cache, elle était angoissée à l'idée de passer une nuit de plus dans cette forêt. Nokomis le savait, car elle ressentait la peur de Chilali monter en elle comme s'il s'agissait de la sienne.

Cette situation déconcertante l'obligeait à constamment s'assurer que ses sensations et ses émotions étaient bien les siennes et non celles de Chilali. Malgré cela, Nokomis parvenait à garder un calme apparent. Les seules réactions visibles de l'angoisse de Chilali sur son propre corps étaient les quelques sursauts non maîtrisés et la légère luminescence involontaire de ses tatouages, qu'elle ne cherchait même plus à dissimuler.

Ayana passa doucement un doigt sur l'un d'eux.

– Tout va bien ? demanda-t-elle.

Nokomis hocha la tête, concentrée sur l'endiguement des émotions de Chilali qui, sans le vouloir, déversait progressivement et de façon toujours plus intensive son stress en elle.

Inquiète, Ayana l'observa un instant, puis ses yeux se tournèrent vers Chilali. Elle savait que toutes deux lui dissimulaient leur malaise. Mais ce dernier devenait de plus en plus palpable dans l'air, même pour elle qui ne manipulait pas les énergies. Ayana savait aussi que cela ne servait à rien de s'acharner à demander à ses amies de cesser de lui cacher les choses. Elle se contenta donc de glisser ses doigts entre ceux de Nokomis, qui lui répondit par un sourire.

À peine Ayana eut-elle effleuré la main de sa compagne, que Nohyandi la fusilla du regard. Ce contact ne lui plaisait pas.

L'insistance de la petite finit par faire effet : Ayana libéra la main de Nokomis pour rejoindre Chilali dont les yeux scrutaient le moindre mouvement des feuillages et des buissons alentour.

– Qu'est-ce qu'il se passe ? lui souffla Ayana. Toi et Noko, vous êtes vraiment bizarres depuis quelques jours. Ce sont les amulettes. Chilali ?

– Hein ? Euh, non, rien. Tout va bien. Enfin, si. C'est juste mon cauchemar d'hier. Puis il y a des ours, c'est dangereux...

Elle sursauta. Comme un écho, Nokomis réagit de même, libérant une incontrôlable vague luminescente à travers ses tatouages. C'était comme si la peur de Chilali s'était répercutée en elle. Son regard noir dans leur direction confirma ce qu'Ayana redoutait.

– Oui, effectivement, il n'y a rien du tout, commenta cette dernière. Si Noko ne veut pas me le dire, fais-le ! De quoi voulez-vous nous protéger ?

Elle tendit la main pour attirer l'attention de Chilali. À son contact, cette dernière la bouscula violemment et recula.

– Ne me touche pas !

Son regard s'illumina d'une brève lueur verdoyante avant de reprendre sa teinte bleutée habituelle. Alertée par la brutalité de son ton, Nokomis fit demi-tour et l'attrapa par le col.

– Tu peux avoir du mal à gérer tes émotions et toutes ces énergies. Mais ne lui reparle jamais comme ça !

Ses yeux devenus à leur tour flamboyants se plantèrent dans ceux de Chilali, qui se ratatina sur elle-même. Elle avait plus d'une fois soutenu le regard de Nokomis, mais cette fois, elle pouvait y lire toute la violence dont elle était capable.

– Pardon... Je ne sais pas ce qu'il m'a pris.

– Noko ! Calme-toi ! s'exclama Ayana en avisant les flammes vertes qui couvraient le buste de sa femme.

– Tu ne recommences pas. C'est tout, gronda Nokomis à l'adresse de Chilali, ignorant l'intervention d'Ayana. Si tu as besoin d'extérioriser ou de partager je ne sais quelle émotion, tu le fais. Tu m'en parles. Mais tu ne t'en prends pas à Ayana.

– Noko !

L'appel plus ferme d'Ayana fit enfin réagir Nokomis qui lâcha Chilali d'une main tremblante.

– Mais ça va pas ! dit Ayana en la faisant reculer. Qu'est-ce qu'il te prend ? Enfin qu'est-ce qu'il vous prend à toutes les deux ? C'est un effet des amulettes ?

– Je ne sais pas, répondit Nokomis avec inquiétude, la colère ayant disparu aussi vite qu'elle était apparue. C'est juste cette ambiance. Il y a quelque chose qui...

Une peur qui n'était pas la sienne monta subitement en elle. En observant les environs, elle réalisa que son point de vue avait changé. Elle se voyait, face à elle. Ou plutôt, elle voyait à travers les yeux de Chilali. Encore une fois !

Nokomis paniqua. Se concentrant sur son énergie, elle réintégra son corps de plein fouet et vacilla. Elle porta une main à sa tête. Qu'est-ce qu'il lui arrivait ?

Reprenant ses esprits, elle tenta de nouveau d'explorer les alentours, sans succès. Réitérant la chose, elle en vint à une conclusion peu rassurante : elle n'avait plus aucun contrôle sur ses pouvoirs ! Elle releva les yeux vers Ayana qui l'interrogea du regard, ne comprenant pas ce soudain malaise.

— Vraiment, je ne sais pas ce que vous me cachez toutes les deux, mais il va falloir me le dire, insista la guérisseuse en posant la main sur l'épaule de sa femme avant qu'elle ne s'écroule.

— Ça doit être les baies, répondit brusquement Nokomis pour mettre fin à la discussion.

Elle se dégagea et reprit sa route.

— Attends ! s'exclama Ayana.

Elle fit un pas afin de la rattraper quand une masse brune émergea des fourrés et percuta Nokomis, qui s'écrasa contre un tronc d'arbre mort. Une femme aux longs cheveux noirs suivit la même trajectoire. Elle eut plus de chance, elle atterrit dans un buisson. Sa biche, quant à elle, dérapa et finit sa course en contrebas du sentier.

Nokomis se releva en jurant. Une pointe de douleur lui traversa le flanc, l'arrêtant subitement dans ses injonctions. Elle jura de plus belle en découvrant l'éclat d'écorce planté dans sa peau qui laissait s'échapper un abondant flot de sang.

Se précipitant à ses côtés, Ayana retira le morceau de bois et appuya sur la plaie pour stopper l'hémorragie, le tout en appelant Chilali. Elle n'eut pas à lui dire quoi faire, Chilali prit sa place, positionna au mieux ses mains sur la blessure et envoya une vague d'énergie. Mais elle eut à peine le temps de puiser dans leur pouvoir commun que Nokomis lui coupait déjà l'accès.

— *Noko ! Laisse-moi faire !*

— J'ai rien fait, grogna Nokomis. C'est toi qui l'as bloqué !

Chilali la dévisagea. Puis, elle réalisa qu'elle avait effectué l'inverse de ce qu'elle voulait faire, à savoir ouvrir ses portes mentales afin d'accueillir le pouvoir de l'andiiyoh'aako. Pas lui barrer la route !

Nokomis ne lui laissa pas le temps de comprendre comment elle avait pu se tromper. Elle posa sa main sur la poitrine de Chilali et lui envoya directement la quantité de pouvoir nécessaire pour arrêter l'hémorragie. Cette technique ne leur avait jamais fait défaut, qu'importe la situation.

De nouveau, le transfert d'énergie réagit mal : au lieu de lui transmettre de la magie régénératrice des Anciens, Nokomis déversa un flot de pouvoir brut et sauvage des wendigos. Cela en plein cœur de Chilali qui, par réflexe, le contra. Puis, elle le lui retourna en extrayant au préalable l'énergie neutre indispensable au soin. Cette fois, la manipulation fonctionna.

Leur manœuvre terminée, elles étaient exténuées.

Pourquoi rien ne se passait comme prévu ? Qu'y avait-il dans cette forêt pour perturber à ce point leur pourvoir ?

Elles furent sorties de leur stupeur par un grognement venant du buisson. Celui où avait disparu la femme quelques instants plus tôt. Ayana rattrapa Nohyandi qui voulait rejoindre Nokomis. Puis, la tenant près d'elle, elle s'approcha du fourré.

— Ça va ? lança-t-elle à l'adresse de l'étrangère.

La femme se releva difficilement. D'une vingtaine d'années, son visage était scarifié et tatoué de fines lignes qui parcouraient ses joues et son menton indiquant un statut particulier dans son clan. Une chamane ? Une cheffe de village peut-être ? On ne pouvait en être sûr sans connaître les codes de son clan.

La femme fit craquer son cou en grognant et se figea.

— Dena !

En panique, elle passa devant Ayana en l'ignorant complètement et commença à sonder les buissons du regard. Elle poussa un soupir de soulagement quand la biche, son totem, émergea d'un fourré. Cette dernière, restée en retrait suite à l'accident, lui adressa un cri bref et la rejoint.

— Ça va pas de débouler comme ça ! s'énerva tout à

coup Chilali.

Ayana lui lança un regard noir. Elle n'avait pas envie de devoir calmer quelqu'un encore une fois.

— Elle a failli tuer Noko ! rétorqua Chilali.

Comme pour appuyer les dires de son humaine, Asha se posa non loin d'elle et siffla vers la nouvelle venue, indiquant toute son hostilité à son égard.

— Et tu l'as soignée, répondit Ayana à voix basse. Fin de l'histoire. Maintenant, calme-toi. Qu'est-ce qu'il te prend à la fin ?

Chilali grogna et réalisa que sa colère n'était pas la sienne, mais celle de Nokomis qui, les yeux braqués sur l'étrangère, se redressait tant bien que mal. Sa blessure saignait encore légèrement. Rien de comparable à son état quelques instants plus tôt, mais la plaie n'en restait pas moins visible et suintante de sang.

Le remarquant, Ayana arqua les sourcils et interrogea Chilali du regard.

— C'est moi qui l'ai empêchée de trop en faire, intervint Nokomis avant que Chilali ne dise quoi que ce soit.

Puis, elle se dirigea vers l'étrangère qui, trop occupée à s'assurer que son totem aille bien, les ignorait encore totalement,

— Eh ! On t'a parlé ! Ça va pas de débarquer comme ça !

— Oh, pardon ! Je suis désolée, mais les loups...

La nouvelle venue fit un tour sur elle-même. Elle indiqua une direction, hésita avant de tendre la main à l'opposé, pour enfin revenir à Nokomis.

— Des loups nous pourchassaient. Mais ils ne sont plus là.

Elle s'arrêta, lui sourit, puis réalisa que Nokomis se tenait étrangement de travers. Elle nota qu'elle appuyait sur un point sous ses côtes, comme si elle avait mal. Enfin, elle remarqua le sang couvrant ses doigts et sa tunique.

— C'est les loups qui t'ont fait ça ? s'exclama-t-elle. Laisse-moi regarder.

Elle s'avança pour retirer la main de Nokomis, qui recula.

– C'est toi qui m'as fait ça ! gronda-t-elle. Quand ton...
ta biche m'a percutée !

– Oh !

Elle suivit du regard la direction montrée par Nokomis
et réalisa enfin la présence d'Ayana, Chilali et Nohyandi ainsi
que celles des deux totems. Tous la dévisageaient en silence.

– Oh, bonjour !

La femme agita la main pour les saluer, puis s'adressa
de nouveau à Nokomis :

– Ce sont tes amies ?

– Je crois que sa tête a pris un choc, souffla Chilali à
Ayana en répondant à son salut.

– Je suis sincèrement désolée pour ton état, reprit la
jeune femme en se rendant enfin compte de sa responsabilité
dans la blessure de Nokomis. Tu es certaine que tu ne veux
pas que j'y jette un œil ? Il ne faudrait pas que ça s'infecte.

Elle souleva la tunique de Nokomis malgré ses protes-
tations.

– Je vais m'en occuper, intervint Ayana avant que Nokomis ne s'énerve réellement. Et toi, tout va bien ? Je vais
regarder ta tête, si ça ne te dérange pas.

Elle avait repéré une légère encoche sur le front de
l'étrangère et espérait que celle-ci ne soit pas responsable de
son drôle de comportement.

– Donc des loups t'ont attaquée ? demanda Ayana en
vérifiant si elle ne souffrait d'aucune autre contusion.

– Oui, mais c'est ma faute. Je me suis trop éloignée du
village. Ces bois sont maudits, vous savez. Je n'ai rien à faire
ici...

Elle fit une pause et sembla réaliser quelque chose.

– Et vous ? Qu'est-ce que vous faites là ? Il y a très peu
de monde qui traverse cette forêt. Enfin, personne pour ainsi
dire. Vous vous êtes perdues ?

– Nous ramenons cette petite dans son village pour
qu'elle retrouve sa mère, répondit Ayana, espérant que cette
étrange femme puisse les guider chez les renards.

– Sa mère ? dit l'étrangère avec surprise.

Elle se tourna vers Nokomis.

– Mais, ce n'est pas ta fille ?

– Non. Pourquoi ?

– Elle te ressemble. Enfin, je trouve. Pas vous ?

Elle regarda successivement Ayana et Chilali en quête d'une confirmation de leur part.

– De quel village viens-tu ? préféra demander Ayana avant que la conversation ne glisse en terrain dangereux. Les renards ?

– Non ! Moi, je viens du clan de la couleuvre, répondit-elle en montrant le tatouage de serpent ornant l'intérieur son avant-bras. Il y a un clan du renard dans le coin ? Je ne savais pas. Peut-être que la cheffe de mon village pourra vous éclairer.

De nouveau, elle sembla se perdre dans ses pensées et déclara :

– Je vais vous conduire chez moi. Ce n'est vraiment pas prudent de rester ici.

– On l'avait remarqué, marmonna Chilali qu'Ayana fit taire d'un coup de coude.

– C'est vrai que nous nous sommes un peu égarées, dit cette dernière. Mais nous pouvons trouver le chemin seules, ne t'en fais pas.

– Vous ne trouverez pas le chemin seules, la coupa froidement l'inconnue, contrastant avec le ton enjoué qui animait sa voix précédemment. Ces bois sont sacrés et protègent mon village. Pour en sortir, vous aurez besoin de moi ou d'une de mes sœurs.

– Tes sœurs ?

– C'est une appellation que notre cheffe a choisi d'utiliser pour montrer les liens forts qui nous unissent toutes, expliqua la femme en reprenant son sourire. Notre village est exclusivement composé de femmes. C'est une sorte de refuge, si vous préférez.

– Et c'est un refuge pour vous protéger contre quoi ? s'enquit Chilali en espérant avoir enfin sa réponse sur ce qui hantait ces bois.

– Des hommes, dit la couleuvre comme une évidence.

Ayana lança un regard à Nokomis et Chilali, cherchant

un avis de leur part sur la situation. Un clan de femmes ne devrait pas être des plus dangereux pour elles, même si toutes trois avaient appris à se méfier des clans inconnus, encore plus dans un lieu aussi étrange que cette forêt.

— Nous allons te suivre, déclara Nokomis, surprenant ses amies. Mais nous ne resterons pas. Nous avons perdu beaucoup de temps et Nohyandi doit retrouver les siens.

— Si c'est votre souhait, je le respecte, répondit la femme. Même si je reste persuadée que mon clan vous plaira beaucoup et que vous voudrez rester !

Elle leur adressa encore une fois son plus beau sourire. Elle semblait particulièrement heureuse de rencontrer de nouvelles personnes. Son attitude pouvait même laisser supposer que c'était la première fois qu'elle voyait des inconnues.

— Au fait, je m'appelle Samaari ! s'exclama-t-elle d'un coup, comme si on venait de lui rappeler qu'il était bien de se présenter. Mais vous pouvez m'appeler Sama si vous préférez. Bon, allons-y ! D'ici, il faut une petite journée pour rejoindre le village. Et je ne vous cache pas que je suis contente que nos chemins se soient croisés. Ça me rassure de ne pas passer encore une nuit seule avec Dena. J'ai toujours eu horreur des nuits en forêt. À chaque fois, il s'y passe de drôles de choses.

Chilali se crispa imperceptiblement. Elle ne préférait même pas imaginer à quoi elles avaient échappé si même une habitante de cette maudite forêt leur recommandait de ne pas rester seules en dehors de son village à la tombée du jour.

La couleuvre le remarqua et la rassura :

— Ne t'inquiète pas. Les protecteurs de la forêt protègent toutes les femmes qui foulent son sol, sans exception ! Et même s'il leur arrive parfois de se tromper, on n'en ressort en général qu'avec une grosse frayeur. Ils s'occupent aussi de tuer tout ce qui s'apparenterait de près ou de loin à des forces maléfiques ou masculines.

Nokomis et Chilali échangèrent un regard inquiet. Et si les énergies d'Ohanzee ou du chaman Nashoba, toutes deux masculines et démoniaques, brouillaient leurs propres auras ? Si leur simple présence au cœur de leur andiiyoh'aako faisait d'elles des ennemis pour les puissances protectrices de ces bois ?

Qu'importe de quelle façon elles seraient démasquées, elles finiraient par l'être, elles le savaient. Tout ce qu'il leur restait à faire à présent était de prier les Anciens pour que ces protecteurs ne les prennent pas pour cible. Et surtout, pour qu'ils les laissent quitter vivantes cette forêt de malheur.

CHAPITRE 9

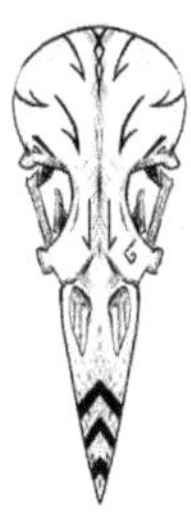

Samaari guida le groupe à travers la forêt. Comme elle l'avait prévu, elles n'atteignirent pas le village à la nuit tombée. Elles firent donc une halte afin de se reposer.

— Au fait, tu ne nous as pas dit pourquoi tu étais partie de ton village, fit remarquer Ayana à Samaari en terminant de mettre en place le campement. Tu nous as parlé des loups, mais ils ne t'ont pas poursuivie une journée entière, si ?

— Non ! s'exclama Samaari avec cette énergie inépuisable qui énervait déjà Nokomis. En fait, Shania, la cheffe de mon clan, m'a chargée de vérifier les protections de la forêt. Pour ça, il est nécessaire de s'éloigner quelque temps du village.

— Mais tu ne nous as pas dit que c'était dangereux de s'y aventurer ? remarqua Chilali.

— Dans la forêt ? Si. Mais mon travail de chamane m'y oblige. Je dois participer à la sécurité de mon clan. Je n'ai donc pas le choix de sortir de temps en temps.

— Pour vérifier les protections ?

— C'est ça ! répondit Samaari, tout sourire. En temps normal, ça se passe bien, du moment qu'on respecte les esprits protecteurs. Ce que j'ai fait. Je ne sais pas pourquoi cette meute m'a attaquée...

Elle réfléchit un court instant, puis haussa les épaules

comme si ça n'avait aucune importance.

– Et ces protections, elles ressemblent à quoi ? demanda Chilali, toujours aussi curieuse d'apprendre de nouvelles choses sur les artefacts chamaniques.

– Je n'ai jamais participé à leur confection, dit Samaari. Tout ce que je sais, c'est que ce sont des amulettes que Shania fabrique à partir de crânes et de gemmes des Anciens. Il y en a plein la forêt. Quand on sait où chercher, on les trouve plutôt facilement.

Nokomis l'arrêta :

– Tu veux dire que toutes ces amulettes éparpillées dans la forêt viennent de ton clan ?

– Oui ! Vous en avez trouvé ? Pourtant, je les cache bien. Enfin, en général.

– On en a trouvé deux depuis notre arrivée, oui. Et elles n'étaient pas très... accueillantes.

– C'est-à-dire ?

– On a eu quelques visions à cause d'elles.

– Oh, ça ? C'est normal ! Ces visions ne vous feront jamais de mal. Elles sont juste là pour effrayer les intrus, rien de plus. À part ça, les amulettes sont inoffensives pour des personnes comme nous. Tiens, regarde.

Tout en disant cela, Samaari sortit de sa sacoche un crâne de belette serti d'une gemme irisée qu'elle tendit à Nokomis. Cette dernière recula brusquement, réveillant sa blessure fraîchement bandée par Ayana.

– Éloigne ça, gronda-t-elle en portant la main à son flanc.

– Elle ne te fera aucun mal, assura Samaari. À moins que tu ne sois un homme, ou pire, un wendigo, cette amulette est inoffensive. Elle aurait déjà réagi si tu étais l'un ou l'autre de toute façon.

Les sourcils froncés, Nokomis détailla l'amulette, toujours à une distance raisonnable.

– Nohyandi ! N'y touche pas ! s'exclama-t-elle en voyant la fillette tendre la main.

Samaari la dévisagea sans comprendre. Cette amulette était totalement inoffensive. Pourquoi paniquer de la sorte ?

– Je te promets qu'il ne se passera rien. Et même si une vision apparaît, je sais comment la faire disparaître.

Ce dernier point intéressa particulièrement Chilali.

– Et comment tu fais ça ? Nous...

Elle s'arrêta, cherchant une façon de présenter la nature du lien qui l'unissait à Nokomis.

– Nous sommes également chamanes avec Noko. Enfin, apprenties. Notre mentor ne nous a jamais enseigné ce savoir.

– Désolée, mais je ne peux pas vous le partager, répondit Samaari avec embarras. Ce savoir me vient de Shania. Elle est la seule à pouvoir l'enseigner. Vous le partager ici, une nuit impure en plus, pourrait déplaire aux protecteurs de la forêt.

– Je comprends, dit Chilali, bien que déçue de ne pas avoir pu en apprendre plus. Je peux ? ajouta-t-elle en désignant l'amulette.

– Chilali !

Nokomis lui envoya une onde de pouvoir pour qu'elle reste assise. Chilali perçut le subtil courant froid de son avertissement traverser ses veines. Elle l'ignora et saisit l'amulette.

Un léger vertige, qu'elle dissimula au mieux, la parcourut quand la surface du crâne entra en contact avec sa peau. Mais rien de plus. Aucune flamme ou autre manifestation défensive ne s'échappa de l'artefact.

De son côté, Nokomis ressentit une brûlure au plus profond de son être. Elle parvint à la bloquer en levant, difficilement, ses protections mentales. Comme si elle avait senti son malaise, Nohyandi posa sa main sur la sienne. À moins qu'elle n'ait eu peur de l'éclat bleuté émis par l'amulette quand elle avait touché la peau de Chilali ?

Cette dernière tournait l'objet entre ses doigts, l'observant dans les moindres détails, Asha et Ciqala à ses côtés. Ayana, elle, surveillait Nokomis du coin de l'œil. Au fil des ans, elle avait appris à déceler les signes subtils que sa compagne laissait involontairement percevoir quand elle allait mal. Et il n'y avait aucun doute à avoir sur le fait que les manipulations de Chilali la mettaient mal à l'aise, voire lui étaient douloureuses. Elle lui caressa le bras pour l'apaiser.

— Tu veux regarder ? demanda Chilali en se tournant vers elle.

— Si tu m'assures qu'elle est inoffensive, je te crois, répondit Ayana qui désirait juste qu'elle éloigne l'amulette de Nokomis.

— Elle l'est, promit Samaari en récupérant l'objet. Je ne pourrais pas en avoir autant sur moi sinon.

Elle ouvrit sa sacoche, révélant une demi-douzaine de crânes d'animaux de toutes formes et de toutes tailles, sertis de gemmes.

— Avec tout ça, je vous assure qu'il ne nous arrivera rien, sourit-elle.

Nokomis se tendit davantage en découvrant la cargaison de leur guide. Cela expliquait peut-être ses malaises et les faiblesses récurrentes qui l'avaient assaillie depuis que Samaari les accompagnait. Quoique... elle avait du mal à gérer ses pouvoirs depuis plusieurs jours déjà.

— Il n'y en a plus que deux ou trois actives par contre, reprit Samaari. Je ne sais pas ce qu'il s'est passé, certaines ont perdu leur éclat assez brutalement. Mais je vais récupérer leurs gemmes pour les ramener à Shania. En parlant de gemmes, c'est bien celle de ton totem que tu portes au cou ? demanda-t-elle à Nokomis. Que lui est-il arrivé ?

Cette question fut celle de trop pour Nokomis qui se leva d'un coup et s'éloigna sans un mot. Elle avait besoin d'air, pas de questions sur Kajika et encore moins d'une cargaison d'amulettes qui lui vrillait le cerveau à chacune de leur pulsation.

— Pardon, je ne voulais pas la blesser, s'excusa Samaari quand Nokomis disparut entre les arbres. Je ne sais pas toujours comment dire les choses sans qu'on le prenne mal.

— Le sujet de son totem est sensible, mentit Ayana autant pour la rassurer que pour éviter d'autres questions.

Puis, voyant que Samaari entamait un mouvement pour se lever, très certainement dans l'optique d'aller s'excuser auprès de Nokomis, elle ajouta :

– Je vais aller lui parler.

Elle lança un regard à Chilali afin de s'assurer qu'elle pouvait la laisser seule, ce que son amie affirma par un hochement de tête. Même si elle n'en demeura pas moins étrange, Samaari ne semblait pas dangereuse. Et si elle leur avait voulu du mal, elle ne leur aurait pas montré ses amulettes et donné autant d'informations sur elle et son village. Enfin, elle l'espérait.

– Nohyandi, tu restes avec Chilali, d'accord ? dit Ayana en voyant la fillette se lever à son tour pour la suivre.

Contre toute attente, Nohyandi hocha la tête et se rassit. Elle semblait ne pas trop savoir quoi faire d'autre, mais elle avait compris que pour cette situation, sa présence n'était pas la bienvenue.

– Nokomis revient vite, ajouta Ayana qui ne voulait pas qu'elle se sente rejetée.

Elle lui sourit puis prit la direction empruntée par sa compagne.

Ayana repéra rapidement Nokomis, que la lueur verdâtre des tatouages trahissait dans les ténèbres. Comme elle l'avait deviné, elle n'était pas allée bien loin. Déjà parce que cette forêt était dangereuse, mais aussi parce que Nokomis ne faisait pas confiance à Samaari. Et ce manque de confiance la poussait à la surveiller, même à distance, afin de réagir au plus vite si elle venait à s'en prendre à Ayana, Chilali ou Nohyandi.

– Samaari ne voulait pas être désagréable, dit Ayana en s'approchant.

Nokomis ne répondit pas. Elle était bien trop occupée à essayer de canaliser son pouvoir instable. Ayana s'accroupit à ses côtés. Elle entama un geste vers Nokomis, mais le suspendit quand les tatouages couvrant ses mains et ses avant-bras se mirent subitement à luire. Cela faisait des années que ce n'était pas arrivé.

– Tu parles de force protectrice, lança Nokomis d'un rire jaune. Cette forêt est plus que fidèle à sa légende.

Elle tressaillit quand une vague de pouvoir la traversa. Ayana interpréta mal ce mouvement et lui demanda :

– Ta blessure te fait mal ? Je peux dire à Chilali de venir.

– Elle ne pourra rien faire, grogna Nokomis.

Elle marqua une pause :

– On n'a aucune maîtrise sur nos pouvoirs ici, déclara-t-elle. Je le contiens depuis des jours, mais mon andiiyoh'aako peut se réveiller d'un moment à l'autre. Quand Chilali s'énerve, c'est à cause de moi. Quand je tiens à peine debout, c'est son angoisse qui parasite mes perceptions. Et c'est encore pire avec ce sac d'amulettes !

Ces amulettes qui, dissimulées, ne faisaient qu'émettre un bourdonnement continu dans ses oreilles ; dévoilées, elles brouillaient ses sens bien plus profondément que l'anxiété de Chilali. Et en parlant de Chilali, c'était étrange qu'elle ne soit pas affectée par le mal. Elles étaient pourtant liées !

Quoiqu'en y pensant, l'origine de leur pouvoir différait. Contrairement à elle, la force des Anciens protégeait Chilali. Cela était constamment rappelé par sa peau et sa chevelure blanches ainsi que ses yeux bleus. Les Anciens protégeaient son amie de l'aura maudite des wendigos et peut-être même de l'étrange pouvoir de la forêt ou des amulettes. Les flux énergétiques vivant au cœur de ces dernières ne faisaient que déstabiliser l'équilibre de ces forces ancestrales, influant sur elles en mélangeant et en perturbant leurs auras mais aussi en les modifiant pour ensuite les retourner contre leur porteur.

– Tu vas y arriver, la rassura Ayana en glissant sa main sur son bras, la tirant de ses réflexions. Tu as toujours réussi à retenir ton andiiyoh'aako quand il le fallait. Et tu t'en sors encore très bien. Tu peux tenir quelques jours, je le sais. Demain, nous aurons certainement des réponses et nous saurons combien de temps il nous reste pour atteindre le clan des renards. Nous trouverons un autre chemin pour rentrer. Même s'il allonge le trajet de plusieurs lunes, nous ne repasserons pas par ces bois. Peut-être même que cette Shania pourra nous aider à contrer les effets de ses amulettes afin de te soulager.

Nokomis hocha doucement la tête. Ayana avait raison : ce n'était qu'une épreuve parmi tant d'autres. Elle pouvait encore tenir et protéger Chilali de l'aura maudite qu'elle sentait sous ses pieds. Car oui, c'était comme si les racines des arbres transportaient en permanence un pouvoir maléfique bien plus puissant que ceux auxquels elle avait déjà pu faire face. Qu'il la guidait vers une seule et même direction. Mais ça, elle ne le dirait pas. Ni à Ayana ni à Chilali, qui ne semblaient pas ressentir avec autant d'intensité qu'elle cette force démoniaque d'un autre temps.

— Je me tiendrai le plus loin possible de Samaari et de ses amulettes, déclara Nokomis quand son afflux de pouvoir diminua enfin dans ses veines. Quitte à lui faire croire que je suis superstitieuse. Je ne veux pas qu'elle se doute de ma vraie nature.

— Ça me paraît être une bonne idée, approuva Ayana. Je ne lui fais pas plus confiance que toi. Mais elle est reste notre seule solution pour sortir d'ici. Donc on évite de la froisser, d'accord ?

Le fait qu'Ayana cherche constamment à établir une bonne entente au sein du groupe, même en présence d'étrangers, impressionnait toujours autant Nokomis.

— C'est d'accord, soupira-t-elle. Mais c'est bien parce que tu me le demandes.

Malgré elle, Nokomis laissa échapper un léger sourire. Elle admirait vraiment Ayana pour cette capacité à rester positive et calme en toute situation, mais aussi pour le fait qu'elle supporte ses changements d'humeurs, parfois violents, sans jamais la faire culpabiliser.

— Ça va mieux, on dirait, remarqua Ayana.

Nokomis se pencha vers elle :

— Tu sais me parler, c'est tout.

— Il n'y a que ça ?

Nokomis lui sourit, complètement cette fois, et l'embrassa. Baiser auquel Ayana répondit sans hésitation ni retenue.

***

La nuit se passa sans encombre. À croire que les amulettes de Samaari avaient fait leur travail de protection. Ayana et Nokomis retournèrent au campement tard dans la soirée, profitant d'un moment seules, ce qui permis à Nokomis de se détendre et d'apaiser quelque peu son andiiyoh'aako.

Quand le soleil perça enfin entre les branches, son éclat était diffus, une étrange brume étant apparue peu avant l'aube.

— J'aime de moins en moins cet endroit, marmonna Chilali en rangeant ses affaires.

Elle sursauta quand Ciqala passa près d'un buisson.

— Cette brume n'a rien de naturel, reprit-elle après avoir adressé un regard noir à la renarde.

— Ça arrive de temps en temps, la rassura Samaari en souriant. Ne t'inquiète pas, cette forêt ne va pas te manger.

— Venant de quelqu'un qui trimballe je ne sais combien d'amulettes de protection, c'est assez ironique, non ?

— Arrête de râler un peu, intervint Nokomis en passant son baluchon sur son épaule. *Ce sera bientôt fini. On la suit à son village et on repart,* reprit-elle par la pensée tout en tentant de lui envoyer une vague apaisante, qui s'avéra inefficace.

Chilali lui répondit d'un sourire peu convaincu. Bien que les efforts de Nokomis pour la rassurer étaient plus que bienvenus, elle sentait qu'elle en faisait trop pour la protéger.

— *Je suis plus résistante que toi,* se justifia Nokomis en suivant le cours de ses réflexions. *C'est normal que je te protège.*

Chilali ne répondit pas. Le teint pâle et les yeux cernés de Nokomis parlaient d'eux-mêmes : elle en faisait trop. Mais Chilali savait que ça ne servait à rien de discuter. Elle tenta de lever les défenses que son amie avait pris soin d'ériger autour de son esprit pour la soulager. La sentant faire, Nokomis fronça les sourcils. Elle se radoucit quand la main de Nohyandi se glissa dans la sienne. Ne voulant pas la froisser davantage, Chilali éloigna son énergie de la barrière que Nokomis avait élevée autour de son âme. Elle lui fit tout de même comprendre qu'il suffisait d'un signal de sa part pour qu'elle vienne en soutien afin de la délester de ce fardeau qu'elle s'infligeait à elle-même.

Le départ fut annoncé peu de temps après. À en croire Samaari, le village se trouvait tout proche, mais la brume pourrait ralentir leur progression. Et c'est ce qu'il se produisit.

En effet, le brouillard devenait de plus dense à mesure que le groupe avançait.

Nokomis lança un coup d'œil à Nohyandi afin de s'assurer qu'elle suivait bien. En retrait à l'arrière, quelque chose semblait perturber la fillette. Chose plus étrange, depuis le matin, elle ne quittait pas Ayana d'une semelle. À croire qu'elle avait enfin de nouveau accepté d'être à proximité d'elle. Ou alors les multiples tentatives d'explications d'Ayana sur sa raison de l'avoir retenue la nuit de la tempête avaient fini par faire effet sur la méfiance de Nohyandi à son égard.

Rassurée par la présence d'Ayana, Nokomis se réintéressa à la route et réalisa que la brume s'était encore épaissie. Elle envoya ses sens l'explorer. Sans grande surprise, ils lui revinrent avec force. C'était comme si ce mur opaque empêchait son pouvoir de le traverser. À moins qu'elle ait complètement perdu la maîtrise de cette simple manipulation énergétique ?

Sentant son trouble et préférant ne pas utiliser ses propres facultés de peur de déséquilibrer les fragiles défenses montées par Nokomis et libérer par inadvertance son andiiyoh'aako, Chilali passa une main dans son dos.

– Ton village est encore loin, Samaari ? demanda Nokomis en éloignant au mieux sa frustration face à ses échecs de tentatives de reconnaissance des environs.

Samaari se retourna vers elle en souriant.

– Je n'en ai pas la moindre idée.

– Mais tu as dit que..., commença Chilali, que Nokomis arrêta.

– Où nous emmènes-tu réellement ?

Elle n'était pas d'humeur à rire. Tout ce blanc lui donnait un mal de crâne atroce. Ça, plus le fait qu'elle devait garder en permanence ses sens aux aguets faute de pouvoir sonder la brume avec ses pouvoirs. Non, vraiment elle n'avait pas la patience d'écouter une énième explication décousue de la chamane. Ni même de supporter l'un de ses sourires beaucoup trop enjoués au vu de leur situation actuelle.

— Je ne sais pas, car c'est Dena qui connaît le chemin, se justifia Samaari. Avec ce brouillard, je suis incapable de vous guider.

Nokomis hocha la tête. Mâchoire serrée, elle s'empêchait de lui dire ce qu'elle pensait d'elle, encore une fois grâce à Chilali qui ne voulait en aucun cas la voir libérer son démon. Et elle savait que le point de rupture était proche, l'énervement de Nokomis se déversant progressivement dans son propre corps sous forme de pulsations particulièrement désagréables.

— Doucement, Noko, lui souffla-t-elle tandis que Samaari retourna son attention sur le chemin à suivre.

— *Elle se fiche de nous !* rétorqua Nokomis par la pensée.

En plus de ses paroles, elle libéra un torrent d'énergie vers Chilali, qui le bloqua maladroitement.

— *Calme-toi !*

Un flot de pouvoir tout aussi virulent que celui envoyé par Nokomis les traversa toutes deux. Une réaction bien plus violente que Chilali ne l'aurait souhaité. Il fallait impérativement que Nokomis se contienne si elles ne voulaient pas que toutes les deux s'en retrouvent affectées et ne perdent le contrôle.

Tandis que ses amies étaient occupées à ne pas succomber à la colère de Nokomis, Ayana sentit qu'on lui tirait la tunique. Elle baissa les yeux et croisa le regard timide de Nohyandi. Elle semblait vouloir quelque chose, son visage crispé la trahissait. Et si elle venait lui parler à elle, c'était qu'elle avait une demande précise. Elle se serait adressée à Nokomis sinon.

Ayana jeta un œil au reste du groupe et jugea la distance raisonnable pour ne pas les perdre. Au pire, elle enverrait Ciqala en éclaireur, le totem ne paraissant pas dérangé par cet étrange brouillard.

— Qu'est-ce qu'il y a, ma puce ? dit-elle en s'accroupissant.

Elle suivit le regard de Nohyandi vers Nokomis, arrêtée à la limite de la brume.

— On va les rejoindre, lui promit Ayana. Dis-moi ce qu'il ne va pas.

Nohyandi ne dit rien, fixant toujours Nokomis avec angoisse. Cette pause était finalement bénéfique pour tout le monde.

— Tout va bien ? lança Samaari. Besoin d'aide ?

— Ça ira ! Je m'en occupe, lui répondit Ayana en levant la voix. Restez où vous êtes.

Cette recommandation s'adressait surtout à Samaari qui, bien que joviale et sympathique, ne rassurait pas Nohyandi. Et ça, Ayana l'avait bien remarqué. En plus de ça, Nokomis et Chilali semblaient complètement ailleurs, point qui inquiéta quelque peu Ayana. Elle se réintéressa à Nohyandi.

— Tu vois, elles nous attendent. Alors, qu'est-ce qui ne va pas ?

Nohyandi lança un nouveau coup d'œil à Samaari et se rapprocha d'Ayana comme si elle ne voulait pas que leur guide l'entende.

— J'ai mal.

— Où ça ?

Nohyandi hésita un instant puis montra sa tête

— Là.

Puis ses épaules

— Et là. Ça brûle.

Ayana fronça les sourcils. Elle l'aurait vu si Nohyandi s'était brûlée avec une braise. À moins qu'elle n'ait touché une plante urticante ?

— Tu me laisses regarder ?

Un éclair de panique passa dans les yeux de Nohyandi. Elle secoua vigoureusement la tête.

— Je ne peux pas t'aider si tu ne me montres pas, tu sais, lui dit doucement Ayana, ne comprenant pas sa réaction soudaine.

– Kiso veut pas. C'est pas bien.

Kiso ?

– Qu'est-ce qui est pas bien ? Et qui est Kiso ?

De nouveau, Nohyandi tourna les yeux en direction de Samaari qui s'était assise et jouait avec une brindille. De leur côté, Chilali et Nokomis peinaient à rester éveillées. Ayana suivit son regard.

– Tu veux que je demande à Nokomis de venir ?

Encore une fois, Nohyandi secoua la tête, puis s'adressa à Ayana en montrant son front.

– Kiso.

– C'est Kiso qui te fait du mal ?

De plus en plus inquiète parce qu'elle pensait comprendre, Ayana redemanda la permission à Nohyandi d'inspecter sa peau. Cette fois, la fillette obtempéra.

– C'est pas bien, dit-elle presque avec peur tandis que la guérisseuse approchait ses mains.

– Tout va bien, ma puce, la rassura Ayana en soulevant la tunique de Nohyandi pour dévoiler son dos et ses épaules, qui semblaient être l'origine de sa douleur. Je ne fais que regarder. Je pourrai mieux t'aider si...

Elle se figea en découvrant la raison de la gêne de la petite. Des symboles luisant faiblement d'un éclat vert remontaient le long de la colonne de Nohyandi pour rejoindre ses épaules. Ces symboles, Ayana les connaissait : c'étaient les mêmes qui ornaient le corps de Nokomis, les côtes des Chilali, mais également ses propres mains ! Ces dernières scintillèrent en écho au toucher des tatouages maudits de Nohyandi.

– Depuis quand tu as ça ? souffla Ayana qui ne se rappelait pas les avoir vus.

Puis elle comprit. Elle comprit pourquoi Nohyandi refusait qu'on l'aide à se laver ou se changer, et surtout, pourquoi elle se tenait toujours à l'écart et de face le peu de fois où elle avait retiré sa tunique en leur présence.

– Pas bien, répéta Nohyandi en tremblant, à croire qu'on l'avait brusquée à plusieurs reprises à cause de ses tatouages.

— Tout va bien, ma chérie, la rassura une nouvelle fois Ayana. Ce n'est rien. Personne ne te fera de mal pour ça. Regarde, mes mains aussi brillent.

Tout en disant cela, Ayana tourna les yeux vers Chilali et Nokomis. Elle avait sérieusement besoin d'elles, surtout si le wendigo qui semblait posséder Nohyandi se réveillait. Mais ses amies étaient au plus mal. Mal au point d'inquiéter Samaari, qui était à présent accroupie auprès d'elles.

— Pourquoi tu n'as rien dit ? reprit Ayana en se réintéressant à Nohyandi.

Cette dernière tortilla ses mains, presque rassurée qu'Ayana ne la gronde pas.

— On ne te grondera jamais à cause de ça, promit Ayana. Ni moi, ni Chilali, ni Nokomis. Ça te fait toujours mal ?

Nohyandi hocha la tête.

— Ça brûle de plus en plus ?

Encore une validation de la part de la fillette. Ayana pinça les lèvres. Si elle, Nokomis et Chilali allaient aussi mal, c'est que quelque chose se préparait.

— Je ne peux pas t'aider. Mais Nokomis le devrait. Enfin, quand elle ira un peu mieux.

— Elle aussi, elle a mal, dit Nohyandi en regardant Nokomis.

— Oui, elle aussi, elle a mal. Mais tu peux lui parler.

Nohyandi secoua la tête.

— Son Kiso, il veut pas.

Son Kiso ? De nouvelles suppositions émergèrent dans l'esprit d'Ayana. Et si... ?

— Tu peux sentir son andii...

Elle sursauta quand un rugissement résonna. Un rugissement si puissant qu'il donna l'impression de faire vibrer la forêt dans son entièreté. Un rugissement qui, c'était certain, n'appartenait pas à un animal. À un wendigo peut-être ?

Un silence lourd s'installa quand une ombre émergea de la brume.

Un ours. Un ours d'un noir profond et d'une taille démesurée.

Debout sur ses pattes arrière, il jaugeait le groupe. Ses yeux incandescents semblaient capables de perforer l'âme de quiconque tentait de soutenir son regard habité par l'aura des démons. Çà et là, son corps décharné composé de filaments visqueux laissait percevoir des morceaux de fourrure hirsute et d'os sur lesquels s'accrochait encore de la chair en putréfaction.

— Reste derrière moi, souffla Ayana en faisant doucement passer Nohyandi dans son dos.

L'ours rugit une nouvelle fois, éclaboussant Ayana d'une bave noirâtre et poisseuse.

C'est le moment que choisit Nokomis pour apparaître. Auréolée de flammes vertes, elle avait enfin laissé se déchaîner son démon, qu'elle peinait à contenir depuis trop longtemps maintenant. Elle fut rapidement rejointe par Chilali que son déferlement de pouvoir avait atteinte et corrompue à son tour.

Les deux amies s'élancèrent sur l'ours qui les balaya d'un simple revers de patte. Elles l'avaient raté, mais elles avaient désormais son attention. C'était le principal.

En effet, le mastodonte se tourna vers elles. Il poussa un puissant rugissement et chargea.

Nokomis, la première sur son chemin, se remit sur ses pieds aussi vite qu'elle avait été envoyée au sol. Elle puisa de nouveau dans son pouvoir, amplifiant de ce fait les flammes qui couraient sur son corps. Des griffes démoniaques se matérialisèrent à ses mains, tandis qu'un sourire mauvais apparaissait sur son visage : elle voulait en découdre, et surtout, se nourrir de l'énergie vitale de ce monstre ! Elle ancra ses appuis et attendit. Elle attendit la dernière minute pour sauter sur la bête et planter profondément ses griffes dans son dos.

Armée de son tomahawk, Chilali fondit à son tour sur l'ours. Elle lui envoya un coup qui n'eut comme résultat que de rester coincé dans sa chair visqueuse. D'un coup de patte, l'ours l'envoya contre un tronc, comme s'il éloignait une vulgaire mouche.

La douleur qui irradiait le corps de Chilali se répercuta

dans celui de Nokomis, décuplant sa rage. Les flammes qui recouvraient son buste se firent plus vives et ardentes. Canalisant son énergie, elle libéra un déferlement de pouvoir à travers ses griffes et le corps de l'animal maudit. Enfin, c'est ce qu'elle voulut faire, car une fois que son pouvoir eut traversé l'ours, il lui revint avec force.

Ne pouvant pas emmagasiner autant d'énergie en un si court instant, Nokomis envoya le surplus de puissance vers Chilali et Asha sans aucun scrupule. Le harfang, percuté par cette force soudaine, s'écrasa au sol. Avant que la surcharge d'énergie ne tue son totem, Chilali coupa, toujours avec autant de difficulté, le flux d'énergie de Nokomis. Comprenant que l'instabilité de leur pouvoir était plus que dangereuse, elle tenta le tout pour le tout. Se concentrant, elle absorba le pouvoir envoyé par Nokomis afin de le réexpédier vers l'ours.

Contre toute attente, cette technique fonctionna. Nokomis sentit l'ours vibrer sous elle. Les énergies ne faisaient que passer à travers elle, mais leur force lui donnait l'impression d'être au milieu d'un brasier. Elle tint bon pour permettre à Chilali d'aller au bout de son idée.

Plus l'ours récupérait leur énergie, plus son corps se consumait, l'union de leurs pouvoirs étant devenue trop puissante pour lui. Nokomis attendit que les défenses de l'ours soient au plus bas pour extraire le pouvoir de son ennemi afin de se l'approprier.

Son pouvoir ainsi décuplé, elle l'envoya en totalité percuter l'âme du démon qui vibra puis éclata sous la puissance de Nokomis qui, vide de toute énergie, perdit connaissance. Elle glissa au sol tandis que son adversaire s'effondrait sur lui-même dans un nuage de cendres visqueuses.

CHAPITRE 10

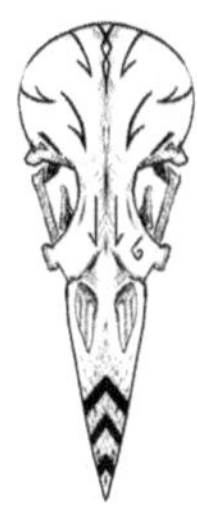

Une douleur sourde réveilla Nokomis. Elle porta une main à sa tête en fermant les yeux. Le mal irradia son crâne comme un flux de lave. Elle se redressa en grognant et réalisa qu'un calme anormal planait sur la forêt. La brume, elle, était toujours présente, rendant le crépuscule oppressant.

En observant les alentours, autant que la luminosité le lui permettait, Nokomis découvrit Chilali allongée à quelques pas d'elle. Posée à ses côtés, Asha la fixait de son regard intense. Elle ne semblait pas inquiète de l'état de son humaine. Rassurée, Nokomis en profita pour sonder une dernière fois la forêt. Comme elle l'avait craint, il n'y avait aucune trace d'Ayana, de Nohyandi, de Ciqala ni même de Samaari et de son totem. Nokomis étendit son pouvoir afin de chercher leurs énergies. Comme plus tôt dans la journée, elle se retrouva face à un mur impénétrable. Elle réitéra le processus, sans succès. Une vive douleur s'éveilla derrière ses yeux, l'empêchant de faire une troisième tentative. Chilali laissa échapper une plainte en écho à sa propre douleur, comme si celle-ci l'avait aussi atteinte. Nokomis la rejoignit sans attendre.

– Ça va ? demanda-t-elle en l'aidant à se redresser.

– Aussi bien que si un orignal m'était passé dessus, souffla Chilali.

Sa migraine se répercuta à Nokomis qui ferma les yeux en grognant.

— On dirait qu'on est dans le même état, sourit faussement Chilali.

Elle sonda les alentours.

— Ayana n'est pas là ?

— Non. Nous ne sommes que toutes les deux, répondit Nokomis en se redressant.

— Asha peut nous guider, proposa Chilali. Les autres ne doivent pas être loin.

— C'est trop dangereux. Déjà que je n'arrive pas à traverser ce foutu brouillard avec mes pouvoirs. Si on envoie Asha, on risque de la perdre.

La principale intéressée gonfla ses plumes, pensant que ce refus était surtout un manque de confiance en elle. Chilali lui grattouilla le côté du bec.

— On sait que tu peux le faire. Mais Noko a raison, tu vas rester avec nous. C'est plus prudent.

— Puis, d'autres bestioles maudites se cachent peut-être encore dans la brume, reprit Nokomis.

Elle réalisa alors qu'il n'y avait aucune trace de l'ours qu'elles avaient terrassé plus tôt. Pas une tache de sang noir ou quelque élément indiquant qu'un affrontement avait eu lieu ici.

— À part ça, cette forêt n'est absolument pas hantée, marmonna Chilali en se rapprochant de Nokomis.

Cette dernière ne releva pas. Tout ce qu'il se passait dans ces bois depuis leur arrivée commençait même à sérieusement l'agacer. Une colère qui n'avait rien à faire en elle s'éveilla.

— Nous devons retrouver les autres, lâcha-t-elle brusquement.

— Tu comptes t'y prendre comment ? On n'a aucune idée d'où on est. Et il ne va pas tarder à faire nuit.

— Elles ne doivent pas être loin... Ayana ! Nohyandi ! s'écria-t-elle.

Chilali sursauta.

— Qu'est-ce que tu fais ? Tu vas en attirer d'autres !

– De quoi ? Des ours ? Des loups ? On s'en occupera, rétorqua Nokomis. Ayana !

– Arrête !

Cette fois, Chilali la tira par le bras

– C'est quoi ton problème ? s'énerva Nokomis. Oui, il y a des ours, des loups et peut-être même des esprits maudits et des wendigos. Nous, on est parées contre ces créatures. Ayana et Nohyandi, non.

– On est « parées » contre rien du tout, répliqua Chilali. On arrive à peine à maîtriser nos pouvoirs !

– C'est déjà plus que ce qu'Ayana peut faire. On doit les retrouver.

Un flux d'énergie remonta dans son corps tandis que son ton devenait plus dur. Une subtile flamme verte dansa dans ses pupilles. Chilali aurait voulu tenir son regard, mais l'aspect oppressant de la forêt jouait bien trop sur ses nerfs.

– C'est vrai, capitula-t-elle. Mais si on se met en danger, on ne pourra pas leur venir en aide.

Sentant la colère de Nokomis empiéter sur ses propres émotions, elle la repoussa doucement. Enfin, c'était son intention, car encore une fois, un déferlement de pouvoir traversa son corps puis celui de Nokomis, qui chancela.

– Pardon ! Je ne voulais pas...

Nokomis leva la main pour l'arrêter.

– Tu as raison, dit-elle, maîtrisant au mieux sa colère. Évitons d'utiliser notre pouvoir.

Elle tourna les talons pour s'enfoncer dans la brume, Chilali dans son sillage.

***

– Par ici !

Samaari fit signe à Ayana que la voie était libre. Elle tendit la main pour aider Nohyandi à monter sur un tronc couché en travers du chemin. Elle abandonna l'idée quand la petite lui lança un regard noir. Ciqala mit un terme à l'agressivité qui avait subtilement habité les traits de Nohyandi en jappant. Son intervention détourna momentanément l'at-

119

tention de Samaari, qui s'intéressa à Ayana. Perchée sur le tronc, la guérisseuse sondait les alentours.

— Shania trouvera une solution, lui promit Samaari. J'en suis certaine.

Une solution ? À quoi ? Suite à l'affrontement entre Chilali, Nokomis et l'ours, la brume s'était subitement faite plus dense pour ensuite disparaître dans un inexplicable coup de vent, emportant ses amies et leur adversaire avec elle.

— Il faut se dépêcher, reprit la couleuvre. La nuit va tomber.

Ayana hocha doucement la tête. Elle s'inquiétait du sort de Nokomis et Chilali. Encore plus depuis que Samaari leur avait expliqué le fonctionnement des amulettes. Elle soupira et se laissa tomber du tronc. Nohyandi l'attendait déjà de l'autre côté, toujours à une distance raisonnable de Samaari. Ayana la regarda, soucieuse. Elle repensa à leur discussion. Quelle était cette entité qui vivait dans l'énergie de la fillette ? Un autre problème qu'il faudrait mettre au clair.

— Shania est une puissante chamane, assura Samaari quand Ayana arriva à sa hauteur. Elle saura comment les retrouver.

Et elle avait raison. Elles devaient rejoindre le village des couleuvres au plus vite, car Shania était certainement la seule à pouvoir localiser Chilali et Nokomis.

— Votre cheffe est aussi votre chamane ? s'étonna Ayana qui sauta sur l'occasion pour éloigner ses inquiétudes.

— Évidemment ! Ce n'est pas comme ça chez vous ?

— Pas vraiment, non, sourit Ayana. Nous avons un chef accompagné d'une seule personne tenant le rôle de chaman.

Samaari hocha doucement la tête comme si elle intégrait les informations.

— Je pensais vraiment que Chilali et Nokomis étaient deux de vos chamanes ! Elles ont une forte aura. Nohyandi aussi.

— Attends, tu ressens les pouvoirs de Nohyandi ? l'arrêta Ayana. Et celles de Noko et Chilali ?

— Bien sûr ! C'est pour ça que Shania m'a choisie. Ce

serait un don familial. Ma sœur et Izusa savent aussi le faire.

— Izusa ?

— L'autre chamane conseillère de Shania, répondit Samaari comme une évidence. Enfin, en plus de ma sœur. On est quelques-unes à savoir le faire au village. À différents degrés. Je pensais que c'était un don répandu.

— Pas du tout, non. C'est très rare même, dit Ayana. Il y a combien de chamanes dans ton village ?

— Nous avons toutes un rôle à tenir dans le clan, mais officiellement, Shania est assistée par deux chamanes. Bientôt trois ! Pour le moment, je ne suis qu'apprentie, ajouta-t-elle avec une fierté visible. Je dois encore travailler et affiner mon pouvoir en localisant les amulettes et en les remplaçant. Après, j'aurai le privilège de rejoindre ma sœur et Izusa. Enfin, j'espère avoir été à la hauteur de mon épreuve.

Elle fit une pause avant de reprendre :

— J'y pense, mais c'est certainement les Anciens qui vous ont mises sur ma route ! Sans doute pour que je vous aide dans votre quête. C'est peut-être ça mon épreuve, en fait.

Elle se perdit dans ses réflexions, ignorant complètement la présence d'Ayana et de Nohyandi. Cette dernière glissa sa main dans celle de la guérisseuse en fixant méchamment Samaari. La réaction de la fillette aurait pu amuser Ayana si elle n'avait pas aperçu le subtil éclat vert illuminer ses yeux et la base de sa nuque.

Pourquoi Nokomis n'était-elle pas là quand elle avait besoin de son expérience sur les possessions démoniaques ?

— Une aura très forte…, murmura Samaari au même instant en tournant les yeux vers Nohyandi.

Ayana se plaça devant Nohyandi comme si sa simple présence pouvait la protéger. Samaari sursauta. On aurait cru qu'elle revenait à l'instant présent.

— Quelque chose ne va pas ?

— Tout va bien, sourit Ayana qui se demandait de plus en plus si elle pouvait faire confiance à cette femme avec sa sacoche d'amulettes tombée de nulle part.

— Parfait ! s'exclama tout à coup Samaari en tapant

dans ses mains comme si la nouvelle la mettait de bonne humeur. Regarde, nous approchons.

Elle indiqua un chemin menant vers une palissade en bois en contrebas du sentier.

– Tu vois que nous étions presque arrivées ! On va bientôt pouvoir travailler à la façon de retrouver tes amies.

CHAPITRE 11

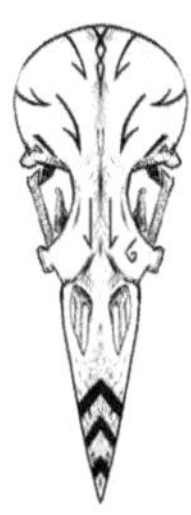

Nokomis et Chilali marchaient depuis ce qui leur semblait être une éternité. La brume, toujours aussi épaisse, brouillait leur perception du temps et de l'espace. Plus d'une fois, elles durent s'arrêter afin de s'assurer qu'elles ne tournaient pas en rond, mais également qu'elles n'étaient pas suivies par une quelconque créature. En effet, plus le temps passait, plus Nokomis avait la désagréable impression que des paires d'yeux étaient braquées sur sa nuque. La sensation disparaissait dès qu'elle se retournait.

Chilali aussi ressentait cet étrange sentiment d'observation constante. Cela associé à l'énervement croissant de Nokomis, elle avait de plus en plus de mal à maîtriser ses émotions. Chacun des bruits de la forêt la mettait au bord de la crise de panique.

Incapable d'utiliser correctement ses pouvoirs, Nokomis ne pouvait pas rassurer Chilali autant qu'elle l'aurait souhaité. Elle ne fit donc rien. Et même si la peur de son amie envahissait chacune des cellules de son corps, la part sombre de Nokomis semblait apprécier la situation. Cette part d'elle aimait sentir le cœur de Chilali s'affoler à chaque craquement de feuille, comme le ferait une proie à l'approche d'un prédateur.

Nouveau sursaut de Chilali. Cette fois, une flamme

verte s'alluma dans le regard de Nokomis qui souffla pour calmer sa soudaine envie de sang.

– Ça va ? s'inquiéta Chilali qui, outre le fait qu'elle ressentait l'énergie de Nokomis bouillonner en elle, essayait de paraître la plus sereine possible.

Nokomis ne répondit pas. Les poings serrés, elle continuait de marcher en fixant la limite entre le sol et la brume. Ce brouillard n'avait donc aucune fin ? Alors que sa fureur montait en elle, un feu follet verdâtre attira son attention. Elle s'arrêta net. Pour une forêt protégée, les démons étaient particulièrement présents en son sein !

– On va le contourner. Ce sera plus prudent, déclara-t-elle sans quitter la flammèche des yeux.

Elle s'étonnait elle-même de ses paroles, mais la sécurité de Chilali était le plus important. Surtout qu'elle se sentait bien incapable de contenir son pouvoir ou de le maîtriser en cas de besoin.

Un souffle glacé la traversa, déclenchant un frisson le long de son dos. Elle jeta un œil par-dessus son épaule afin de s'assurer que cette manifestation n'avait pas perturbé Chilali. Son cœur se figea quand elle se retourna. Personne. Elle projeta son esprit vers la brume qui lui renvoya, comme à chaque fois, son pouvoir avec une puissance décuplée. Prise de panique, elle tourna sur elle-même.

– Chilali !

Un silence de mort fut sa seule réponse.

Réitérant son appel, Nokomis ne réalisa pas tout de suite que de nouveaux feux follets étaient apparus. Ni que plus elle criait le nom de son amie, plus il en émergeait de la brume. Comme s'ils se nourrissaient de sa détresse.

***

Chilali sursauta. Un cri fantomatique l'appelait à travers la brume opaque qui l'entourait. Elle frissonna et l'ignora, trop préoccupée par l'état de Nokomis qui s'était figée d'un coup.

Droite comme un piquet, elle ne bougeait pas d'un

pouce. Ses yeux révulsés s'embrasèrent, libérant une effrayante lueur verdâtre. Par moments, une vague de flammes vertes traversait son corps, glissant de ses pieds jusqu'à son crâne, illuminant au passage ses tatouages de leur caractéristique couleur macabre.

Le phénomène se répéta deux puis trois fois quand soudain, Nokomis se mit à trembler. Les convulsions se propagèrent à l'entièreté de son corps.

– Noko !

Chilali restait face à elle, impuissante. Les mains suspendues à quelques centimètres de sa peau, elle n'osait pas la toucher. Et pourtant, elle sentait que Nokomis avait besoin d'elle. Qu'une profonde panique l'envahissait. Les envahissait toutes les deux.

Un nouveau cri perça le brouillard. Lourd et froid. Il s'abattit sur elle comme un pic de glace. Prenant son courage à deux mains, Chilali saisit Nokomis par les épaules.

– Noko ! s'écria-t-elle en la secouant, espérant la faire sortir de sa transe. Réveille-toi... s'il te plaît.

Des larmes lui montèrent aux yeux. Qu'est-ce qu'elle allait faire ? Si Nokomis ne pouvait pas supporter cet endroit infernal, comment elle le pourrait ?

– Noko !

Nokomis se figea, comme si elle avait enfin entendu son appel et sa détresse. Une vague de flammes l'enveloppa alors dans un souffle ardent. Quand il la révéla de nouveau à Chilali, Nokomis la fixait. Elle la fixait d'un regard meurtrier et froid qui la transperça de part en part.

– Noko...

Insensible à son ton suppliant, Nokomis fit apparaître ses griffes démoniaques.

– *C'est moi, calme-toi !* s'exclama mentalement Chilali en lui envoyant une aura pacifique.

En réponse, une salve de rage la traversa, la brûlant au plus profond de son âme. Le sol vacilla. Un cri de harfang suivi d'un éclat de plumes ramena Chilali à la réalité. Asha lui avait fondu dessus pour la dévier de la trajectoire des griffes de Nokomis.

La colère de cette dernière s'insinuait peu à peu dans le cœur de Chilali. Une colère sourde emplie d'une violence comme elle n'en avait jamais ressenti. Son contact lui donna de nouveau l'impression qu'une partie de son âme s'embrasait. Des griffes turquoise se matérialisèrent à ses doigts. Puis, une matière visqueuse se glissa en son cœur, le colorant immédiatement de sa noirceur. La puissance du démon de Nokomis remonta dans ses veines aussi vite qu'un feu dévorant des herbes sèches. Chilali ne tenta même pas de la repousser. Cette puissance était bien trop agréable. Elle en voulait plus !

Asha la percuta de nouveau en sifflant méchamment.

Chilali secoua la tête. Qu'est-ce qu'il lui prenait ? Mais l'énergie démoniaque fut plus forte et reprit le dessus.

À quelques pas d'elle, Nokomis observait sa transformation. On aurait dit qu'elle attendait quelque chose. Mais quoi ? Son andiiyoh'aako le lui indiqua : Nokomis n'attendait pas quelque chose, elle *fixait* quelque chose. Le cœur de Chilali. Gorgé de puissance. De la parfaite moitié de son pouvoir. De SON pouvoir à elle.

Nokomis laissa échapper un grognement qui n'avait plus rien d'humain, puis elle se rua sur Chilali qui l'accueillit d'un puissant coup de griffes. Le sang qui coula de sa plaie fraîche décupla la colère de Nokomis. Elle se recroquevilla sur elle-même, imitée en miroir par Chilali.

Et toutes deux s'élancèrent l'une contre l'autre, bien déterminées à en découdre.

Se projetant contre les arbres et les rochers alentour, plantant leurs griffes dans le sol pour se propulser avec plus de force, les deux amies cherchaient par tous les moyens à arracher le cœur de l'autre. Cela sous le regard impuissant d'Asha qui lançait des sifflements stridents leur intimant de se calmer.

Esquivant une attaque de Chilali, que leur conscience liée lui avait indiquée, Nokomis lui bloqua le bras et le tordit. Nullement impressionnée ni dérangée par son action, Chilali se dégagea et riposta. Le temps autour d'elles parut ralentir, comme si leur pouvoir les écrasait de sa puissance. Temps avec lequel Nokomis semblait jouer, car contre toute attente, il s'accéléra ! Il se compressa de nouveau avant de reprendre son cours normal au moment où Chilali se retrouva projetée au sol. Les griffes de Nokomis fusèrent vers son cœur puis elle se figea.

Elle ne savait pas comment, mais elle était parvenue à bloquer leur pouvoir juste à temps. Nokomis sentit son démon se retirer au plus profond de son âme, tandis qu'elle reprenait son souffle, le visage à quelques centimètres seulement de celui de Chilali qui la regardait avec effroi. Les muscles tétanisés de Nokomis se relâchèrent d'un coup et elle s'écroula.

Tout aussi choquée par ce qu'il venait de se produire, Chilali n'osa pas bouger, s'attendant à ce que le démon de Nokomis reprenne le contrôle. Heureusement, ce ne fut pas le cas, son amie l'avait scellé en elle. Cette initiative, bien que provisoire, avait dû lui demander une énergie considérable. En temps normal, il était presque impossible pour Nokomis de se canaliser seule. Toutes deux le savaient. Et pourtant, cette fois, elle l'avait fait.

Secouée d'un spasme, Nokomis ferma les yeux. De nouveau, son pouvoir démoniaque tentait de reprendre le contrôle sur son corps. Utilisant ses dernières ressources, Nokomis le repoussa.

– Noko, souffla Chilali.

Elle sentait la douleur que cet enfermement forcé provoquait en elle et elle devait la soulager.

– Noko. Laisse-moi t'aider.

Nokomis secoua la tête. Elle essaya de se relever, mais trébucha. Chilali la soutint et insista pour qu'elle lui lègue une infime partie de son pouvoir.

– Tu ne vas pas tenir si tu gardes tout en toi.

– Raison de plus pour quitter cette foutue forêt, grogna Nokomis.

Une migraine atroce lui martela le crâne.

– On tourne en rond depuis je ne sais pas combien de temps, répondit Chilali. Et on doit retrouver Ayana et Nohyandi !

– Si on s'entre-tue, on ne pourra pas les aider, répliqua sèchement Nokomis. On ne peut rien faire dans cet état, s'adoucit-elle, réalisant la rudesse de son ton. Avec un peu de chance, elles sont en sécurité dans le village de Samaari.

Elle voulait retrouver Ayana et Nohyandi. Ce serait mentir que d'affirmer l'inverse. Mais ce qu'elle voulait par-dessus tout à l'instant présent, c'était que cette douleur et cette pression insupportables dans son crâne cessent. Tout comme cette envie constante de sang. Chilali n'eut pas à capter ses pensées pour le comprendre. Elle passa le bras de Nokomis autour de ses épaules et l'aida à se remettre sur pied.

Elle ne savait pas comment elles s'y prendraient pour quitter cette forêt, mais Nokomis avait raison : elles ne pouvaient pas rester ici. Elles devaient fuir cet endroit avant de définitivement perdre la tête. Voire pire.

Comme si cela n'était pas déjà assez difficile, elles durent, en plus de leur violence, lutter contre leurs pires cauchemars sur la suite du trajet. Au détour d'un arbre, Nokomis voyait apparaître Bjørnarsen. À chaque fois, elle perdait ses moyens, ayant trop peur qu'il ne s'en prenne de nouveau à elle, obligeant de ce fait Chilali à s'arrêter pour la calmer. Puis venait le tour de Chilali de délirer. Elle revivait en boucle les supplices de Winema. C'était alors à Nokomis d'intervenir afin que Chilali ne commette pas le pire pour se libérer des tortures de la chamane.

Plus d'une fois, Nokomis perdit le contrôle de ses pouvoirs, laissant de ce fait le temps à son andiiyoh'aako de se jeter sur Chilali avant de réussir à le renvoyer dans les sphères les plus éloignées de sa conscience. À chaque nouvel emprisonnement de son démon, Nokomis semblait perdre une partie de sa lucidité, comme si son entité démoniaque cherchait à faire pression sur elle pour qu'elle la laisse libre de ses mouvements.

Les hallucinations faisaient également partie du voyage. Çà et là, des yeux verdâtres perçaient les ténèbres qui s'étaient peu à peu abattues sur la forêt, la rendant plus effrayante qu'elle ne l'avait jamais été. En contrepartie, la brume avait disparu, permettant aux deux amies et leur totem de continuer leur route sans craindre de tomber dans un précipice.

Ce supplice dura ce qui semblait être une éternité, quand les arbres centenaires laissèrent place à des arbrisseaux épars puis, enfin, à une clairière.

Alors que le soleil poignait à l'horizon, dépassant les montagnes lointaines, Nokomis sentit son mal disparaître peu à peu. C'était comme si elle plongeait dans la fraîcheur d'un torrent à la fin d'une chaude journée d'été. Son apaisement fut tel qu'elle leva l'étau d'énergie qu'elle avait érigé autour de son démon et laissa sa puissance enfin calmée s'échapper vers Chilali.

Elle fit encore quelques pas, puis toutes deux sombrèrent dans un étrange sommeil sans rêves.

PARTIE 2

CHAPITRE 1

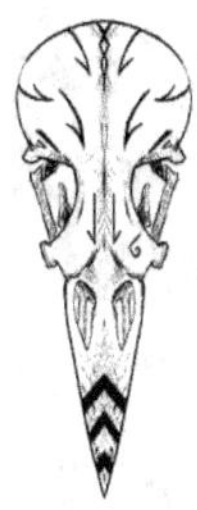

L'arrivée au village des couleuvres fut un soulagement pour Samaari. Beaucoup moins pour Ayana, qui gardait Nohyandi au plus proche d'elle. Pourtant, les femmes qui le composaient, bien que curieuses, les saluaient amicalement en les croisant.

– Qui nous amènes-tu, Sama ?

Une femme d'âge mûr avança tranquillement à travers les badaudes qui s'étaient attroupées autour des nouvelles arrivantes. À l'instar de Samaari, et de toutes les femmes du clan, diverses scarifications parsemaient son visage et ses mains. De fins traits noirs rehaussaient son regard bienveillant.

– Mère ! s'exclama Samaari en accueillant la femme d'une joie non dissimulée. Je te présente Ayana et Nohyandi. Ayana, voici Shania, la cheffe et chamane de notre village.

– Bienvenue au clan de la couleuvre, répondit Shania en remerciant Samaari pour la présentation. Que nous vaut votre visite ?

– Elles ont besoin de ton aide. Leurs amies ont été emportées par la brume de la forêt, expliqua Samaari.

Shania fronça les sourcils et se tourna vers Ayana. Elle l'observa en silence puis son regard glissa vers Nohyandi, qui se cacha derrière la guérisseuse.

— Retournez à vos occupations, lança Shania à l'adresse des villageoises qui les entouraient.

Ces dernières s'exécutèrent sans protester, bien que déçues de ne pas en savoir plus sur l'identité des deux nouvelles venues. Quand Shania fut certaine que toutes soient hors de portée de voix, elle interpella sa fille et lui fit signe d'approcher. Ayana dut tendre l'oreille pour entendre leur échange :

— As-tu as bien effectué le rite et remplacé les anciennes amulettes comme je te l'ai demandé ? souffla Shania.

— Le brouillard est tombé après notre rencontre, je ne pouvais pas...

— C'est bien ce que je pensais.

Samaari baissa la tête.

— Excuse-moi. J'ai pensé qu'il serait plus important de les amener ici plutôt que de m'occuper des amulettes.

— La sécurité du village dépend de la protection des amulettes, dit brusquement Shania.

Elle soupira.

— Nous verrons ça plus tard. Je tiens à m'excuser pour ce malentendu, dit-elle en se tournant de nouveau vers Ayana et Nohyandi. Je vous aiderai à retrouver vos amies. Il est rare que mes protections se trompent sur la nature des personnes autorisées à traverser cette forêt, mais nous ne sommes jamais à l'abri d'une erreur.

Elle lança un regard noir à Samaari qui baissa honteusement la tête.

— Ne lui en veux pas, intervint Ayana. Tout s'est passé très vite.

Shania lui sourit distraitement.

— La nuit va tomber, répondit simplement la chamane. Samaari va partager sa hutte avec vous. Elle repartira au plus vite pour rectifier son erreur. Avec un peu de chance, elle retrouvera vos amies à temps. En attendant, faites comme chez vous. Nous verrons plus tard les détails de votre rattachement au clan.

— Mais nous...

Ayana ne put terminer sa phrase que Shania s'éloignait

déjà vers une femme d'une trentaine d'années accompagnée d'un opossum au masque fendu.

— Nous ne pouvons pas rester, dit Ayana en la rattrapant.

— Samaari va préparer les rites pour retrouver vos amies. Nous aviserons ensuite, lui répondit Shania.

— Une fois mes amies retrouvées, nous devrons repartir, insista Ayana.

— Personne ne quitte ces murs, déclara durement la femme à l'opossum.

— Doucement, Hyua, l'arrêta Shania.

Elle s'adressa à Ayana :

— Notre clan est là pour protéger les femmes.

— J'ai déjà mon clan, l'informa Ayana. J'y suis très bien.

— Pourquoi l'avoir quitté si c'était le cas ?

Shania joignit ses mains et la fixa sérieusement, comme si elle attendait une réponse destinée à la convaincre. Mais Ayana ne dit rien.

— Si les Anciens vous ont menées ici, c'est qu'il y a une raison, reprit Shania non sans lancer un léger regard à Nohyandi. Je les interrogerai. Ce seront eux qui décideront de la suite, je ne suis que leur messagère. En attendant, reposez-vous.

Cela dit, elle s'éloigna, la prénommée Hyua sur les talons.

— La forêt est dangereuse. Pour repartir, vous aurez besoin de l'une de nous, expliqua Samaari. En général, les femmes qui arrivent ici restent, car elles cherchent un refuge. Ma mère est là pour les accueillir et les protéger. Elle peut être brusque, mais elle ne veut que ton bien.

Ayana hocha la tête d'un air dubitatif.

— Elle n'est pas mauvaise ! assura Samaari.

— Et je ne le pense en aucun cas, répondit Ayana. Tout ce que je veux, c'est retrouver Nokomis et Chilali puis ramener Nohyandi chez elle. Pas m'établir dans un nouveau clan.

— J'irai lui parler, dit Samaari. Je devrais pouvoir la raisonner. En attendant, suivez-moi, je vais vous montrer où vous allez dormir.

Elle les guida à travers le village et les mena face à une minuscule hutte. L'exiguïté de l'endroit surprit Ayana. Pourquoi Samaari vivait-elle dans une habitation deux fois plus petite que les autres ?

Alors qu'elle se retournait pour le lui demander, Samaari referma brusquement la porte derrière elles.

– C'est pour votre sécurité, expliqua Samaari en bloquant l'ouverture de l'extérieur.

Ayana se précipita sur la porte. Elle pouvait voir le visage de Samaari par un jour entre deux planches. Elle semblait vraiment mal de lui faire ça.

– Qu'est-ce que tu fais ? s'exclama Ayana. Laisse-nous sortir !

– C'est pour votre sécurité, répéta la jeune femme. Pour votre sécurité... Je suis désolée.

Puis, elle tourna les talons et partit en vitesse

– Samaari ! Ouvre cette porte !

Ayana se lança de nouveau contre la porte, qu'elle frappa avec désespoir. Les réminiscences de ses captivités passées refirent alors surface dans sa mémoire. Une à une. Elle se laissa glisser au sol en tremblant. Où était-elle encore tombée ? Reverrait-elle vraiment Nokomis et Chilali ?

Ciqala émit un jappement. La panique était venue tellement vite qu'Ayana en avait oublié sa présence. Tout comme celle de Nohyandi qui, accroupie à ses côtés, la fixait de ses grands yeux verts.

– Pourquoi tu pleures ? demanda-t-elle.

– Pour rien, ma puce.

Ayana essuya les larmes qui avaient glissé sur ses joues.

– J'aime pas Shania, lança d'un coup Nohyandi. Si elle te fait pleurer, c'est qu'elle est méchante.

– Ce n'est pas elle qui me fait pleurer.

Peu convaincue, Nohyandi fronça les sourcils. Cette simple expression frappa Ayana. Pourquoi n'avait-elle pas vu la ressemblance plus tôt ? À moins que ce ne soit qu'un hasard ?

– Est-ce que je peux te poser une question ? demanda Ayana afin d'éloigner l'angoisse que lui procurait cette captivité forcée.

Nohyandi hocha la tête, retrouvant l'air innocent qui habitait ses traits habituellement.

– Quand as-tu rencontré Kiso ?

Cette simple question suffit à Nohyandi pour qu'elle se renferme sur elle-même. Elle ne parlait de Kiso à personne. Jamais.

– C'est pas bien d'en parler, dit-elle avec une pointe de panique dans les yeux.

Elle semblait regretter d'avoir confié son secret à Ayana et recula en regardant autour d'elle comme si elle cherchait un endroit où se cacher.

– Tu n'es pas obligée d'en parler, lui dit doucement Ayana. Mais tu peux si tu veux. C'est toi qui décides.

Elle lui sourit puis ajouta :

– Et comme je te l'ai dit : personne ne te grondera pour en avoir parler. Jamais.

Ayana voulait confirmer ses doutes qui devenaient de plus en plus présents au fur et à mesure qu'elle observait les expressions de Nohyandi. Malgré tout, elle ne souhaitait pas non plus la brusquer avec ses questions.

Nohyandi se figea un court instant, comme si elle écoutait quelque chose, et commença à tortiller ses mains.

– Nokomis aussi a un Kiso, hein ? demanda-t-elle.

La question fit sourire Ayana.

– C'est compliqué, mais oui, Nokomis aussi a un Kiso. Elle lui donne juste un autre nom.

– Son Kiso lui a pas dit son nom ? s'étonna Nohyandi.

– Le sien est différent, c'est tout. Enfin, je crois.

– Kiso te trouve gentille. Elle t'aime bien. D'habitude, les gens sont pas gentils avec elle.

Ayana cacha la surprise d'avoir une réponse si amicale du wendigo de Nohyandi. Du moins, s'il s'agissait bien d'un wendigo.

– Elle revient quand, Nokomis ? demanda tout à coup Nohyandi.

– Je ne sais pas, admit Ayana. Mais elle va revenir nous chercher, ne t'inquiète pas. Et Chilali aussi.

Nohyandi hocha tristement la tête. Elle cachait difficilement sa peur d'être abandonnée encore une fois.

– Je reste avec toi, moi, lui dit Ayana en l'invitant à s'asseoir près d'elle.

Nohyandi hésita puis accepta. Contre toute attente, elle se glissa même sous le bras d'Ayana et se colla contre elle. Son geste étira les lèvres de la guérisseuse dans un sourire triste. Il était clair que maintenant que la vérité s'éclaircissait quant au secret de Nohyandi, la suite des événements serait de plus en plus compliquée. Sa mère voudrait-elle réellement la récupérer ou l'avait-elle volontairement envoyée loin d'elle à cause de sa particularité ?

***

– Qu'est ce qui t'a pris de les amener ici, Sama ?

Shania était hors d'elle. Elle se tourna vers sa fille, qu'elle jaugea furieusement.

– Elles avaient besoin d'aide ! Je ne pouvais pas laisser les démons de la forêt s'en prendre à elles.

– La petite est possédée et sa mère porte des tatouages maudits. Ce sont elles les démons. Comment as-tu pu passer à côté de ces détails ?

– Ce n'est pas...

Shania la coupa d'un geste de la main.

– Elles sont dangereuses. Nous devons rapidement effectuer le rite de purification avant qu'il n'y ait un accident.

– Ayana ne veut pas rester ici.

– Tu sais bien que toutes les femmes qui franchissent ces portes passent sous ma tutelle. Et tant que les protecteurs de la forêt seront en colère, personne n'aura le droit de sortir de ce village !

– Et ses amies ?

À peine avait-elle posé sa question que Samaari la regrettait déjà. Shania s'avança vers elle, la surplombant de toute son autorité malgré leur taille similaire.

139

— À moins que ses amies ne soient également rongées par le mal, tu sais tout autant que moi qu'elles ne sont déjà plus de ce monde.

Le silence de sa fille confirma à la chamane les doutes qu'elle se faisait au sujet des amies de leurs *invitées*.

— Saurais-tu juger l'ampleur de leur pouvoir ? soupira Shania, un rictus agacé sur le visage.

— Nokomis est très puissante, commença Samaari. Et son aura est maudite. Par deux, peut-être trois anciens wendigos. Chilali, je ne sais pas. Son énergie est très particulière.

Shania secoua la tête comme si la réponse de sa fille la décevait.

— Je pensais que tu pourrais les libérer. Ton pouvoir est grand et ce ne serait pas la première fois que tu purifies le cœur d'une de nos sœurs.

Ce dernier point fit mouche. En effet, Shania avait plus d'une fois libéré de pauvres âmes de wendigos avides de sang. Mais à quel prix ?

— Sais-tu les ressources que demandent ces rites de purification ? Je peux libérer une personne, peut-être deux. Il me faut ensuite une, voire plusieurs lunes pour régénérer mes énergies. Je peux m'occuper de la petite et sa mère, c'est tout. Et de ce que tu m'en dis, cette Nokomis est un danger pour le clan.

Elle réfléchit, tourna les yeux comme si elle interrogeait un être invisible. Un bruissement de plumes résonna dans la toiture, faisant sursauter Samaari que le silence pesant de sa mère ne rassurait pas.

— J'ai peut-être une idée, dit tout à coup Shania. Va chercher Hyua et Izusa.

Samaari hocha la tête et s'exécuta. Elle et ses *sœurs* franchirent la porte de la hutte quelques instants plus tard.

Taka, l'opossum d'Hyua, partit se fondre entre les poutres du toit tandis que Zalta, l'imposant urubu d'Izusa, se posait sur le perchoir prévu à son accueil. Samaari n'avait jamais vraiment apprécié ce rapace, son œil vif à l'étrange lueur turquoise ne la rassurant pas. Cette couleur singulière donnait l'impression qu'une lutte acharnée entre la possession démoniaque – dont Izusa avait été libérée à son arrivée au village –, et les forces des Anciens avait lieu en permanence au sein de son énergie vitale.

Samaari n'était qu'une enfant lorsque la chamane avait rejoint leur clan, mais elle se souvenait encore du rituel : les cris de douleur d'Izusa avaient dépassé ceux de n'importe quelle nouvelle membre des couleuvres. La résistance d'Izusa durant sa libération avait été un signe pour Shania. Un signe qu'elle était digne de servir leur protecteur. Cette étrange entité que seule Shania entendait et qui donnait ses directives à travers elle. Enfin, à travers la pierre gravée qui se trouvait dans la grotte adjacente au village.

– Hyua, Izusa, dit Shania, interrompant Samaari dans ses réflexions. J'aurais besoin de vos conseils. Votre sœur pense que nous devons accueillir Ayana et sa fille, mais aussi leurs amies.

Les deux chamanes ne semblaient pas s'opposer à cette décision. Elles attendirent donc patiemment le détail fâcheux qui ennuyait leur cheffe. Elle n'aurait pas réclamé leur avis sinon.

– Comme vous avez dû le sentir, la petite est possédée. Ayana, quant à elle, nous cache peut-être ses pouvoirs, mais rien n'est sûr à ce sujet.

– Nous pouvons t'aider à les libérer toutes les deux, proposa Izusa qui pensait que c'était cette double possession qui incommodait Shania.

Izusa lui était toujours redevable d'avoir sauvé sa propre âme des années auparavant. Elle savait donc de quoi Shania était capable, mais aussi de la quantité de pouvoir qu'elle devait utiliser pour ce genre de rites.

– Mais j'imagine que ce n'est pas ce point qui te tracasse, devina finalement la chamane en croisant le regard de sa cheffe.

– En effet. Samaari m'affirme qu'une des amies d'Ayana est possédée par un pouvoir particulièrement puissant, ce qui expliquerait la réaction de nos esprits protecteurs. Elle désire l'accueillir. Ce qui signifie la laisser venir à nous afin de la libérer de l'emprise de son démon.

Hyua pinça les lèvres. À elles trois, elles pouvaient libérer Ayana et sa fille. Sans aucun problème. Mais s'occuper de la purification d'une troisième personne, plus puissante, qui plus est, relevait du suicide.

— Nous ne pouvons pas accueillir tout le monde, Sama, lâcha-t-elle durement à l'adresse de sa sœur.

Cette dernière se crispa. Depuis qu'Hyua était devenue chamane, son attitude à son égard avait drastiquement changé. C'était comme si elle avait affaire à une autre personne. Bien que Samaari ne le dise pas, cela l'affectait particulièrement, ce que Shania, elle, n'avait pas manqué d'observer.

— Du calme, Hyua. Ta sœur a un grand cœur. Et c'est une bonne chose.

Elle se tourna vers Samaari.

— Même si pour prendre ce genre de décision, il est mieux de réunir le conseil avant.

Samaari baissa la tête. Elle savait qu'elle faisait toujours tout de travers, car c'était loin d'être la première fois que Shania la reprenait sur son comportement.

— Mais comme tu as pris la décision d'accueillir Ayana, sa fille et leurs amies au sein du clan, ce sera à toi de mener leurs rites de purification, ajouta Shania en prenant un ton plus solennel.

— Quoi ? Mais elle n'est pas prête ! s'exclama Hyua.

Shania leva la main.

— Toi non plus tu n'étais pas prête lors de ton premier rite, et pourtant, regarde où tu en es aujourd'hui.

Hyua serra la mâchoire, encaissant la pique avec retenue.

— Personne n'est prêt à notre fonction avant que celle-ci ne commence, remarqua Izusa.

Elle s'avança vers Samaari.

— J'apporte mon appui au choix de notre cheffe et je te soutiendrai lors du rite.

Sa réaction étonna Samaari. Izusa ne l'avait jamais particulièrement portée dans son cœur, mais une chose était certaine : en tant que chamane, elle occupait sa fonction avec ferveur et dévotion.

Shania se tourna vers Hyua, il fallait un vote unanime pour aller plus loin, toutes quatre le savaient.

Hyua dévisagea sa sœur. Elle se retenait d'être une nouvelle fois désagréable avec elle. De toute façon, elle n'avait pas vraiment son mot à dire. Elle savait que son vote n'était qu'accessoire face à celui de ses aînées et que Shania finirait par la forcer à approuver leur décision. D'une façon ou d'une autre.

– Bienvenue parmi nous, soupira-t-elle en adressant un regard mauvais à sa sœur.

Une étrange lueur, présente depuis son rite de lien avec Shania, passa dans les yeux d'Hyua, faisant frissonner sa cadette. Cette décision ne l'enchantait pas, Samaari le comprit immédiatement.

– Bien, dit Shania. Demain, nous libérerons Ayana et sa fille de leur démon. Puis, dans trois nuits, quand la lune sera noire, nous nous occuperons de ton rite d'intronisation, Sama.

CHAPITRE 2

Cela faisait une journée complète qu'Ayana, Nohyandi et Ciqala avaient été enfermées par Samaari. Étonnement, elles n'avaient manqué de rien, l'endroit étant davantage une réserve aménagée plutôt qu'une véritable prison, tout ayant été mis en place pour que les personnes occupant les lieux soient à leur aise.

Tandis qu'Ayana réapprovisionnait le feu central afin de préparer le repas, un bruit se fit entendre derrière la porte. Celle-ci vibra puis s'ouvrit, dévoilant Samaari.

Ayana se redressa aussitôt, bien décidée à avoir une discussion avec elle.

— Je n'ai fait ça que pour votre bien, assura Samaari en levant les mains dans un signe d'apaisement.

— Et j'imagine que c'est aussi « pour notre bien » que nous devrons rester ici une journée de plus, s'irrita Ayana qui n'arrivait décidément pas à brusquer Samaari.

Elle n'y arrivait pas, car elle sentait bien qu'au plus profond d'elle, chacun de ses actes était guidé par une volonté de bien faire. Samaari ne voulait faire de mal à personne. Ses excuses interminables l'illustraient parfaitement.

— Ce n'est rien, se radoucit Ayana, comprenant que Samaari pensait réellement avoir agi au mieux. Mais est-ce que tu pourrais au moins expliquer pourquoi tu nous as enfermées ici ?

Ayana espérait que cette discussion écarte tout malentendu et que Shania accepterait de les laisser libres de leurs déplacements. Enfin, si Shania était bien responsable de cette séquestration.

Samaari lança un regard par-dessus son épaule et questionna silencieusement Dena, son totem. Cette dernière souffla, comme si elle l'encourageait à répondre. Samaari soupira. Elle passa la porte qu'elle referma avec précaution.

– Je voulais que vous ayez le moins d'interactions avec mes sœurs à cause de...

Elle hésita. Ayana l'incita à continuer.

– À cause de la particularité de Nohyandi. Et des tiennes.

Ayana se tendit. Elle avait peur de comprendre où Samaari voulait en venir.

– De nos particularités ? se contenta-t-elle de répéter en lançant un subtil regard vers Nohyandi.

Elle lui avait promis de ne rien révéler sur Kiso et elle ne le ferait en aucun cas.

– Ça ne sert à rien de le cacher, répondit Samaari. Tu sais que je les ressens. Enfin, pas les tiennes. Tu te débrouilles bien pour les dissimuler.

– Mais de quoi parles-tu ?

Samaari fronça les sourcils. Elle n'aimait pas qu'on se moque d'elle et encore moins qu'on remette en question ses paroles, sa sœur s'en chargeait déjà bien assez comme ça. Elle s'avança vers Ayana et saisit sa main.

– Je parle de ça, s'énerva-t-elle. Ces marques, elles n'ont rien de naturel. Ce sont des marques maudites. Au même titre que les énergies qui parcourent les corps de Nohyandi et de Nokomis. Nokomis que j'ai assez côtoyée pour t'affirmer qu'elle a détruit ou absorbé au moins trois wendigos et qu'elle manipule les énergies à la perfection. Tout comme Chilali. Tu me l'as confirmé dans la forêt !

Ayana libéra sa main. Comment Samaari pouvait-elle ressentir autant de choses ? Et surtout aussi facilement ? Elle ne pensait pas que ses facultés pour capter les énergies s'étendaient à autant de points et étaient si précises ! Elle recula d'un pas, tout à coup bien moins rassurée par ses motivations réelles.

— Pardon, je ne voulais pas te brusquer, s'excusa Samaari. Arrête de me mentir, c'est tout ce que je demande.

Une nouvelle fois, son ton indiquait une profonde affection de ne pas être écoutée. À moins que l'entité qui la possédait ne joue sur les émotions pour attendrir Ayana ? Cette dernière ne savait plus comment réagir. Elle finit par demander :

— Comment fais-tu ça ?

Elle ne voulait pas affirmer les dires de Samaari, mais elle savait qu'elle ne pouvait pas nier les pouvoirs de Nokomis : Samaari l'avait vue les utiliser.

— Comment je sais quoi ?

— Comment arrives-tu à sentir les énergies et à les décrypter ? Je sais, tu m'as parlé de don, mais ce n'est pas commun comme faculté. Encore moins quand c'est si précis.

— Je les ressens, c'est tout. De la même façon qu'on pense, qu'on respire. Tu m'as dit que c'était rare que les gens sachent faire ça. Mais c'est faux ! Chilali et Nokomis savent le faire. Toi aussi !

Le ton dur quant à son mensonge irritait véritablement Samaari. Ayana secoua doucement la tête :

— Non, tout le monde ne sait pas faire ça. Nokomis et Chilali sont des exceptions. Moi, je suis incapable de le faire par exemple.

— Et tes mains ?

— C'est un accident, répondit Ayana.

Elle hésita :

— Je les dois à Nokomis. Un jour où je lui ai sauvé la vie... Mais je n'ai aucune capacité spéciale, ajouta Ayana. Et aucun wendigo ne me possède.

Samaari fronça les sourcils. Puis elle regarda Nohyandi.

— Toi, tu as bien des pouvoirs ? Enfin, des pouvoirs comme ceux de Nokomis ?

Elle ne la brusquait en aucun cas, elle voulait seulement une confirmation que son don de détection ne lui mentait pas. Qu'on ne lui mentait pas depuis toutes ces années ! Qu'elle ressentait bien cette force brute émaner de cette enfant.

Contre toute attente, Nohyandi hocha la tête. Puis elle regarda Ayana avec peur, comme si elle réalisait qu'elle avait commis une erreur en avouant sa particularité. Est-ce que sa réponse lui vaudrait une remontrance des gens de ce village ? Ayana lui sourit, lui faisant comprendre que personne ne lui ferait de mal. Comme pour appuyer sa pensée, Ciqala vint se blottir contre elle.

— Oui, Nohyandi a des pouvoirs, affirma Ayana. Mais personne ne doit le savoir.

— Tu ne peux pas cacher ce genre de choses ici, répondit Samaari, rassurée que son intuition soit bonne. Shania l'a directement sentie et, même si leur don est moins précis que le mien, une partie des femmes qui vous ont croisées aussi.

Cette remarque ne rassura en aucun cas Ayana.

— Et donc, tu nous as enfermées pour que personne ne s'en prenne à nous ? devina-t-elle.

Samaari hocha la tête.

— Nous avons déjà eu des problèmes par le passé. Malgré les protections de la forêt, des wendigos ont réussi à pénétrer dans le village et ont fait énormément de dégâts. Depuis, mes sœurs se méfient des étrangers.

Ayana s'approcha d'elle.

— Tu aurais dû m'expliquer la situation plus tôt.

— Je n'ai pas eu le temps, répondit Samaari. Je devais expliquer à Shania mon choix de vous accueillir.

— On ne peut pas rester, tu le sais !

— Toutes les femmes qui entrent dans ce village passent sous la protection de Shania, rétorqua Samaari. Vous n'avez pas le choix.

— Pourquoi nous avoir amenées ici dans ce cas ?

— C'était la seule solution. Personne ne survit dans ces bois. Même les personnes au bon cœur.

— Je dois retrouver Nokomis et Chilali ! s'exclama Ayana en balayant ses explications d'un geste de la main. Et

Nohyandi, sa mère !

— Je retrouverai tes amies. Shania m'a chargée de m'en occuper. Je remuerai ciel et terre pour te les ramener. Quant à Nohyandi...

Une nouvelle fois, Samaari hésita. Ayana la fusilla du regard. Elle commençait à perdre patience. En aucun cas, elles ne resteraient dans ce clan. Encore moins sans Nokomis et Chilali.

— Tu vas la ramener à sa mère, ajouta Samaari avec le plus de sincérité que la situation lui permettait de transmettre.

Son affirmation n'eut pas l'effet escompté. Ses traits trahissant les tourments de ses pensées.

— C'est bien ce que je pensais, soupira Ayana. Cette petite a assez souffert. Elle doit rentrer chez elle.

— Ne me dis pas que tu n'as rien remarqué ? s'étonna Samaari.

— Remarqué quoi ?

— Ce que tu as sous les yeux. Et depuis un bon moment maintenant, si j'en crois ce que tu m'as dit.

— Mais de quoi parles-tu encore ?

— Nohyandi. C'est la fille de Nokomis.

— Ce n'est pas parce qu'elle a des pouvoirs et qu'elle lui ressemble vaguement que ça fait d'elle sa fille, répondit Ayana en lançant malgré elle un regard vers la petite.

Elle avait effectivement remarqué des similitudes entre elles, mais ce n'était que le hasard.

— Je peux t'affirmer que cette enfant est bel et bien la fille de ta femme, insista Samaari. Leurs énergies sont similaires. Enfin presque. En tout cas, elles sont liées. Avec celle de Chilali aussi... Ça, c'est plus étrange par contre...

Ayana la dévisagea. Son regard passa de Nohyandi à Samaari qui, perdue dans ses réflexions, ne réalisait pas l'importance de sa révélation. Les détails apparurent alors un à un dans l'esprit d'Ayana, qui demanda :

— Depuis quand le sais-tu ?

— Hein ?

— Depuis quand sais-tu que Nohyandi est sa fille ?

– Je suis désolée si ta femme t'a caché cette enfant, répondit Samaari, interprétant mal sa réaction.

– Elle ne m'a rien caché, l'arrêta Ayana. Je sais qu'elle a eu une fille. Réponds : depuis quand le sais-tu ?

– Depuis notre rencontre.

Ayana lui tourna le dos en passant une main sur son visage.

– Pourquoi tu n'as rien dit ? s'exclama-t-elle en lui refaisant face.

– Je l'ai dit ! Mais comme toujours, personne ne m'a crue ! se défendit Samaari qui ne comprenait plus rien à cette histoire. Puis, vous m'avez dit que vous l'emmeniez je ne sais où. J'ai cru que c'était une façon de cacher son identité. Ce qui est un peu absurde en y pensant. À moins que vous ne soyez recherchées par les vôtres ! Vous avez tué des gens ?

Cette possibilité l'effraya soudainement.

– On n'a tué personne, soupira Ayana. Ou en tout cas, jamais pour une autre raison que défensive.

Cette réponse ne rassura pas particulièrement Samaari.

– Oublie ce que j'ai dit, c'était il y a longtemps ! se rattrapa Ayana qui ne voulait en aucun cas passer pour un assassin en fuite. Et tu ne pouvais pas savoir.

Non, elle ne pouvait pas savoir. Tout comme Nokomis ne pouvait pas savoir que depuis presque une lune complète, elle côtoyait sa fille tous les jours. Tout ça pour la ramener à celle qu'elle pensait être sa mère biologique.

– Mais j'ai déjà une maman, moi, intervint Nohyandi qui semblait intégrer l'information avec un léger temps de retard.

Ayana se tourna vers elle :

– Il arrive parfois qu'on ait plusieurs mamans, lui sourit-elle non sans fusiller Samaari du regard. (Celle-ci ne comprit pas tout de suite ce qu'elle pouvait bien lui reprocher.) Nokomis est ta maman, car tu es ici grâce à elle.

Nohyandi fronça les sourcils, définitivement perdue dans toutes ces explications.

– Ayana a raison ! affirma Samaari. Moi aussi j'ai deux

mamans.

Son intervention attira l'attention de Nohyandi. Samaari s'avança vers elle en s'assurant qu'Ayana le lui permette. Une fois certaine que sa présence et sa participation à la conversation soient acceptées, elle reprit :

– Shania n'est pas ma vraie maman. Elle nous a recueillies, ma sœur et moi, quand j'avais à peu près ton âge.

– Et elle est où ta vraie maman ? demanda Nohyandi.

– Elle était très malade et moi aussi. Le guérisseur ne savait pas quoi faire. Notre chamane lui a parlé de cet endroit. Nous avons donc quitté notre clan et nous sommes venues ici pour que Shania nous soigne.

Elle se perdit un instant dans ses pensées avant de reprendre :

– Malheureusement, la maladie de ma mère était trop grande et elle est morte pendant le voyage. Dans ces mêmes bois que vous venez de fuir.

Elle avait relevé les yeux vers Ayana comme pour appuyer ce dernier point. La guérisseuse comprit que ce n'était pas la maladie qui avait tué la mère de Samaari, mais très certainement une des créatures gardiennes de la forêt.

– Je suis désolée, dit Ayana.

– C'était il y a des années. Je ne me souviens pas de ces moments, la fièvre jouait déjà avec mes sens. Hyua aussi commençait à se sentir mal, mais elle avait promis à notre mère qu'elle me conduirait en sécurité. Ce qu'elle a fait en m'amenant ici. À peine arrivées, Shania et ses couleuvres se sont occupées de nous et la fièvre a disparu. Après cela, Shania nous a adoptées comme elle le fait pour toutes les femmes qui intègrent ce clan. Nous formons une grande famille et notre mère nous protège. Comme le feraient toutes les mères.

– Nokomis me protège, affirma Nohyandi.

– C'est vrai. Mais il n'y a pas que les mamans qui peuvent te protéger, tu sais, intervint Ayana.

– Tu peux être aussi ma maman si tu veux, répondit Nohyandi qui, malgré ce que venait de préciser Ayana, pensait qu'elle ne la protégerait plus si elle ne la considérait pas comme sa fille.

Un premier temps surprise par sa demande, Ayana lui dit :

– Si Nokomis est ta maman, je le suis aussi un peu.

Nohyandi la regarda sans trop comprendre.

– Oui, je veux bien être une de tes mamans, ajouta Ayana en voyant que sa phrase n'avait pas été perçue comme elle l'aurait cru.

Un sourire étendit les lèvres de Nohyandi puis se figea comme si quelque chose lui revenait en tête.

– Ma maman, elle me protégeait aussi. Avant.

Elle marqua une pause, réalisant qu'elle avait trop parlé. Ses yeux glissèrent vers Samaari. Un mouvement d'énergie se manifesta en elle, lui donnant l'autorisation d'en dire plus.

– J'ai parlé de Kiso. Elle n'a pas aimé et m'a grondée quand je lui ai montré que je ne mentais pas.

– Elle a eu peur, la rassura Ayana. Ça arrive lorsqu'on ne connaît pas certaines choses. Elle t'aime quand même, tu sais. Nokomis et moi, on lui expliquera tout quand on la rencontrera.

Nohyandi la regarda. Quelque chose d'autre la tracassait.

– Je te promets qu'elle comprendra, ajouta Ayana.

Nohyandi marmonna quelque chose et secoua la tête. Habituée aux conversations silencieuses qu'entretenaient Nokomis et Chilali, Ayana ne réagit pas. Mais elle fut agréablement surprise de constater que Nohyandi lui faisait assez confiance pour ne plus se cacher quand elle échangeait avec Kiso. Samaari, quelque peu perturbée par la manifestation soudaine de l'andiiyoh'aako de Nohyandi, calqua sa réaction sur celle d'Ayana et attendit.

Elle sursauta quand les yeux de Nohyandi s'illuminèrent de vert et qu'elle reprit d'une voix douce et posée :

– Notre mère adoptive était quelqu'un de bien, mais de très superstitieux, commença Kiso. Quand elle a découvert mon existence, elle a forcé Nohyandi à me cacher. Je savais que ma présence lui faisait du mal, mais ni elle ni moi n'arrivions à maîtriser nos pouvoirs. J'ai donc fait mon maximum pour rester discrète. Mais un soir, alors que notre chaman s'entretenait avec nos parents à notre sujet, je me suis réveillée, juste pour écouter. Quand j'ai vu l'horreur traverser ses yeux en me découvrant, j'ai compris que j'avais fait quelque chose de mal. Nohyandi a réussi à me cacher, mais il était trop tard : le village la pensait possédée par un démon et voulait l'en débarrasser.

— Tu es donc un wendigo ? demanda Samaari avec une certaine fascination dans la voix.

Shania lui avait parlé plus d'une fois de ces créatures maudites et particulièrement dangereuses, mais en aucun cas elle n'aurait cru pouvoir en observer une d'aussi près.

— C'est ce que tous pensent, mais je ne suis pas un wendigo.

— Ton père l'est, indiqua Ayana qui réalisait de plus en plus la puissance que Nohyandi contenait en elle. Enfin, l'était.

Kiso tourna les yeux vers elle et laissa Nohyandi intervenir :

— J'ai un autre papa ?

Ayana acquiesça. Elle hésita un instant.

— Nokomis te parlera sans doute mieux de lui que moi. Ce n'était pas quelqu'un de bien. Mais ça ne veut pas dire que toi tu es une mauvaise personne.

Nohyandi hocha la tête. Elle avait beaucoup d'informations à assimiler en peu de temps. Kiso la rassura d'un mouvement d'énergie.

— Si tu n'es pas un wendigo, qu'est-ce que tu es ? demanda Samaari, plus par curiosité que par réelle nécessité.

— Kiso est un andiiyoh'aako. Une âme maudite, expliqua Ayana qui préférait prendre les devants sur cette conversation.

Kiso semblait mature et apte à protéger Nohyandi, mais cela ne le tranquillisait pas pour autant quant au dérivé possible de cette information.

— Je n'aime pas particulièrement ce terme, dit Kiso. Mais oui, on peut dire ça.

– Et donc, que s'est-il passé dans ton village ? demanda Samaari

Un air bien trop adulte pour les traits enfantins de
Nohyandi s'afficha sur son visage.

– Le chaman a voulu nous sacrifier, répondit Kiso.
Pour défendre Nohyandi, j'ai l'ai tué. Devant tout le village.
Puis j'ai tué sa fille quand elle a voulu continuer le rite. Cette
femme était également notre mère.

CHAPITRE 3

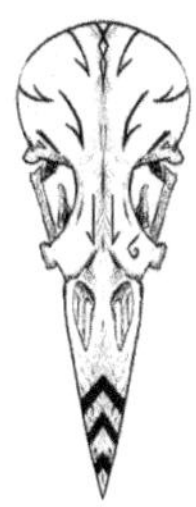

— Tu sais, Ayana, ta fille a un grand potentiel. Si elle restait ici, elle pourrait avoir une place importante dans le clan. De plus, je te promets que nous retrouverons tes amies et elles vous rejoindront très vite.

Shania avait dit ces mots sur un ton posé et rassurant. Peu de temps après sa discussion avec Samaari, cette dernière avait mené Ayana et Nohyandi face à sa mère afin de lui exposer la raison de la réticence d'Ayana à rester chez les couleuvres.

Samaari n'avait pas fait cela de bonté de cœur. Shania lui avait forcé la main, ne comprenant pas pourquoi ses nouvelles protégées s'étaient montrées si discrètes depuis leur arrivée au village. Sa fille lui expliqua que c'était de sa faute, qu'elles les avaient retenues plus que de raison chez elle.

Un autre mensonge qu'Ayana voulait entretenir : affirmer que Nohyandi était sa fille. Omettant volontairement tout lien entre la petite et Nokomis. Tout comme la nature réelle de ses pouvoirs. Leur présence étant impossible à dissimuler aux sens aiguisés de Shania, ils ne seraient juste pas mentionnés. Et si la chamane interrogeait Samaari sur le sujet, Kiso serait présentée comme un jeune wendigo incapable de communiquer.

— Je ne sais pas quel potentiel tu vois en elle, répondit

calmement Ayana. Nohyandi est encore très jeune.

Shania se redressa dans le trône fait d'ossements et de bois que ses filles avaient érigé en son honneur, des années auparavant. Malgré le fait qu'il ne devait pas avoir plus de vingt décennies, sa constitution laissait penser qu'il était bien plus ancien.

— Sama a dû te le dire, mais j'ai un don particulier pour reconnaître le *talent* de certaines personnes, expliqua Shania. Tout comme ma fille et moi-même, cette petite a des capacités que mes sens de chamane ne peuvent ignorer.

Elle sourit et ajouta :

— Mais nous verrons tout cela ce soir, lors de votre inclusion au clan.

— Nous n'avons pas l'intention de..., commença Ayana.

— Vous n'avez pas le choix ! la coupa Shania.

Son intonation prit une sonorité particulièrement dérangeante. Ayana ne put retenir un frisson. Ses oreilles lui jouaient-elles des tours ? Elle était persuadée d'avoir entendu une seconde voix accompagner celle de la chamane.

— Vous n'avez pas le choix, répéta plus doucement Shania.

Elle marqua une pause.

— Pour votre sécurité, mais aussi la nôtre, vous ne pouvez pas quitter ces lieux, précisa-t-elle.

Elle leva la main pour couper court à toute nouvelle tentative de justification d'Ayana et reprit :

— J'entends que le sort de tes amies t'inquiète, dit-elle. Et c'est pour cette raison que je me chargerai personnellement de les retrouver pour les ramener en sécurité ici. Je t'en fais la promesse. Mais toi, tu ne peux pas partir. Une fois la palissade de ce village passée, on ne peut pas le quitter sur un coup de tête.

Elle tendit la main sur le côté comme si elle voulait montrer quelque chose au-delà des murs de sa hutte.

— Cette forêt est dangereuse. Les Anciens me confient les âmes féminines qui pénètrent dans ce village. C'est ma mission et mon fardeau. J'ai besoin de créer un lien fort avec vous afin de vous protéger des esprits de la forêt.

Ayana croisa les bras :

— J'imagine que ce rite consistera à lier nos âmes à ta fourmilière ?

Shania sourit.

— Appelle mes filles comme tu le veux, mais sache que chacune d'elle me remercie quotidiennement d'avoir été là quand elle en avait le plus besoin. Sama peut te le confirmer.

Elle se tourna vers sa fille qui faisait tout pour rester la plus discrète possible. Sentant l'insistance dans le regard de sa mère, Samaari hocha la tête.

— Je leur ai raconté mon histoire, mère. Ayana, tu peux lui faire confiance. Elle m'a sauvée.

— Je suis désolée, Samaari, mais je ne peux pas, déclara Ayana.

Elle braqua ses yeux vers Shania.

— La vie m'a appris à me méfier.

Shania soupira.

— Je pensais pouvoir te convaincre en t'expliquant la situation. Mais nous allons devoir nous y prendre différemment.

Elle croisa ses mains dans son dos et fit un bref signe de la tête. Quatre femmes sortirent de l'ombre. L'une d'elles attrapa Ciqala par la peau du cou tandis que deux autres saisissaient les bras d'Ayana. La dernière posa une main sur l'épaule de Nohyandi qui s'écroula sur-le-champ.

— Qu'est-ce que tu lui as fait ! s'exclama Ayana avant de voir la femme glisser un bijou dans sa ceinture.

Sans répondre à sa question, les gardes qui maintenaient Ayana l'approchèrent de Shania et lui firent plier genou. La chamane surveillait les réactions de Samaari du coin de l'œil. L'expression de cette dernière, un mélange d'angoisse et d'incompréhension, se changea en peur quand une cinquième femme la saisit sans ménagement.

— C'est pour ton bien, lui assura Shania.

Puis, elle se leva afin de rejoindre la guérisseuse. Elle lui attrapa le menton et étudia ses yeux.

— Je savais que tu étais un wendigo, cracha Ayana en sentant un flot d'énergie glacial traverser son corps.

Shania prit un air surpris.

– Tout de suite les insultes ? Devant mes filles qui plus est ? J'aurais cru qu'une femme de ton rang aurait plus de tact.

Elle jeta un œil derrière Ayana. Les gardes escortaient discrètement Samaari hors de la hutte. Shania sourit puis se pencha à l'oreille d'Ayana afin qu'elle seule puisse l'entendre :

– J'aurais pris un plaisir certain à t'éliminer, mais j'ai malheureusement encore besoin de toi, souffla-t-elle. Profite de tes derniers moments de lucidité, car ce soir, tu seras à moi. Ainsi que les pouvoirs de cette petite qui, je le sais, est tout sauf ta fille.

***

Une douce chaleur effleura le visage de Nokomis. Elle grogna. Encore plongée dans un demi-sommeil, elle s'agita, roula sur le côté et ouvrit les yeux. Une violente douleur lui traversa le crâne comme une flèche. Elle leva une main pour échapper au rayon de lumière qui, en rencontrant sa rétine, lui déclencha une désagréable sensation de nausée.

Un mouvement sur sa droite la fit sursauter. Se protégeant instinctivement le visage du bras, elle se redressa et sonda les alentours à la recherche de Chilali. Ce simple mouvement suffit pour que le sol bascule sous elle, l'obligeant à se rallonger. Elle lutta pour rester en alerte, mais son mal était bien trop fort pour qu'elle parvienne à se concentrer.

– Doucement. Reste allongée, dit une voix chaleureuse qu'elle ne connaissait pas.

Inquiète de ne pas sentir la présence de Chilali, Nokomis ignora la recommandation et s'agita.

– Chilali...

Elle avait à peine soufflé son nom que l'énergie familière de son amie effleura ses sens.

– Tout va bien, la rassura la femme. Si c'est ton amie que tu cherches, elle est juste là.

Nokomis grogna et tenta de nouveau de se redresser.

Cette fois fut la bonne. Enfin presque, car elle dû mettre sa tête entre ses genoux en attendant que la migraine résonnant dans son crâne cesse. Elle réprima un haut-le-cœur en respirant doucement.

— Tu n'es pas du genre à rester en place, toi, soupira la femme.

Comprenant que sa *patiente* n'écouterait pas ses recommandations, elle positionna un récipient près de Nokomis puis glissa une main dans son dos afin de la maintenir. Ce simple geste rassura Nokomis : cette femme était donc bien là pour l'aider. Elle étendit ses perceptions pour localiser Chilali, mais ne parvint qu'à amplifier son mal de tête... et illuminer ses tatouages ! Malgré cette manifestation démoniaque et les flammes vertes parcourant son corps, la femme ne bougea pas sa main.

— Je ne sais pas d'où tu viens ni quels sont tes pouvoirs, mais à ta place, je ne les utiliserais pas, dit-elle simplement. Surtout si tu veux aller mieux.

Son ton n'était ni une menace ni reproche. Juste un simple conseil. Nokomis l'observa du coin de l'œil. Qu'est-ce qu'elle pouvait bien connaître de ses pouvoirs ? Elle grogna et bloqua son andiiyoh'aako, réalisant que la suggestion était plutôt bonne, et surtout, qu'elle avait été plus qu'inconsciente d'utiliser son pouvoir face à une inconnue.

Quand elle put enfin ouvrir les deux yeux sans que sa migraine ne la foudroie sur place ou ne déclenche une nouvelle nausée, Nokomis se redressa complètement. Comme l'avait indiqué la femme, Chilali était bien là, inconsciente mais vivante.

— Bois ça, dit la femme en tendant à Nokomis une mixture qu'elle reconnut immédiatement, Ayana l'ayant préparée pour elle bien trop souvent ces dernières années.

Elle regarda le gobelet en silence puis leva les yeux vers la femme. Âgée d'une quarantaine d'années, elle lui sourit, déformant les tatouages qui parsemaient ses joues. Ceux-ci indiquaient qu'elle avait un rôle important dans son clan. Du moins si ces symboles avaient la même signification partout sur la Terre des Anciens. Aux côtés de l'étrangère se trouvait un épervier qui observait Nokomis avec attention.

— Je te présente Imma, dit la femme. Et je suis Chenoa.

Nokomis la fixa un instant avant de plonger de nouveau son regard dans la mixture verdâtre toujours tenue par Chenoa.

— Pardon, je te brusque un peu, s'excusa cette dernière. Prends ton temps.

Nokomis ne répondit pas. Elle sonda une nouvelle fois les alentours à la recherche d'Asha cette fois.

— Il n'y avait pas un harfang avec nous ? s'inquiéta-t-elle en ne la trouvant pas.

— Si, bien sûr ! Elle est juste à côté de ton amie.

Chenoa la fit se pencher en avant afin qu'elle puisse voir que le rapace était bien là.

— Par contre...

Elle hésita.

— Par contre, nous n'avons pas trouvé d'autre totem. Le tien, j'imagine ?

— C'est normal, la rassura Nokomis. Ça fait déjà un moment que mon totem n'est plus là.

Elle porta instinctivement une main à la gemme de Kajika. Même après toutes ces années, la présence de son lynx lui manquait terriblement. Et encore plus ces derniers temps.

— Oh, excuse-moi, je ne voulais pas...

— Tu ne pouvais pas savoir, la coupa Nokomis en se forçant à sourire.

Chilali lui offrit l'occasion de changer de sujet en s'agitant. Elle ouvrit les yeux, qu'elle protégea en laissant échapper une plainte. Nokomis se rendit sans attendre à son chevet, abandonnant son interlocutrice. Cette dernière les observa en silence. Elle fut touchée par la douceur des gestes de Nokomis envers son amie quand elle la rassura et l'empêcha de se redresser trop vite.

— Où on est ? grommela Chilali.

— En sécurité, répondit Nokomis, soulagée de voir qu'elle supportait bien mieux ce réveil post-possession qu'elle.

Émergeant peu à peu, Chilali remarqua enfin la présence de Chenoa qui la salua d'un signe de tête.

– Vous avez eu de la chance qu'on vous ait retrouvées à temps, dit cette dernière. Mais oui, ici, vous êtes en sécurité.

– Et où nous sommes exactement ? demanda Nokomis qui réalisa qu'elle n'avait aucune idée de l'identité du clan qui les avait secourues.

– Vous vous trouvez au clan du renard, répondit Chenoa.

Les renards ? Nokomis et Chilali échangèrent un regard qui n'échappa pas à l'attention de Chenoa.

Après une courte explication de la situation, Chenoa leur apprit qu'elle était la chamane du clan du renard et non leur guérisseuse, comme l'avait un premier temps cru Nokomis.

– Nous n'avons pas de guérisseur à proprement parler, lui expliqua Chenoa. J'occupe à la fois ce rôle en plus de celui de chamane.

Puis, elle leur raconta où et comment son clan les avait trouvées.

– Sans l'intervention de nos guerriers, il est clair que les créatures de la forêt vous auraient dévorées.

Elle marqua une pause.

– Quoiqu'en y pensant, elles ont peut-être eu peur de vous approcher.

Nokomis tourna les yeux vers elle.

– Tu n'es ni la première ni la dernière personne possédée que je croise ici, sourit Chenoa.

Nokomis ne dit rien, préférant la laisser faire les suppositions qu'elle voulait à son sujet. Elle avait l'habitude qu'on la traite de monstre.

– Je ne pense pas vous l'apprendre, mais les bois où nous vous avons trouvées sont maudits, reprit Chenoa face à son absence de réaction. Beaucoup de voyageurs s'y égarent. Il arrive qu'ils se retrouvent eux aussi maudits et aient besoin de passer entre mes mains pour s'en sortir.

Elle marqua une nouvelle pause pour les observer toutes les deux.

– Même si quelque chose me dit que vous êtes bien différentes de mes précédents patients, je me trompe ?

– J'imagine que te cacher notre nature n'est pas nécessaire, répondit Nokomis.

– Je connais assez les énergies pour la deviner, en effet. Même si rien n'est jamais sûr. Quoi qu'il en soit, vous restez les bienvenues ici.

– Trop aimable, marmonna Nokomis en vérifiant les alentours.

Ses précédentes expériences avec des clans trop amicaux s'étant bien trop souvent soldées par des situations violentes, et pas forcément de sa part, elle préférait rester sur ses gardes. Elle ne laisserait plus personne leur faire du mal et elle ne dissimula pas son intention d'agir en conséquence.

– Je comprends ta méfiance, assura Chenoa. Mais si je vous avais considérées comme dangereuses, je ne vous aurais pas ramenées ici. Vous êtes très certainement encore instables, mais je sais que vous ne vous en prendrez pas à nous.

– Nous ne vous ferons aucun mal, oui, intervint Chilali en posant une main sur la cuisse de Nokomis pour la calmer. Nous n'avons juste pas l'habitude d'être traitées comme des humaines. Surtout quand nous montrons nos pouvoirs.

– L'inverse m'aurait étonnée, soupira Chenoa.

Elle secoua la tête.

– Quoi qu'il en soit, vous allez devoir rester ici encore un moment. La prochaine lune n'est pas pour tout de suite.

– On ne peut pas attendre la prochaine lune pour repartir ! s'exclama Nokomis.

Outre le fait que Chilali avait promis à Ranfri qu'elle rentrerait quand la lune serait pleine une seconde fois et que chaque jour supplémentaire inquiéterait les corbeaux blancs, il leur fallait retrouver Ayana et Nohyandi. Encore plus si le clan où elle et Chilali avaient atterri s'avérait être celui qu'elles cherchaient depuis le début.

– Si nous voulons vous libérer, il est primordial d'effectuer le rituel une nuit de pleine lune, insista Chenoa.

– On doit repartir ! l'arrêta Nokomis. Maintenant.

– Ce parasite ne ressemble à rien de ce que tu as déjà pu rencontrer, assura Chenoa.

– Tu ne me connais pas, rétorqua Nokomis en se levant. J'ai connu bien pire que ça,

À peine debout, la terre tangua sous ses pieds, l'obligeant à se tenir au mur. Un feu follet vert passa sur sa droite. Par réflexe, Nokomis libéra son démon... et le regretta : elle se retrouva au sol, foudroyée par une puissante migraine.

Chilali bloqua leur pouvoir avec autant de difficulté que les jours précédents avant de s'approcher de Nokomis qui, allongée sur le dos, appuyait sur ses yeux comme si ce geste pouvait faire partir la douleur.

– Noko ! Ça va ?

Elle eut un grognement incompréhensible pour toute réponse. Pas un de ceux que Nokomis laissait échapper quand elle souffrait, plus un de ceux qu'elle utilisait pour indiquer une profonde frustration.

– On ne peut vraiment pas avancer le rituel ? demanda Chilali tandis que Nokomis se redressait.

Chenoa secoua la tête.

– La malédiction qui pèse sur ces bois est très ancienne. Pour la contrer, il nous faut toute la puissance des Anciens. Et encore, il m'arrive de devoir m'y reprendre à plusieurs fois.

– C'est-à-dire ?

– C'est-à-dire que tant que votre esprit ne sera pas purifié de ce mal, vous ne pourrez pas quitter ce village. Et qu'il peut me falloir plusieurs lunes pour parvenir à le faire.

– On doit aller chercher Ayana et Nohyandi ! s'exclama Nokomis, toujours en essayant d'éloigner sa migraine.

– Elles sont encore dans les bois ? s'inquiéta Chenoa.

– On ne sait pas où elles sont, répondit Chilali. Peut-être au clan de la couleuvre.

– Vous êtes allées au clan de la couleuvre !

Son ton alarmant n'avait rien de rassurant. On aurait cru que passer les portes de ce village puis se tenir maintenant face à elle relevait de l'exploit.

– Non, mais nous avons rencontré une femme de ce

clan. Elle nous y menait pour fuir les démons de la forêt.

Le visage de Chenoa changea d'expression.

– Si vos amies ont réellement rejoint ce clan, je crains que vous ne les revoyiez jamais.

Nokomis se figea. Parasite maudit ou pas, si Ayana et Nohyandi étaient en danger, elle irait sur-le-champ les sortir de là.

– Qu'est-ce que ce clan a de si dangereux ? demanda-t-elle.

Son ton fit parfaitement passer le court de ses pensées, car Chenoa lui saisit le bras, comme si elle s'apprêtait à partir.

– Leur village est le centre de la malédiction de la forêt. Personne n'a jamais pu en revenir. Du moins, pas vivant.

– Encore des histoires à dormir debout, pesta Nokomis. Personne ne m'empêchera de libérer ma femme et Nohyandi de ce clan.

– À ton avis à qui appartiennent les âmes tourmentées qui hantent ces bois ? Tu ne peux pas les libérer. À moins que tu ne sois prête à perdre la vie. Ou pire, ton âme.

CHAPITRE 4

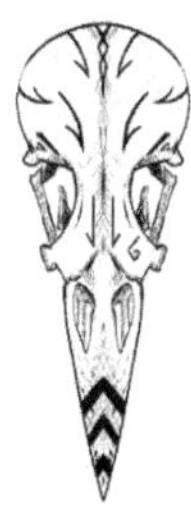

Ayana fut menée dans la grotte attenante au village à la nuit tombée. En son centre trônait un rocher moussu parsemé de gravures anciennes. Deux poteaux l'encadraient. L'un d'eux était déjà occupé par Nohyandi, le second lui était destiné. Ayana sonda les ténèbres à la recherche de Ciqala, mais son totem restait hors de vue, ce qui n'était pas le cas de la totalité des membres des couleuvres qui attendaient dans un silence de mort, ne réagissant même pas à son passage. Ayana frissonna en croisant le regard de l'une d'elles. Elle n'aurait su dire si cette femme avait consommé une quelconque drogue ou si cette étrange lueur qu'elle y décelait était due à une influence démoniaque. Dans tous les cas, cela ne la rassurait en rien.

Les couleuvres achevaient de former un cercle parfait autour des suppliciées et de la mystérieuse pierre quand Shania arriva.

– Avance !

La garde chargée d'Ayana la bouscula. Excédée de son manque de réaction, elle lui saisit l'épaule et lui fit traverser la ligne de demi-crânes. Ces funestes coupelles, remplies d'herbes enflammées, laissaient échapper des fumerolles bleutées. L'une d'elles effleura les narines d'Ayana. Cette simple inhalation suffit pour qu'un violent vertige la submerge.

Remise de sa soudaine faiblesse, Ayana tenta de garder les idées claires, sans trop de succès. La garde, qui la traînait désormais comme un vulgaire sac de graines, la bloqua contre le poteau inoccupé et lui attacha les bras sur la partie haute afin qu'elle reste bien droite. Cela fait, elle indiqua à Shania qu'elle pouvait commencer.

La cheffe des couleuvres la remercia d'un hochement de tête, puis elle fit signe à quelqu'un de la rejoindre.

Ce ne fut pas une, mais trois femmes qui passèrent le mur de fumerolles bleutées : Hyua, Izusa et, contre toute attente, Samaari, qui gardait les yeux rivés au sol, comme si elle n'osait affronter le regard d'Ayana. Toutes trois avaient revêtu leurs tenues et peintures rituelles. Leurs totems les suivirent sur quelques pas avant de s'arrêter dans un renfoncement leur étant destiné.

Un souffle de vent charia la fumée émanant des demi-crânes vers Ayana qui fut une nouvelle fois prise de vertige. Les sons furent tout à coup étouffés. Seul le bruit de son sang battant à ses oreilles lui permettait de rester ancrée dans la réalité.

Alors qu'Ayana s'efforçait de suivre les gestes des chamanes, elle croisa le regard de Nohyandi, ou plutôt, de Kiso ; la flammèche verte illuminant les yeux de la fillette ne pouvait la tromper. Elle lui sourit comme pour la rassurer.

La voix de Shania ainsi que tous les sons alentour lui furent soudainement de nouveau parfaitement audibles.

– Mes filles, ce soir, les Anciens nous envoient non pas une, mais deux nouvelles sœurs. Malheureusement, le mal les ronge. Un rite de purification est nécessaire afin qu'elles puissent rejoindre notre clan en parfaite sécurité. Que ce soit pour elles ou pour nous. Comme vous le savez, je ne laisserais jamais une âme maudite vivre au sein de notre village, mais je ne peux pas ignorer la détresse de nos sœurs face aux démons.

Elle se tourna vers Izusa et récupéra une pierre ronde. Cette dernière avait été au préalable fendue en deux, laissant apparaître les cristaux qu'elle dissimulait en son cœur.

– Mais avant le rite, j'ai le plaisir de vous annoncer que les Anciens m'ont parlé ! Ils m'ont annoncé que Samaari avait terminé son apprentissage et qu'elle était enfin prête à accéder à ses fonctions de chamane à mes côtés.

La principale concernée se tourna vers sa mère. Visiblement, elle n'était pas au courant de ce soudain changement de grade.

– Nohyandi n'étant pas ta sœur de sang, tu vas devoir effectuer toi-même le rite de lien, l'informa Shania en s'approchant de Samaari.

– Mais je...

– J'ai confiance en toi, ma fille, la coupa Shania.

De son point de vue, Ayana pouvait sentir le stress monter dans le cœur de Samaari. Que cherchait véritablement à faire Shania ? La veille, elle parlait à sa fille comme à une moins que rien et aujourd'hui, elle lui faisait atteindre l'un des rangs les plus importants de leur clan ?

Impatiente, Shania indiqua Nohyandi du menton. La petite lui adressa un regard incandescent en retour, comme si elle la mettait au défi de l'approcher. Sa réaction ne fit ni chaud ni froid à Shania, qui se contenta de lui sourire. Kiso intensifia la présence de ses flammes. Ne maîtrisant pas son pouvoir, elle ne pouvait rien faire de plus. Du moins, c'est ce que pensait Shania, car oui, Kiso avait un plan. Un plan qu'elle ne tarderait pas à mettre à exécution le moment venu.

Bien trop surprise par la tâche qu'on lui confiait, Samaari ne remarqua pas la manifestation démoniaque qui se déroulait à un pas d'elle. D'une main tremblante, elle récupéra la géode et fit face à ses sœurs. Elle prit une grande inspiration et entama l'incantation sous l'œil attentif de sa mère.

En retrait, cette dernière laissait Hyua et Izusa assister leur sœur dans le rituel. Sa seule participation fut d'ajouter de temps à autre des herbes enflammées et divers ingrédients plus obscurs les uns que les autres dans le bol minéral que formait la géode.

Une fois la préparation terminée, Samaari réunit les deux fragments de la pierre afin de la refermer et souffla. La partie la plus difficile du rituel allait commencer. Elle ne devait faire aucune erreur. Le pouvoir des Anciens et l'étrange magie apprise auprès de Shania ne lui laisseraient aucune possibilité de réitérer son essai.

Tandis qu'elle récitait une nouvelle incantation dans la langue gutturale que sa mère lui avait enseignée dès son arrivée au clan, Samaari sentit une froide présence l'envahir. Elle hésita, avant de reconnaître l'aura de Shania, puis celle de sa sœur et enfin d'Izusa, plus brutale et avec qui elle entretenait le moins d'affinité.

Samaari réunit les trois énergies et les concentra au centre de la géode qui s'illumina d'une lueur verdâtre qu'Ayana ne connaissait que trop bien.

Malgré les vertiges que lui octroyaient les drogues qui se consumaient autour d'elle, Ayana était parvenue à suivre le rituel. Elle se crispa quand Samaari posa la main sur son épaule. La chamane fit de même sur celle de Nohyandi, laissant la géode flotter devant elle de façon particulièrement anormale.

Samaari prononça alors deux mots. S'ensuivit une désagréable impression dans les veines d'Ayana. C'était comme si un pic de glace avait transpercé sa peau et déversait son froid mordant à travers son corps, permettant de ce fait un accès sans limites à son esprit aux personnes capables de manipuler les énergies.

Tandis que la transe la gagnait, Samaari fut prise d'un violent spasme. Elle releva la tête en hurlant. Ses yeux, devenus incandescents, laissèrent s'échapper des flammes vertes et une brûlure soudaine inonda sa poitrine. Des images affluèrent dans son esprit, des sensations décuplées. Elle y voyait Shania jeune, un hibou, la pierre couverte de mousse pulsant lentement. La scène changea pour lui montrer un village dévasté, sa mère à genoux regardant les corps sans vie à ses pieds. Elle ressentit sa douleur. Un flash soudain de satisfaction effleura son cœur par une douce chaleur immédiatement effacée par une vague de froid. Puis de nouvelles images prirent place devant ses yeux vides. Et d'autres. De plus en plus rapidement.

Tout allait trop vite, beaucoup trop vite, sans que Samaari ne comprenne ce qu'il se déroulait sous ses yeux quand tout à coup, le temps se figea. Un voile noir tomba, puis une douce lueur, dont elle n'aurait pu déterminer la source, illumina la grotte.

Alors qu'elle pensait être seule, une ombre vint à elle. Les traits de Shania furent embrasés par la flamme invisible. Une seconde personne les rejoignit : Nohyandi. Et à en croire l'expression de Shania, la présence de la petite n'était pas prévue.

Nohyandi, ou plutôt Kiso, s'avança. Elle adressa un sourire mauvais à Shania avant de déclarer :

– Si nous montrions à ta fille ton véritable visage ?

Cela dit, elle tendit la main vers la poitrine de Shania. Celle-ci fondit au contact de la brume visqueuse qui s'échappait des doigts de Kiso, dévoilant un corps squelettique couvert d'une fourrure sale et poisseuse. Le visage de la chamane avait quant à lui été remplacé par un étrange crâne de cerf décharné aux dents acérées.

– Sama ! Ne l'écoute pas ! Elle cherche à te corrompre ! s'exclama Shania en reprenant ses traits humains.

Pétrifiée, Samaari ne réagit pas.

– Purifie-la ! ordonna Shania.

Sans attendre, Samaari s'exécuta. Elle tendit la main afin de la poser sur le front de Kiso qui murmura :

– Maintenant que tu connais la vérité, agis en conséquence.

Puis elle se vaporisa, laissant Samaari seule face à sa mère qui la fixait avec une satisfaction notable. La vision disparut au même instant.

Quand Samaari reprit ses esprits, elle se trouvait toujours au centre de la grotte. Sa mère était de nouveau là, tout comme ses sœurs, Ayana et Nohyandi. Samaari adressa un discret coup d'œil à cette dernière qui laissa échapper une subtile pulsation verte de ses yeux. S'ensuivit une douce chaleur qui inonda la poitrine de Samaari.

– Te voilà à présent chamane, s'exclama Shania, attirant l'attention de sa fille.

Samaari se pétrifia. Une ombre noire au regard verdâtre surplombait sa mère. Non ! L'ombre habitait l'énergie de Shania ! Cette même énergie pulsa à travers les filins noirs et vaporeux qui s'échappaient de la créature, ces filins qui la reliaient à chacune des membres du clan de la couleuvre.

En panique, Samaari se tourna vers ses sœurs. Rien dans leur attitude ne laissait penser que cette étrange manifestation les effrayait. L'habitude, peut-être ? Samaari secoua imperceptiblement la tête. Non. Elle était la seule à voir cette forme démoniaque !

Elle était la seule à voir la vraie nature de Shania.

***

Deux jours avaient passé depuis le rite de purification d'Ayana et de Nohyandi. Deux jours que Samaari ne dormait plus et qu'elle ne comprenait pas ce qu'il s'était passé. Qu'elle ne comprenait pas pourquoi sa nouvelle amie avait dû subir un rite aussi éprouvant que celui de la purification. Samaari en avait parlé avec Shania, plusieurs fois même, inquiète du mutisme soudain de la guérisseuse suite au rituel. La chamane lui avait soutenu qu'Ayana allait bien, que ce rite avait été effectué pour son bien et qu'elle retrouverait bientôt ses capacités de socialisation.

Samaari voulait croire sa mère. Au plus profond d'elle, elle aurait voulu la croire. Croire que Shania était quelqu'un de bon et d'altruiste qui se souciait du bien-être de ses filles, qu'importe les décisions à prendre pour y parvenir. Mais cette fois, Samaari n'arrivait plus à croire Shania. Ses paroles, en plus de cette étrange pression qu'elle sentait désormais en sa présence, faisaient partie des raisons qui poussaient Samaari à ne plus lui faire confiance. Mais pas que.

Depuis le rite de purification, Samaari ne reconnaissait plus Ayana. Bien qu'elle ne l'ait côtoyé que peu de temps, elle avait immédiatement détecté son aura bienveillante, et cela dès leur rencontre. Tout comme son amour pour Nokomis et la peur lancinante qui ne la quittait plus depuis l'instant où elle et sa femme s'étaient retrouvées séparées.

Mais depuis deux jours, Samaari avait senti toutes ces

choses progressivement s'effacer. Au moment même où elle était revenue de sa transe chamanique, elle avait senti disparaître absolument toute énergie consciente du corps d'Ayana. C'était comme si elle était devenue un pantin réagissant à ces étranges filins noirs qui la reliaient en permanence à Shania.

Pour Nohyandi, la situation était différente. La petite avait toujours paru distante et dans l'incompréhension de ce qui l'entourait. Chose normale, au vu de son âge, mais depuis le rite, il manquait aussi quelque chose en elle : l'éclat du regard de Kiso. Ce regard qui, avant la purification, perçait les défenses de sa protégée pour observer le monde afin de l'aider à agir comme il se devait.

Depuis le rite, Kiso avait disparu. Samaari en était certaine, et bien qu'elle aurait aimé lui parler, elle ne savait pas comment la contacter. Elle voulait lui demander comment elle avait pu découvrir le secret de Shania, comment un être aussi jeune et sans mentor pouvait avoir autant de connaissances.

– Quelque chose ne va pas ?

Samaari sursauta. Perdue dans ses pensées, elle n'avait pas entendu arriver Ayana. Cette dernière lui sourit et s'installa auprès d'elle en lui proposant des petites baies rouges. Ces mêmes baies que toutes consommaient dans le village et qui depuis peu écœuraient Samaari.

– Ça va. Je laissais juste mon esprit divaguer.

Elle lui sourit en retour, se forçant à ne pas suivre des yeux le filin visqueux qui animait les gestes d'Ayana.

– Nohyandi n'est pas avec toi ? demanda-t-elle, surprise de la voir seule.

– Non, elle est partie jouer avec Ciqala. Tu es certaine que ça va ?

Samaari hocha la tête et afficha l'air le plus enjoué qu'elle pouvait afin de rassurer Ayana ou la quelconque entité qui avait pris possession d'elle. Samaari ne put s'empêcher de réagir quand une flamme verdâtre anima subtilement les yeux d'Ayana. Le feu follet quitta ensuite le corps de la guérisseuse par les connexions fantomatiques et partit rejoindre une autre femme du village. Cette dernière lança un regard par-dessus son épaule avant de pénétrer dans la hutte de Shania. Un frisson parcourut le dos de Samaari.

— Tu n'as vraiment pas l'air bien, laisse-moi t'ausculter, insista Ayana, avec bien plus de douceur que précédemment.

— Je t'assure que tout va bien, répondit Samaari en reculant pour que la main de la guérisseuse ne la touche pas. Je suis juste un peu perdue... Ce nouveau statut de chamane, c'est...

Elle ne savait pas comment étayer son ressenti. Elle aurait voulu lui dire ce qu'elle avait sur le cœur, parler avec quelqu'un de ce qui la tourmentait. Mais elle savait que tout ça était impossible. Que si elle dévoilait ce qu'elle avait découvert, les choses pourraient mal finir pour elle !

— J'ai besoin d'être seule, excuse-moi.

Samaari se leva avant qu'Ayana n'ait le temps de la retenir et quitta sa présence oppressante. Dans sa tentative d'éloignement, elle effleura le bras d'une de ses sœurs couleuvres et fut envahie d'un profond malaise. Surprise par l'intensité des réactions de ses sens, Samaari recula d'un bond en dévisageant la femme. Elle réalisa que bien qu'elle la connaisse depuis des années, son énergie glissait en elle comme un étau glacial.

Qu'est-ce que Shania lui avait fait ? Ne sachant vers qui se tourner, Samaari décida de demander conseil auprès d'Hyua. Sa sœur était chamane depuis plus longtemps qu'elle, peut-être qu'elle pourrait l'aider. Elle avait toujours été là pour elle, elle saurait comment la rassurer.

Alors qu'elle se persuadait de cela, Samaari ralentit le pas. Non. Hyua ne l'aiderait pas. Depuis qu'elle était chamane, celle-ci n'avait fait que l'ignorer. Ses paroles étaient devenues de plus en plus blessantes au point que les deux sœurs s'étaient éloignées pour ne garder qu'un contact cordial. Samaari avait un premier temps cru que c'était une sorte d'arrogance de la part de son aînée ou une barrière que Shania lui avait imposé de monter avec elle ; aujourd'hui, son esprit lui soufflait que ce n'était pas le cas. Qu'elle avait perdu sa sœur depuis des années !

— Qu'est-ce qu'on va faire, Dena ?

Samaari se tourna vers son totem. Sa biche s'approcha d'elle en émettant un cri bref. Elle sentait son tourment, mais ne savait comment l'aider.

— Parfois, j'aimerais que tu puisses parler, soupira Samaari en lui flattant le cou.

Son attention fut attirée par un renard qui passa comme une flèche contre ses jambes.

— Ciqala ! Attends-moi !

Nohyandi émergea d'entre deux huttes et se figea en voyant Samaari. Elle la dévisagea un long moment, comme si elle hésitait à la rejoindre, jetant de temps en temps des regards furtifs aux alentours. Ce fut à cet instant que Samaari réalisa qu'aucun filin noir ne flottait autour de la fillette.

Elle se rendit aussi compte qu'elle n'avait pas vraiment fait attention à Nohyandi depuis le rite. Elle avait cherché Kiso, mais rien de plus. Elle s'accroupit et invita Nohyandi à approcher :

— Tu veux me dire quelque chose ?

Nohyandi regarda une nouvelle fois autour d'elle avec peur puis hocha la tête. Elle avança de façon bien moins joyeuse que lorsqu'elle jouait avec Ciqala quelques instants plus tôt.

— Tu sais ce qu'elle a, Ayana ?

Samaari fronça les sourcils. Alors comme ça, elle aussi avait senti le changement ?

— Non, je ne sais pas ce qu'elle a.

Après un coup d'œil autour d'elle, Samaari se pencha vers Nohyandi et ajouta :

— Est-ce que Kiso est là ?

Nohyandi secoua la tête. Ses yeux s'humidifièrent en un instant, ne rassurant en rien Samaari.

— Tu ne sais pas où elle est?

De nouveau, Nohyandi secoua la tête.

— J'aime pas quand elle est pas là. Et Ayana me fait peur. Elle est comme Shania maintenant.

— Dis-moi, est-ce que tu vois le fil noir au-dessus de

cette femme ? dit tout à coup Samaari.

Elle tendit discrètement le doigt vers une tisseuse située un peu plus loin.

Nohyandi hocha la tête.

– Ayana aussi a ça. Mais pas toi.

Samaari cacha au mieux son inquiétude. Plus elle creusait sur le sujet, moins elle comprenait ce qu'il se passait. La seule chose dont elle était certaine était que ces filins étaient tout sauf naturels.

– Je peux rester avec toi ? demanda Nohyandi, visiblement rassurée que quelqu'un s'intéresse enfin à elle.

– Bien sûr !

Elle lui sourit. Une discrète sensation de fraîcheur effleura son âme en même temps qu'une flammèche illumina le regard de Nohyandi.

Puis une voix souffla :

– *Trouve Nokomis...*

Samaari sursauta. Kiso ? Elle sonda les yeux de Nohyandi. La petite la regarda avec un mélange d'interrogation et de perplexité. Samaari tourna la tête pour cacher son expression. La fatigue lui jouait des tours, rien de plus.

Un mouvement attira alors l'attention de Samaari. La présence avait été furtive, mais elle était sûre d'elle : une ombre composée de filins fantomatiques venait de se glisser entre les huttes avant quitter le village en direction de la forêt.

CHAPITRE 5

Samaari se retourna dans sa couche. Cette ombre... elle hantait son esprit depuis la veille. Quelle était cette manifestation ? Encore un effet de cet étrange rite que lui avait demandé de réaliser Shania ?

– Si vous voulez me faire comprendre quelque chose, il faudrait être plus clair, soupira Samaari à l'adresse des Anciens en posant les mains sur son visage.

Dena lui répondit d'un cri.

– Je sais qu'il faut que je dorme, mais comment veux-tu...

Un mouvement déplaça la peau qui donnait sur l'extérieur. Le vent ? Un froid lancinant monta dans l'habitation accompagné d'une étrange brume noire et filamenteuse qui glissait le long du sol.

Samaari sauta sur ses jambes, évitant la masse collante qui se dirigeait droit vers sa couche. L'être, mi-visqueux, mi-brumeux, continua son chemin et s'arrêta là où se tenait Samaari quelques instants plus tôt. Tapie dans l'ombre, la jeune femme observait avec effroi l'inquiétante créature se pencher au-dessus de sa couche et la *flairer* comme le ferait un prédateur en chasse.

Samaari frissonna. Elle tendit la main vers Dena pour qu'elle reste bien à sa place.

La créature parut sentir ce mouvement. Elle se redressa. Deux pulsations de flammes verdâtres la traversèrent tandis qu'elle sondait l'obscurité. Lorsque ce qui semblait être la tête de la créature se tourna vers Samaari, cette dernière se figea. Elle n'osait même pas respirer.

La créature vibra une nouvelle fois et s'effondra au sol dans une brume lourde qui se dissipa aussi vite qu'elle était apparue, laissant la jeune chamane et son totem seuls dans les ténèbres.

Samaari resta immobile un bon moment tandis que la température remontait doucement. Elle avait eu la peur de sa vie. Qu'est-ce que c'était que cette chose ? Une fois certaine que l'intrus avait bien disparu, elle sortit de sa cachette et se dirigea vers l'entrée de sa hutte afin de s'assurer qu'il n'y avait plus aucun signe de la créature.

Elle releva la peau qui lui servait de porte et observa l'extérieur... Rien. Juste les bruits de la vie nocturne. Samaari poussa un soupir de soulagement et se détendit. Elle se redressa afin de rejoindre sa couche et se retrouva nez à nez avec un homme ! Ou plutôt, un démon ! Son corps cadavérique couvert d'une fourrure sale et trouée laissait apparaître çà et là des morceaux d'os. Au vu de son état, cet être ne pouvait pas être vivant.

Sa tête, un crâne de cerf garni de dents acérées, était surmontée d'une ramure à laquelle il manquait un bois, ce qui n'enlevait rien à sa prestance ni à l'effroi que sa présence engendra dans le cœur de Samaari. Les orbites mortes de la bête, illuminées par des flammes vertes, la fixaient avec avidité, déclenchant un frisson de terreur le long de la colonne de Samaari que la gorge nouée empêchait de crier.

Reprenant ses esprits, Samaari sortit de la hutte en trombe, Dena sur les talons. Elle tomba sur deux autres créatures démoniaques, à la différence près que l'une d'elles arborait un crâne de loup, tandis que l'autre était parée d'un crâne de félin. Un puma peut-être ? Le véritable point commun des trois créatures était leurs yeux incandescents qui illuminaient leurs orbites vides.

Une pulsation verdâtre traversa les filins qui reliaient

les articulations des deux démons face à elle. Ces filins ? À quoi servaient-ils réellement ? Et cette pulsation magique ?

La créature de la hutte sortit et se posta à l'entrée en joignant les mains. Sa forme vacilla, dévoilant les traits de Shania. Puis le crâne à la ramure brisée réapparut, dissimulant de nouveau le visage de la chamane aux yeux de sa fille. Samaari la dévisagea avec terreur.

– Sha... Shania ? Je ne comprends pas, qu'est-ce qu'il...

– Il n'y a plus de « maman » ? Tu me déçois, ma chérie, répondit la voix déformée de la chamane.

On pouvait y percevoir une légère pointe de fausse tristesse.

Samaari la fixa en silence. Elle se rapprocha de Dena qui gratta le sol, prête à défendre son humaine face à ces créatures.

– Kiso avait raison, souffla Samaari, comprenant enfin les paroles de l'andiiyoh'aako. Mais pourquoi ?

– De quoi parles-tu ? s'étonna Shania.

Elle s'avança, la main tendue, comme si elle cherchait à l'aider.

– Reste où tu es, s'exclama Samaari en se collant à Dena.

– Calme-toi. Nous devons effectuer le rite une nouvelle fois, expliqua Shania. Je ne sais pas ce que tu vois, mais nous devons stabiliser ça.

Elle fit un nouveau pas en avant, ses traits humains réapparurent le temps d'un battement de cils. Samaari secoua la tête. Était-elle en train de rêver ?

– Sama, écoute-moi : tout va bien.

La voix de Shania était redevenue douce et rassurante, tout comme son visage qui affichait de nouveau des traits humains. Samaari sentit ses muscles se détendre. Sa mère pouvait l'aider, c'était la seule à pouvoir le faire. Pourquoi s'être méfiée ?

– Je suis désolée d'avoir douté de toi, souffla Samaari tandis que sa mère s'approchait d'elle.

– Ce n'est rien. Les puissances maléfiques dépassent parfois nos capacités. Je te pensais prête, mais ce démon était plus fort que toi.

Elle avança encore un peu. Il ne restait plus que quelques pas pour que leurs doigts se touchent quand un souffle de vent s'éleva. La même sensation de chaud puis de froid qu'elle avait ressentie lors du rite traversa le corps de Samaari.

– Non.

Elle secoua la tête en reculant. Ce démon. Ce crâne aux bois de cerf. Ces dents monstrueuses. C'était ça le vrai visage de Shania ! Elle le savait maintenant.

– Non, répéta-t-elle. Je ne te fais plus confiance. Tu n'es pas celle que tu dis être.

Elle fit encore un pas en arrière.

– Sama, ma chérie. Je suis ta mère. Je suis là pour toi.

La voix de Shania fut de nouveau déformée, tout comme son visage qui s'allongea avant de reprendre sa forme normale.

– Tu n'es pas ma mère, lui répondit froidement Samaari. Tu n'es qu'un monstre qui profite de pauvres femmes perdues.

L'expression de Shania se figea. Un rictus d'agacement prit ensuite place sur ses traits.

– Tu avais tellement de potentiel...

Elle matérialisa des griffes au bout de ses doigts squelettiques et les abattit sur elle. Samaari esquiva l'attaque. Sans réfléchir, elle se hissa sur le dos de Dena, puis elle talonna son totem et quitta le village comme une flèche. Elle ne savait pas où aller, mais une chose était certaine : elle devait fuir si elle voulait rester en vie !

***

– On ne va pas rester ici à rien faire ! s'exclama Nokomis.

Suite à leur réveil, elle et Chilali avaient pu s'entretenir avec Sipi, le chef des renards, afin de lui expliquer les raisons de leur présence si loin de leur clan. Contre toute attente, personne n'avait entendu parler de Nohyandi, de sa mère, ni

180

même de sa grand-mère. Ce point n'avait pas manqué d'inquiéter Chilali, mais aussi Nokomis, qui se sentait responsable de l'initiative de ce voyage et de la situation actuelle.

– Calme-toi, Noko. Tu vois bien qu'on n'est pas en état d'y retourner.

– Tu as entendu Chenoa ? Le clan de la couleuvre est dangereux, et Ayana et Nohyandi sont là-bas ! Il faut aller les chercher !

Sa voix trembla.

– On doit les sortir de là, reprit-elle durement. Et j'irai, que tu le veuilles ou non !

– Tu n'iras nulle part, trancha Chilali en se plaçant devant la porte de la hutte qu'on leur avait prêtée. Noko, je sais que tu as peur de ce que pourraient subir Ayana et Nohyandi, mais on ne peut pas retourner là-bas. Tu maîtrises à peine tes pouvoirs !

Comme pour illustrer les dires de Chilali, Nokomis sentit son énergie maléfique s'éveiller en elle. Une flamme vibra dans son regard.

– Si j'y vais seule, il n'y aura aucun problème. Tu resteras ici.

Elle serra les poings et poussa Chilali de son chemin avant de s'élancer à travers le village en direction de la forêt.

– Noko !

Profitant du pouvoir qui s'insinuait en elle et ignorant les barrières que Chilali s'acharnait à monter autour de ce dernier, Nokomis accéléra l'allure. Elle devait la semer. Elle ne voulait pas qu'elle soit près d'elle quand elle libérerait complètement son andiiyoh'aako, seul barrage à l'énergie pesante de la forêt.

– *Tu sais que ce n'est pas la solution,* tonna la voix de Chilali dans son esprit.

Nokomis lui bloqua l'accès à ses pensées avant qu'elle ne décide de lui couper son pouvoir – du moins, si l'épuisement et le malaise qu'elle sentait monter en elle le lui permettaient. La subtile détresse qui se lia à l'énergie de Chilali lui fit ralentir le pas, et enfin, complètement s'arrêter.

Même avec sa détermination de venir en aide à Ayana

et Nohyandi, son instinct de protection envers Chilali prenait le dessus, qu'importe la situation.

Repoussant son démon aussi difficilement que sa colère, Nokomis se rendit compte qu'elle avait déjà passé la limite de la forêt. Elle se tourna vers le chemin qui menait au village. Chilali, Chenoa, Sipi et quelques membres des renards la regardaient depuis l'orée de la forêt.

– Noko ! Reviens ! l'implora Chilali qui n'osa pas avancer, la puissance des énergies pulsant déjà bien trop dans son crâne.

Nokomis réalisa que ce qu'elle avait pris pour un appel à l'aide n'était autre que la peur de Chilali de retourner dans cette maudite forêt. Elle la regarda un instant en secouant la tête.

– Je dois y aller...

– *Noko, écoute-moi. On ne peut pas y aller.*

Nokomis lui fit comprendre d'un simple regard qu'elle n'avait pas le choix. Soudain, une salve de douleur lui traversa la poitrine puis le crâne. Elle vacilla. Une pulsion énergétique attira son attention au cœur de la forêt.

Cette énergie... Sa colère remonta comme une flèche.

Avant même qu'elle ne puisse réagir, son andiiyoh'aako prit le dessus. Les arbres défilèrent à une vitesse vertigineuse tandis que ses sens en alerte la guidaient vers sa proie.

Nokomis n'eut pas à aller très loin pour trouver celle qu'elle cherchait : Samaari.

– Toi. Tu vas me le payer.

Elle fondit sur elle, prête à la réduire en charpie. Ses griffes démoniaques se matérialisèrent quand un sabot rencontra ses côtes, la stoppant dans son élan. Dena se positionna devant Samaari et frappa le sol de son pied afin d'indiquer à Nokomis qu'il était préférable qu'elle recule.

Nokomis n'était pas de cet avis. Elle sauta sur ses jambes en la fusillant du regard. S'il fallait s'occuper du totem de cette manipulatrice avant, ce serait avec le plus grand plaisir !

Elle marcha lentement pour analyser le meilleur angle d'attaque et s'élança vers Dena. D'un nouveau coup de sabot

parfaitement placé, la biche la fit reculer.

— Noko ! Stop !

Chilali émergea d'entre les arbres à bout de souffle, Chenoa dans son sillage. Elle peinait à rester debout, la douleur irradiant son crâne et sa poitrine à la limite du supportable. Mais elle ne pouvait pas laisser le démon de Nokomis tuer par vengeance. Ou pire. Par plaisir !

Sourde à sa demande, Nokomis contourna Dena et fondit sur Samaari qui se figea de terreur. Elle ne regardait pas Nokomis, mais au-dessus d'elle, comme si une créature plus imposante se trouvait face à elle.

— Elle est en pleine hallucination ! s'exclama Chenoa. Il faut la ramener au village.

Chilali fit un pas, mais dut poser une main sur un arbre pour ne pas tomber.

— Reste ici, je m'en occupe, déclara la chamane en cherchant quelque chose dans sa sacoche.

— Non ! Elle va te tuer, l'avertit Chilali en désignant Nokomis. C'est à moi de le faire.

Elle inspira un grand coup et commença à puiser dans le pouvoir de Nokomis.

— Je reste derrière, l'informa Chenoa en aucun cas disposée à la laisser perdre à son tour le contrôle de ses actions.

Alors que Chilali et Chenoa cherchaient à savoir qui s'aventurerait face à Nokomis, cette dernière libéra sa colère contre Samaari, laquelle vola contre un arbre.

Une nouvelle fois, Dena intervint afin de repousser Nokomis. Au-dessus de leurs têtes, Asha siffla. La pauvre ne savait quoi faire. Elle ne voulait pas que quelqu'un soit blessé, mais elle savait aussi de quoi était capable Nokomis quand elle était dans cet état et n'osait donc pas s'interposer. Elle n'eut pas à hésiter bien longtemps : Chilali percuta Nokomis et la bloqua contre un arbre.

— Noko ! Calme-toi ! On a besoin d'elle !

Nokomis lui donna un violent coup de genou pour qu'elle la libère. Chilali encaissa, non sans mal, et resserra son étreinte pour l'empêcher de bouger. Puis, puisant au plus profond de leur énergie commune, elle tenta de maîtriser leur andiiyoh'aako qui l'éjecta sans ménagement de l'esprit de son hôte.

Cette contre-attaque déstabilisa Chilali, mais elle tint bon. Malgré l'équilibre fébrile de son contrôle, Chilali emmagasina un maximum de puissance. Cela fait, elle planta ses yeux dans ceux de Nokomis, devenus incandescents, plaqua sa main sur sa poitrine et y déversa la totalité de son pouvoir.

Bien que surprise que son action marche, et malgré la réticence de l'andiiyoh'aako à coopérer, Chilali maintint la pression jusqu'à ce qu'enfin elle réussisse à le faire fléchir et rejoindre les profondeurs de l'âme de Nokomis.

Cette dernière sembla soudainement s'éveiller. Elle resta un instant à essayer de comprendre ce qu'il venait de se passer. Son regard glissa vers le corps inanimé de Samaari sur lequel était penchée Chenoa. Non, elle n'avait pas encore dérapé ? Elle n'avait pas encore tué comme elle avait pu le faire à maintes reprises des années auparavant ?

Des larmes montèrent à ses yeux.

– Je ne voulais pas...

– Tout va bien, la rassura Chilali en comprenant.

– Mais elle...

Chilali lui attrapa le visage pour qu'elle la regarde.

– Tout va bien, répéta-t-elle. Chenoa s'en occupe.

Nokomis hocha la tête, encore sous le choc de ce déferlement de pouvoir et de haine envers Samaari.

Soulagée de la voir calmée, et surtout, de trouver une lueur humaine dans ses yeux, Chilali l'attira contre elle.

***

L'incident passé, Chenoa guida Chilali et Nokomis hors de la forêt. Cette dernière, honteuse de son comportement, resta à l'écart de Dena, qui porta Samaari, toujours inconsciente, sur la totalité du trajet. La couleuvre fut ensuite menée à la hutte de la chamane afin qu'elle s'occupe d'elle. Après une rapide auscultation, Chenoa les informa que mis à part quelques côtes fêlées et un état de choc flagrant, Samaari s'en sortait relativement bien. Surtout pour quelqu'un qui venait d'errer seul dans la forêt maudite pendant on ne sait combien de jours. Elle était par contre elle aussi contaminée par le parasite maléfique.

Malgré les nouvelles rassurantes, Nokomis restait à l'écart, quand Samaari se réveilla. Elle s'en voulait profondément d'avoir perdu le contrôle et se doutait que sa présence ne serait pas la bienvenue pendant quelque temps encore.

CHAPITRE 6

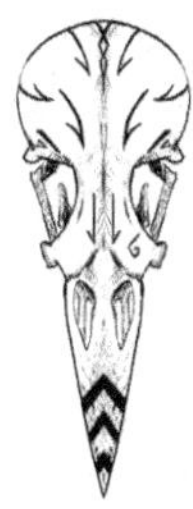

Comme chaque matin depuis l'arrivée de Samaari au village, Nokomis se dirigea vers l'orée de la forêt sous la surveillance d'Asha. En effet, Chilali avait chargé son totem de la suivre à la trace afin qu'elle la prévienne si son amie décidait une nouvelle fois de partir à la recherche d'Ayana et de Nohyandi.

Arrivée à l'orée de la forêt, une puissante force obligea Nokomis à reculer, lui empêchant tout accès à la forêt, comme à chaque fois depuis le début de son rituel matinal. Cette réaction était due à une amulette que Chenoa lui avait donnée. Portée par un humain non maudit, cette amulette n'était qu'un simple bijou, mais quand une personne telle que Nokomis, Chilali ou même Samaari la détenait, son rôle devenait tout autre.

Intriguée par l'objet, Chilali avait cherché à obtenir un maximum d'informations à son sujet auprès de Chenoa. Elle en profita pour l'interroger sur les entités qui peuplaient la forêt maudite. La chamane ne lui avait malheureusement rien appris de plus que ce qu'elle savait déjà, bien qu'elle s'efforçait de répondre au mieux à ses questions.

Chenoa partageait toutes ses connaissances avec Chilali afin qu'elle comprenne les moyens qu'elle utiliserait pour les libérer du mal qui les rongeait un peu plus chaque jour.

Mal qui donnait beaucoup de difficulté de concentration à Chilali, mais aussi à Nokomis qui, ne maîtrisant plus son démon, avait préféré le cloîtrer au plus profond de son âme.

Un matin, alors qu'elle observait le bois en silence, Sipi rejoignit Nokomis. Il s'assit à ses côtés pour l'accompagner dans son silence.

Depuis son arrivée au village, et à son plus grand étonnement, l'homme lui vouait un profond respect combiné à une admiration inédite, malgré son âge relativement avancé que seuls ses cheveux grisonnants et les rides au coin de ses yeux pouvaient trahir.

— C'est Chilali qui t'a dit où me trouver ? demanda Nokomis au bout d'un long moment.

— Ce n'est un secret pour personne que tu te rends ici tous les matins, répondit Sipi.

Il regarda passer Oley, son porc-épic, et reprit :

— Nous n'avons pas pu discuter plus tôt, mais sache que je suis désolé que nous n'ayons pas pu t'aider dans la recherche de la mère de la petite qui t'accompagnait.

— Ce n'est rien, assura Nokomis en plongeant son regard entre les arbres. Sa grand-mère devait perdre la tête et je l'ai naïvement crue quand elle affirmait qu'on retrouverait la mère de Nohyandi ici.

— Tu n'as peut-être pas été si naïve, dit Sipi.

Nokomis tourna la tête, perplexe.

— À cause de moi, ma femme et une enfant que j'ai juré de protéger sont au cœur de cette satanée forêt ! Peut-être même déjà mortes ! J'aurais dû prendre les légendes plus au sérieux.

— Cette forêt est dangereuse, oui. Mais une rumeur court aussi sur la fonction du clan de la couleuvre. La mère de Nohyandi s'y trouve peut-être.

— Chenoa nous a dit que ce clan était à éviter à tout prix. Pourquoi la mère de Nohyandi s'y serait-elle rendue plutôt qu'ici ?

— Comme tu l'as vu, les flux d'énergie sont très intenses dans cette région. C'est un endroit que beaucoup de chamans recherchent. Il y a de cela une ou deux générations, et toujours d'après la légende, une chamane très puissante a décidé d'établir un sanctuaire au sein de ces bois. Un sanctuaire ayant pour but de protéger les femmes de tous horizons.

— On dit aussi qu'il y a des générations, une femme y a massacré son clan, rétorqua Nokomis.

— Tu connais cette histoire ?

— Tout le monde la connaît. Mais pour l'une comme pour l'autre, ces histoires ne sont que des légendes. Et les légendes sont parfois de simples mensonges modifiés pour arranger ceux qui les racontent.

Ses pensées se tournèrent vers Wakanda et sa relation avec Ohanzee avant de repousser la vision du wendigo de son esprit.

— Il ne faut pas croire les légendes, laissa tomber Nokomis.

— Peut-être. Mais la mère de Nohyandi y croit certainement. Et si elle fuyait quelque chose, elle a pu traverser ces bois pour rejoindre le clan de la couleuvre. Depuis l'arrivée des Iseldmenns, c'est devenu quelque chose de courant. Chenoa a dû t'en parler, non ?

Nokomis secoua la tête. Chenoa ne lui parlait plus vraiment depuis qu'elle était au chevet de Samaari.

Samaari. Elle s'était bien jouée d'elles. Avait-elle réellement désiré les aider ?

— La grand-mère de Nohyandi aurait pu préférer vous indiquer notre clan plutôt que celui des couleuvres afin que vous choisissiez ou non de le rejoindre, ajouta Sipi.

— Possible, oui, soupira Nokomis.

Les explications du chef des renards étaient effectivement plausibles, mais en aucun cas elles ne l'aidaient à savoir comment traverser cette forêt afin de retrouver Ayana. Elle passa une main sur son visage. Si seulement Chenoa lui laissait parler à Samaari, peut-être que les choses changeraient ! Mais pour l'heure, elle avait bien trop peur de ses propres réactions pour oser s'approcher de la jeune couleuvre.

***

189

Quelques jours plus tard, Nokomis put enfin voir Samaari. Bien qu'il n'y ait aucune animosité de sa part ni de qui que ce soit au village, suite à son comportement, Nokomis avait jugé préférable d'attendre d'être certaine que Samaari accepte sa présence. Quand elle pénétra dans la hutte afin de lui parler, cette dernière se redressa immédiatement.

– Avant que tu ne dises quoi que ce soit, sache que je suis désolée pour tous les torts que j'ai pu vous causer, dit-elle. Je n'ai jamais voulu que toi, Ayana et Nohyandi ne soyez séparées.

Nokomis la dévisagea avant de répondre.

– Qu'est-ce qui te fait penser ça ?

– Ta...

Elle hésita.

– Ta réaction quand tu m'as retrouvée dans la forêt. Je ne dis pas que c'était justifié, mais tu as raison de m'en vouloir.

Elle lui saisit la main.

– Ta femme et ta fille sont en danger chez les couleuvres.

– Je l'avais bien deviné, rétorqua Nokomis en retirant sa main. Et Nohyandi n'est pas ma fille.

– Tu devrais l'écouter sur ce point, intervint Chilali qui préparait des onguents dans un coin de la hutte.

Nokomis lui lança un regard, surprise par cette remarque.

Face à sa réaction, et de peur de subir une nouvelle fois sa colère, Samaari n'osa rien ajouter.

– Samaari a découvert que Nohyandi..., commença Chilali.

Elle hésita à la façon de formuler sa phrase pour que Nokomis ne se braque pas.

– Nohyandi est Eïka, dit-elle simplement. Samaari en est persuadée.

– C'est impossible..., rétorqua Nokomis en secouant la tête.

Puis, se tournant vers Samaari, elle reprit d'un ton dur :

– Comment peux-tu annoncer des choses aussi sûrement sans rien savoir de ma vie ? Qu'est-ce que tu cherches exactement ?

Elle n'était pas là pour qu'une inconnue joue avec ses sentiments. Ce qu'elle voulait, c'était des éléments pour retrouver Ayana et Nohyandi saines et sauves. Rien de plus.

Elle fit volte-face afin de quitter les lieux.

– Noko...

Chilali indiqua à Samaari de rester où elle était et qu'elle gérait la situation.

– Noko, répéta-t-elle. Avant de fuir et de te renfermer sur toi-même, écoute-la. Samaari a vraiment des raisons de croire que Nohyandi est bel et bien Eïka.

– Et comment ça se fait que toi, tu sois déjà au courant de toute cette histoire et pas moi ? gronda Nokomis en lui faisant face.

– Calme-toi et écoute-la.

Elle croisa le regard de Nokomis, un regard empli de douleur et de doute, et non de rancœur à son égard, comme elle l'avait craint.

Nokomis ne voulait pas y croire. Elle ne voulait pas qu'on lui annonce que l'enfant qu'elle avait protégée pendant une lune était celle qu'on lui avait enlevée presque six ans plus tôt.

– J'avais peur que tu t'énerves, expliqua Samaari. Je me suis dit que tu écouterais peut-être plus facilement Chilali si c'était elle qui t'annonçait ce que je savais. Je suis désolée de t'avoir blessée en te mettant à l'écart.

Nokomis lui jeta un coup d'œil, puis ses yeux revinrent vers Chilali, qui l'encouragea silencieusement, faute de pouvoir utiliser leur énergie commune.

– Tu n'as pas à t'excuser, soupira Nokomis. C'est juste que c'est quelque chose de très difficile pour moi. Je ne veux pas me réjouir avant d'être certaine que ce que tu affirmes est vrai.

Elle releva la tête vers elle.

– Je t'écoute.

– Pour commencer, sache que si elle était là, Ayana

confirmerait mes paroles.

Chilali lui fit signe de ne pas en rajouter sur ce sujet et d'enchaîner.

— Enfin, voilà.

Samaari se racla la gorge.

— Nohyandi possède un démon, enfin une démone, comme toi. Elle s'appelle Kiso et lui permet de manipuler l'énergie démoniaque. Du moins, si j'ai bien compris.

— Kiso ?

Nokomis repensa à l'évocation de ce nom par la petite.

— Et qu'est-ce qui te dit que cet être n'est pas un wendigo qui aurait pris possession d'elle ?

— J'ai pu discuter avec elle.

— N'importe qui peut discuter avec un wendigo. Ce n'est pas une source sûre, grogna Nokomis. Et toi, tu l'as crue sur cette explication ? ajouta-t-elle à l'adresse de Chilali.

— Ce n'est pas tout, Noko. Eïka a les mêmes tatouages que toi.

— Ah, parce qu'on l'appelle Eïka maintenant ? J'aime énormément cette enfant et je ferais tout pour la protéger, voire même la libérer du wendigo qui la possède si c'est le cas. Mais elle n'est pas ma fille. Kiso ne serait pas le premier wendigo à tenter de se faire passer pour ce qu'il n'est pas et Nohyandi ne serait pas la première enfant possédée à fouler les Terres des Anciens.

Elle avait dit ces derniers mots sur un ton cassant. Le fait que Chilali ait appuyé les dires de Samaari - et qu'elle les prenne pour une vérité fondée !- la blessait. Elle savait pourtant que l'absence d'Eïka lui était douloureuse.

— Ce n'est pas un wendigo ! s'exclama Samaari en se levant. Je le sens !

— C'est bon, j'en ai assez entendu, la coupa Nokomis.

Elle sortit en trombe et traversa le village pour rejoindre sa hutte. Une étrange colère mêlée de tristesse habitait son cœur. Elle marqua un arrêt. Les poings serrés, elle tentait de canaliser ses émotions en respirant profondément.

Comprenant qu'elle n'y parviendrait pas, elle bifurqua vers une clairière proche du village. Une fois seule, elle s'assit contre un rocher et laissa les larmes couler sur ses joues.

Elle ne savait pas pourquoi elle réagissait de la sorte. Pourquoi cela lui faisait si mal ? Car c'était impossible. Nohyandi ne pouvait pas être sa fille. Si ça avait été le cas, elle aurait dû le ressentir. Tout comme elle aurait dû ressentir ce wendigo. Elle n'aurait pas pu passer à côté de ça !

Elle sortit la petite pierre noire que Nohyandi lui avait offerte quelques semaines plus tôt et la fit tourner entre ses doigts en laissant ses pensées se bousculer dans son esprit. Un craquement résonna sur sa droite.

— Ce n'est que moi, s'annonça doucement Chilali. Je peux venir ?

Nokomis hocha la tête. Elle voulait être seule, mais la présence de Chilali ne pourrait que lui faire du bien. Elle saurait lui parler.

Cette dernière lui sourit et s'installa auprès d'elle.

— Ça ne peut pas être Eïka, souffla Nokomis.

— Et pourquoi pas ?

Nokomis haussa les épaules en essuyant une larme.

— Je l'aurais senti si c'était le cas.

Commençant à comprendre ce qui la tourmentait, Chilali passa une main dans son dos.

— Si c'était aussi simple, ça se saurait non ? Nohyandi est une enfant assez singulière. Elle ne nous a pas vraiment laissé le temps de bien la connaître. Ni de sonder ses énergies.

Elle marqua une pause avant de reprendre :

— Elle nous a parlé de Kiso. Enfin, elle a essayé d'en parler. Et elle a toujours eu cette drôle de fixation sur tes tatouages...

Nokomis secoua la tête.

— Tout ça, ce ne sont que des coïncidences. N'importe quel enfant est intrigué par mes tatouages. Yobatu m'a vue utiliser mes pouvoirs. Elle s'est juste dit que je serais parfaite pour ramener la petite ici. C'est tout.

Chilali lui releva le visage pour qu'elle la regarde.

— La question n'est pas de savoir comment tu as pu passer à côté de ces informations, mais : est-ce que tu es heureuse de la retrouver si c'est bien elle ?

— On n'est pas sûres que ce soit elle...

— Et si c'était le cas ? la coupa Chilali.

Elle marqua une pause.

— J'ai discuté avec Samaari de ses pouvoirs pour mieux comprendre son raisonnement et elle est vraiment persuadée que vous avez un lien de parenté.

— Et tu la crois ?

— Je la crois parce qu'elle a su me dire que l'énergie que j'utilise vient de toi. Et elle a été capable de me dire qu'au milieu de ta propre énergie se trouvaient celles d'Enhawee, d'Ohanzee et de Nashoba.

— Elle a pu te citer leurs noms ? demanda Nokomis, perplexe.

— Non. Juste que « le pouvoir de trois entités démoniaques parcourt son aura ». Je ne pense pas que ce soit à la portée de tous de déceler ça.

Nokomis fixa un point invisible. Il était vrai que ce genre de détails n'était pas à prendre à la légère.

— Je ne lui fais pas confiance, laissa-t-elle tomber.

Samaari leur avait déjà fait croire certaines choses pour les attirer dans un piège. Elles ne pouvaient pas se fier aveuglément à elle.

— Et tu as toutes les raisons de ne pas me faire confiance, résonna une voix derrière le rocher.

— Samaari ? Depuis combien de temps..., commença Chilali.

— Ça n'a pas d'importance, l'arrêta Samaari. Je vous ai fait beaucoup de mal et je m'en excuse. Je croyais vraiment agir pour votre bien lors de notre rencontre.

Elle regarda Nokomis.

— Je voulais juste que tu saches que je ne mens pas ! Jamais !

Ce n'était pas la première fois que Chilali remarquait ce besoin de Samaari de notifier qu'elle disait toujours la vérité. Ce point semblait réellement lui tenir à cœur.

— Je patienterai donc le temps qu'il faut pour que tu sois prête à m'écouter, reprit la chamane. Et je m'efforcerai de répondre à toutes tes questions.

Elle resta immobile à fixer Nokomis, attendant peut-être une réaction de sa part. Puis, elle recula d'un pas, attristée que son discours n'ait pas l'effet escompté.

– Je vous laisse... Tu sauras où me trouver si tu as besoin de moi.

Elle entama un nouveau pas en arrière quand Nokomis l'arrêta :

– Attends !

Elle se leva pour lui faire face, les yeux et le visage encore humides de larmes.

– C'est à moi de m'excuser. Je t'ai agressée deux fois sans te laisser la possibilité de t'expliquer. J'ai toujours eu du mal à gérer mes émotions. Enfin... depuis que j'ai été attaquée par un wendigo...

Ne voulant pas l'effrayer davantage sur ses pouvoirs et surtout la violence de son passé, elle se racla la gorge et se tut.

– Ayana m'a tout raconté, lui sourit Samaari, heureuse de la voir s'ouvrir enfin. Tu as le droit de ne pas me faire confiance. De mon côté, je vais travailler sur mes actions pour que les choses changent entre nous.

– Je ferai aussi un effort, assura Nokomis. (Elle hésita.) Est-ce que tu pourrais me dire plus en détail comment tu as réalisé que Nohyandi était peut-être ma fille ? demanda-t-elle. D'un point de vue des énergies ?

Même si elle doutait toujours de leur lien de parenté, Nokomis n'en restait pas moins intéressée de découvrir comment Samaari sentait les énergies. Surtout si elle pouvait lui permettre de confirmer par elle-même ce qu'elle redoutait depuis sa première rencontre avec Nohyandi et qu'elle n'osait formuler dans son esprit.

***

Les jours passèrent, rapprochant Nokomis, Chilali et Samaari de la nouvelle lune. En attendant d'être libérées du maléfice de la forêt, Samaari enseigna à Nokomis tout ce qu'elle savait sur les énergies, comment les ressentir, les analyser et en définir l'origine. Nokomis connaissait certaines des subtilités que la chamane lui enseignait, mais c'était la première fois depuis la découverte de son andiiyoh'aako que quelqu'un lui décortiquait et exposait clairement les choses. Enfin, la première fois depuis son séjour auprès d'Hotah au clan de l'aigle marin des années plus tôt.

Ne pouvant demander à Nokomis d'utiliser ses pouvoirs sans craindre qu'elle ne s'en prenne à quelqu'un, Samaari décréta que son enseignement resterait théorique. Malgré tout, Nokomis et Chilali comprenaient parfaitement ce qu'elle leur expliquait.

De son côté, Samaari ne tarissait pas de questions sur les sensations et les ressentis de ses deux amies lors de leurs échanges énergétiques. Le cas de Nokomis, et surtout, sa capacité à scinder son énergie pour la repartager l'intéressaient particulièrement. Au point où Chilali commençait à charrier Nokomis sur l'origine réelle de l'intérêt de Samaari à son égard.

Malgré les taquineries de la part de Chilali, leurs échanges de connaissances n'en demeuraient pas moins intéressants pour toutes les trois. Parfois, leur discussion dérivait sur d'autres sujets plus légers, mais aussi sur le fonctionnement de la forêt maudite.

— Comme je vous l'ai déjà dit, chaque amulette est placée à un endroit précis. En général, c'est une zone où le pouvoir des Anciens est le plus fort. Mais il arrive que les amulettes se nourrissent d'autres formes d'énergie. C'est ce qui permet de définir leur rôle de protection.

— Qu'est-ce que tu entends par « autres formes d'énergie », demanda Chilali en ravivant le feu central de la hutte.

— Des énergies... plus brutes et très difficiles à maîtriser, répondit Samaari sans plus de précision.

Nokomis et Chilali lui indiquèrent qu'elles ne comprenaient pas.

— Seule Shania sait les maîtriser, commença Samaari avec hésitation. Elle ne m'a jamais dit comment ça fonctionne.

– Tu sais que tu mens très mal ? lui dit Nokomis à qui Chilali envoya un coup de coude pour qu'elle n'en rajoute pas.

Samaari rougit et fuit son regard. Elle savait quelque chose, oui, mais ne voulait pas le dire.

– Elle utilise des gemmes des Anciens que nous retrouvons en forêt, dit-elle.

Elle se réinstalla en essayant de prendre une attitude plus détendue afin d'éloigner sa gêne d'avoir été si facilement démasquée. Sa réaction étira les lèvres de Nokomis, faisant par la même occasion augmenter le rouge aux joues de Samaari. Elle se racla la gorge et reprit :

– Elle utilise donc les gemmes. Pour que leur énergie ne soit pas perdue, nous les récupérons et...

– Et ?

– Et nous fabriquons des amulettes à partir des restes de totems. Je sais que pour vous, ça paraît étrange et irrespectueux ! Shania nous a dit de ne jamais le révéler parce que les autres clans n'étaient pas assez ouverts sur les énergies pour comprendre ça. Mais nous ne faisons que suivre les demandes des Anciens !

– Eh, du calme, on ne te juge pas, l'arrêta Nokomis, réalisant que si elle ne le faisait pas, Samaari pourrait continuer très longtemps dans ses justifications jusqu'à ce que le sujet de base n'en fasse même plus partie. Puis ça va, ce ne sont pas des énergies de wendigos non plus.

Le silence soudain de Samaari ne la rassura pas.

– Attends, tu veux dire que Shania vous protège... enfin, protège les couleuvres des wendigos grâce au pouvoir des wendigos ?

– Plus ou moins, répondit Samaari en se triturant les mains.

– Comment ça, « plus ou moins » ? Il y a un wendigo dans votre village, oui ou non ?

Samaari pinça ses lèvres et parut réfléchir à ce qu'elle pouvait dire.

– J'aurais envie de dire non, mais j'ai l'impression que ma mère me ment. Enfin, nous ment à toutes depuis le début.

Chilali lui indiqua de continuer.

— Quand j'ai fui le village, une étrange créature à crâne de cerf est venue visiter ma hutte.

— Pourquoi tu n'en parles que maintenant ? s'exclama Nokomis.

— Je me suis dit que ce n'était pas important.

— Mais... il y a un wendigo qui a l'air assez puissant pour éviter des amulettes protectrices dans ton village et tu ne trouvais pas ça important ?

— Noko, calme-toi, intervint Chilali en posant sa main sur son bras.

Il ne fallait pas qu'elle perde le contrôle.

— Ayana et Nohyandi sont là-bas !

— Je sais, mais comme je me tue à te le dire : ce n'est pas en fonçant dans le tas sans réfléchir qu'on arrivera à quoi que ce soit.

Tout en maintenant sa main sur le bras de Nokomis, elle se tourna vers Samaari.

— Il n'y a rien d'autre que tu as oublié de nous dire ?

Samaari secoua la tête. Encore une fois, elle s'en voulait d'avoir omis de préciser certains détails.

— C'est possible qu'il n'y ait pas de wendigo chez les couleuvres, préféra-t-elle ajouter. J'ai eu cette vision peu de temps après avoir réalisé un rite. Kiso m'a montré Shania sous une forme ressemblant à un wendigo, mais les drogues qu'on utilise pendant nos cérémonies sont fortes. Ça pouvait tout aussi bien être un moyen de me montrer la noirceur de ses pouvoirs.

— On va dire ça, oui, grogna Nokomis qui peinait à rester calme face à cette constante rétention d'informations.

Samaari lui lança un regard désolé.

— Mon esprit est encore un peu brumeux sur les derniers événements, surtout depuis le rituel. C'est comme si quelque chose m'empêchait de me souvenir de ce que j'ai vécu chez les couleuvres.

— Comment ça ?

— Je sais qu'il y a quelque chose en plus dont je dois vous parler, mais je n'arrive pas à savoir quoi.

– Attends, tu veux dire que tu perds la mémoire ? demanda Nokomis. De mieux en mieux...

– Non, c'est plutôt une sorte de pression. Quand je cherche les informations, elles disparaissent comme dans un brouillard noir.

– Et tu es certaine que c'est un point important ?

– Je ne peux pas le confirmer, répondit Samaari.

Elle voulait les aider, mais ne savait pas comment faire plus.

– Ce n'est pas grave, la rassura Chilali. Nous avons déjà assez d'informations pour être certaines que nous devrons nous méfier de tout quand nous retournerons dans cette forêt. Et surtout, qu'il va falloir bien nous préparer.

CHAPITRE 7

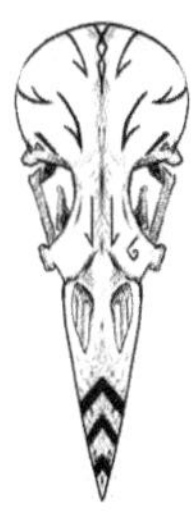

Shania ouvrit doucement les yeux. Un sourire mauvais étira ses lèvres tandis qu'elle se tournait face à Hyua et Izusa.

– Votre sœur ne devrait plus tarder...

Son attention fut attirée par une garde qui attendait patiemment à l'entrée de la grotte.

– Aaah... te voilà enfin.

Shania ignora la femme, se dirigeant directement vers la raison de sa bonne humeur : Nohyandi. Elle avançait docilement bien qu'un éclat de rage habitait ses traits enfantins.

– Ne fais pas cette tête. Ton hôte a un grand potentiel que je me dois d'exploiter.

– Si tu lui fais le moindre mal, tu auras affaire à moi, rétorqua Kiso.

L'andiiyoh'aako avait mis un moment pour pouvoir se manifester de nouveau, son action pour montrer la vérité à Samaari ayant consumé une bonne partie de son énergie. Mais elle n'avait pas eu le choix, c'était le seul moyen pour que Nokomis et Chilali soient au courant de la situation et du danger qui planait sur Nohyandi et Ayana !

– Tu sais que si tu te montrais plus docile, nous pourrions faire de grandes choses, toi et moi ? lui dit Shania. Le pouvoir de Nohyandi est déjà impressionnant, mais couplé au tien, vous deviendriez inarrêtable. Même vos parents ne pourraient rien contre vous.

Kiso la fusilla du regard.

— Une chose est sûre, il y en a au moins une de vous deux qui a hérité du sale caractère de votre mère. Je me demande si Ohanzee vous a donné un peu de lui ou si vous tenez de ce pantin d'Iseldmenn qui lui a servi d'hôte.

Shania la détailla comme si elle cherchait à trouver ses réponses dans les traits de son visage.

— Il me tarde de connaître un peu plus Nohyandi. En attendant, toi, tu vas disparaître quelque temps. Ta présence devient quelque peu... gênante.

Des bruits de pas résonnèrent derrière Kiso. La garde qui l'avait menée précédemment à la grotte la dépassa, cette fois accompagnée d'Ayana.

— Laisse-la en dehors de ça ! s'exclama Kiso. C'est entre toi et moi.

Shania lui répondit d'un simple sourire. Elle croisa ses mains dans son dos.

— Tu ne me laisses pas le choix.

À peine eut-elle terminé sa phrase qu'Hyua et Izusa saisirent Kiso. En un clin d'œil, l'andiiyoh'aako déchaîna son feu maudit pour les faire reculer.

— Ne te fatigue pas, mes pantins ne ressentent pas la douleur, dit Shania.

Puis elle se tourna vers Ayana. La guérisseuse ne pouvait pas faire grand-chose d'autre que fixer le vide dans son état actuel. Kiso s'étonna donc de voir qu'on l'avait fermement attachée au rocher. Ce dernier brillait d'une teinte verdâtre qui dévoilait ses gravures sous la couche de mousse que le temps était parvenu à faire pousser à sa surface.

Shania lança un regard par-dessus son épaule comme si elle voulait s'assurer que Kiso était attentive à ce qui allait se passer. Puis elle plaqua sa paume sur le buste d'Ayana.

Des flammes vertes jaillirent du rocher, englobant le corps de la guérisseuse qui se cambra sous la puissance des énergies. Shania posa son autre main sur le front de sa prisonnière. Elle marmonna deux mots que Kiso ne comprit pas du fait de la distance et recula tandis que le corps d'Ayana s'affaissait. Cela fait, la chamane se tourna vers Kiso, son fidèle sourire dérangeant aux lèvres.

Elle resta immobile un moment sans que rien ne se passe, quand soudain, Ayana s'éveilla. Elle prit une profonde inspiration comme si elle sortait la tête de l'eau après avoir échappé à la noyade et toussa. Remise du choc, elle lança des regards apeurés aux alentours. Que faisait-elle là ? Ses yeux s'accrochèrent sur Nohyandi, retenue par les deux assistantes de Shania. Cette dernière apparut dans son champ de vision, son sourire éclatant aux lèvres.

– Ayana ! Ravie de te revoir. J'espère que tu profiteras au mieux de ce moment.

– Laisse-la, ordonna une nouvelle fois Kiso.

Shania soupira :

– Il va falloir apprendre à ta fille à se taire, ma chère. On va s'y atteler toutes les deux si tu veux bien.

Elle marcha vers un coin sombre, attrapa quelque chose et revint vers le rocher. Dans sa main trônait un magnifique poignard à la lame translucide nervée de noir. Une flamme verte brûlait en son centre.

– Où as-tu eu cette arme ? articula Ayana malgré la peur qui la paralysait.

Shania lui adressa un regard perplexe et répondit :

– Ce poignard m'a toujours appartenu. Mais quelque chose me dit qu'il n'est pas unique en son genre.

Elle s'approcha d'Ayana et lui releva le menton de la pointe de sa lame affûtée.

– Ta femme aurait-elle quelque chose à voir avec ça ?

Ayana serra les dents. Elle ne lui dirait rien. Le comprenant, Shania haussa les épaules.

– Ça n'a pas d'importance. Pas pour ce que nous avons à faire maintenant.

Elle refit face à Kiso et la pointa de son poignard.

– À partir d'aujourd'hui, tu vas renoncer à ton pouvoir sur cette enfant et me laisser *protéger* son âme !

– Sinon quoi ?

Kiso avait posé la question avec une légère hésitation. Voir Shania armée aussi proche d'Ayana ne la rassurait en aucun cas.

— Sinon quoi ? s'esclaffa la chamane. Nous ne sommes pas là pour négocier ! Je pourrais utiliser une méthode plus violente, mais j'aurais peur d'abîmer ton hôte. Nous allons donc nous y prendre autrement.

— Dis plutôt que tu as peur de te retrouver une nouvelle fois face à moi, rétorqua Kiso. Tu as de la chance que Nohyandi ne soit encore qu'une enfant, et encore plus que notre mère ne soit pas là.

— Je ne pensais pas que tu te cacherais derrière ta mère de la sorte..., soupira Shania. Enfin, comme tu le dis toi-même, Nohyandi ne reste qu'une enfant. Tout comme toi.

Son visage devint subitement sérieux. Elle se tourna vers Ayana et glissa la pointe de sa lame sur les parcelles de peau nue de la guérisseuse, comme si elle cherchait l'endroit idéal où l'y enfoncer. Tout en faisant cela, Shania ferma les yeux et murmura quelques mots puis, soudain, s'arrêta. Elle répéta son incantation et rouvrit les yeux en appuyant doucement sur le manche de son outil de fortune pour graver un profond sillon dans l'épiderme d'Ayana. Un fin filet de sang s'en échappa. Ayana se crispa. Elle baissa la tête en réprimant le cri de douleur qui se formait dans sa gorge.

— Stop ! s'écria Kiso en tirant sur ses bras pour se libérer de ses geôlières. Laisse-la !

Des flammes montèrent le long de son buste. Comme précédemment, elles n'eurent aucune efficacité sur son entrave. Alors qu'elle se débattait, Shania continuait de faire glisser la lame sur et dans la peau d'Ayana qui, parfaitement attachée au rocher, ne pouvait échapper à la morsure du poignard.

À présent, les cris d'Ayana déchiraient les entrailles de la grotte tandis que Kiso s'époumonait à implorer Shania qu'elle cesse sa torture. Cette dernière s'arrêta. Elle releva la pointe de son arme, la laissant seulement effleurer la peau de sa pauvre victime. Puis, elle fit face à Kiso.

— S'il te plaît... laisse-la..., souffla l'andiiyoh'aako, comprenant qu'elle n'avait plus d'autres choix que de céder. Je ferai ce que tu veux, mais arrête de lui faire du mal.

Shania ne cacha pas son plaisir malsain face aux larmes d'impuissance qui couvraient désormais les joues de Kiso. Le démon lui lança un dernier regard empli de haine avant de faire disparaître ses flammes.

Satisfaite de sa capitulation, Shania se détourna d'Ayana, non sans avoir écorché une dernière fois sa peau, par pur sadisme. Puis, elle déposa délicatement son couteau dans un panier placé derrière elle et en sortit un pendentif orné d'une simple pierre noire.

Le bijou en main, elle s'approcha de Kiso, l'observa et annonça d'une voix terne, presque un reproche :

– Les monstres de ton genre ne devraient jamais fouler la Terre des Anciens. Seul un véritable wendigo devrait pouvoir manipuler les humains.

Elle la fixa le temps d'un battement de cœur et posa la pierre noire sur le front de Kiso. Puis, elle ferma les yeux et incanta un chant guttural dans une langue si ancienne que personne dans la grotte n'en comprit le moindre mot. Le rocher sur lequel était retenue Ayana pulsa une puis deux fois avant de s'éteindre complément. Shania se tut.

Un silence pesant s'installa quand soudain, la pierre libéra sa puissance, clouant de nouveau Ayana à sa surface. Shania tendit sa main libre dans sa direction. Elle se concentra et condensa l'énergie de la pierre vers le cœur d'Ayana. Cette manipulation avait pour but d'utiliser le corps de la guérisseuse pour qu'il serve de catalyseur.

Shania prononça une nouvelle incantation. Sa voix gutturale guida le pouvoir de la pierre vers sa paume. Un feu vert s'y matérialisa sous forme de flammes qui remontaient le long de son bras tels de multiples serpents. Le feu envahit ensuite son buste pour enfin recouvrir l'entièreté du corps de la chamane. Le passage de la créature de feu laissait une substance noire et visqueuse qui, après sa libération, s'embrasait instantanément sur la peau de Shania.

Ouvrant les yeux, Shania lança sa tête en arrière et termina son incantation. Sous sa main, le corps de Nohyandi vibrait. Kiso sentit la puissance démoniaque de la chamane s'acharner à détacher son âme de celle de son hôte.

Face à sa résistance, Shania amplifia l'intensité de son pouvoir, s'insinuant au plus profond de l'âme de Nohyandi afin de sectionner un à un les points d'attache qui la reliaient à Kiso. Cela fait, elle engloba de son feu infernal la jeune âme maudite et l'entraîna avec elle.

Une pulsation énergétique indiqua aux spectatrices de la scène que Kiso venait de quitter son enveloppe charnelle. Shania prononça ensuite un unique mot et le calme revint.

Essoufflée et les cheveux en bataille, elle baissa doucement la tête et porta la pierre à ses yeux. Une flammèche d'un vert pâle y dansait en son centre autrefois terne. Elle s'agita, pulsa une, puis deux fois avant de reprendre place au cœur de sa prison minérale.

— Du calme, ma chérie, souffla Shania. Avec moi, tu es en sécurité.

Un éclat vert illumina son regard tandis qu'elle glissait la gemme autour de son cou et que les filaments noirs qui l'entouraient disparaissaient dans une brume visqueuse.

***

— Non. Essaie plutôt de capter l'aura de la gemme, dit Samaari à Nokomis. Visualise-la et projette ton énergie dans son cœur !

— C'est ce que je fais, grogna Nokomis en se remettant en place.

Elle se massa les tempes, devenues douloureuses par l'utilisation prolongée de son pouvoir, et se concentra une nouvelle fois. Avec l'aide de Chilali, elle parvint à stabiliser sa colère et à canaliser la puissance démoniaque de la forêt. Du moins le temps de récupérer les informations qu'elle cherchait au cœur d'une des gemmes que Samaari avait trouvées en lisière de forêt quelques jours plus tôt.

Cela fait, Nokomis sentit le pouvoir hybride de la forêt submerger le sien. La puissance des Anciens mêlées à celle des wendigos ancestraux la projeta au sol avec violence. Chilali ne leur laissa pas le temps de les attaquer, elle les dispersa d'une vague d'énergie. Une fois ses esprits repris,

Nokomis joignit ses forces aux siennes. Contrairement aux jours précédents, il ne fallait qu'un battement de cœur au duo pour faire fuir les puissances ancestrales et reprendre le dessus.

À bout de souffle, elles s'écroulèrent au sol. Asha s'ébroua et siffla. Elle avait ressenti le contrecoup de la manipulation et n'appréciait pas particulièrement la sensation que cela lui procurait.

— Alors ?

Le visage de Samaari apparut au-dessus de Nokomis qui, encore secouée par la force des énergies qu'elle venait de côtoyer, grogna une réponse à peine audible.

Samaari lui sourit, indiquant qu'elle n'avait pas compris.

— C'était un corbeau ! répéta Nokomis en se redressant.

— Et ?

— Et quoi ?

— Un corbeau et ?

Nokomis soupira. Elle se massa les yeux pour se remettre les idées en place.

— Un corbeau avec un garçon... Non, un jeune guerrier.

— C'est tout ?

— Qu'est-ce que tu veux que je te dise d'autre ? J'ai senti le corbeau, le guerrier, et oui, c'est tout.

— Il y avait autre chose, répondit Samaari.

Elle se tourna vers Chilali :

— Tu sais bien que je n'ai pas encore réussi à sonder la moindre gemme, se défendit-elle.

— Tu as pourtant vu la réponse. Tu l'as forcément ressentie en utilisant ton pouvoir.

Chilali répondit d'un haussement d'épaules. Elle n'avait aucune idée de ce que Samaari voulait savoir.

— Ce jeune guerrier est passé par ces bois il y a très longtemps, commença Samaari. Il était possédé par un wendigo. C'est pour ça que la forêt l'a tué et que... ?

Cette fois, elle se tourna vers Nokomis qui secoua la tête, lui indiquant qu'elle ne voyait pas.

– C'est pour ça que les forces des Anciens ET un résidu de pouvoir de wendigo vous ont attaquées.

– Un résidu ? Je ne pense pas qu'on a vu la même énergie, intervint Chilali.

– Un demi-wendigo, si tu préfères. C'était très faible par rapport à ce qui nous attend là-dedans, assura Samaari. Comment croyez-vous que les animaux de brume restent matérialisés ? Ça demande une grande puissance de maintenir les énergies des Anciens et des wendigos ensemble. Encore plus si on veut qu'elles soient stables.

Un pic de douleur vrilla le crâne de Nokomis. Elle se massa une nouvelle fois les tempes.

– Bon, ça ira pour aujourd'hui, grogna-t-elle. Si j'avais l'entièreté de mes capacités, un simple demi-wendigo ne m'aurait pas fait ça.

– Il ne faut jamais être trop sûre de ses capacités, lui fit remarquer Samaari en aidant Chilali à se remettre sur pieds.

Nokomis hocha distraitement la tête. Si seulement elle savait ! La main de Chilali contre son dos la sortit de ses pensées.

– Samaari a raison et tu le sais, lui dit-elle.

– Ohanzee n'avait rien d'un demi-wendigo, répondit simplement Nokomis en partant vers le village.

– Je sais, mais tu connaissais sa puissance avant de l'affronter, ajouta Chilali en la rejoignant. Pour cette forêt, nous avançons à l'aveugle.

Nokomis soupira. Chilali avait raison. Comme à chaque fois.

– Je sais. Mais j'aimerais retrouver mes capacités, sonder en totalité ce foutu caillou et lui montrer de quoi je suis capable.

– Je sais de quoi tu es capable, intervint Samaari qui, malgré les quelques pas qui la séparaient de ses nouvelles amies, avait entendu la fin de l'échange. Je te dis juste de faire attention. La forêt reste imprévisible.

Nokomis lui lança un regard froid :

– Il faut seulement comprendre son fonctionnement et comment s'en protéger, dit-elle. Une fois que ce sera fait, ce sera simple de retrouver ton village. Même si elle semble avoir de grands pouvoirs, Shania ne peut pas être plus dangereuse qu'Ohanzee.

CHAPITRE 8

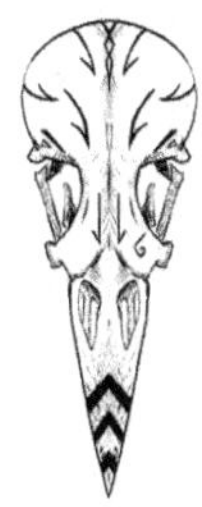

Les derniers rayons de soleil illuminaient l'orée de la forêt quand Nokomis rejoignit Chilali. Elle l'avait cherchée pendant une bonne partie de ce début de soirée sans la trouver. C'était Chenoa qui avait fini par lui indiquer où elle était.

Inquiète de la voir si éteinte depuis quelques jours, Nokomis avait plusieurs fois tenté de lui parler, sans succès – la présence perpétuelle de la chamane des renards mais aussi de Samaari les empêchait de se retrouver seules. Nokomis aurait pu attendre que Chilali se livre à elle, bien qu'elle ne semblait pas dans l'optique de le faire. Elle aurait aussi pu patienter jusqu'à leur rite de libération pour avoir de nouveau accès à ses émotions afin de pouvoir comprendre ce qui la tourmentait et l'apaiser mentalement, mais la pleine lune n'arriverait que deux nuits plus tard. Juste deux nuits. Ce n'était rien. Nokomis aurait pu attendre, oui, mais cela lui faisait trop mal de déceler la tristesse de Chilali à travers sa fausse bonne humeur.

Assise sur un rocher plat, cette dernière observait la nuit se lever en silence. La baisse de température accompagnant la descente du soleil la fit frissonner. Nokomis déposa la couverture qu'elle avait pris soin d'emporter avec elle sur ses épaules.

– Tu veux en discuter ? demanda-t-elle.

– C'est moi qui te dis ça en général, remarqua Chilali en laissant apparaître un faible sourire sur ses lèvres. Ne t'inquiète pas, tout va bien. C'est juste que ça fait plus d'une lune qu'on aurait dû rentrer.

– Je suis sûre que Ranfri sait que ce n'est pas ta faute, assura Nokomis, comprenant son sous-entendu.

– Mais je lui ai promis, Noko.

Elle soupira.

– Elle me manque, tu sais.

– Je sais. Elle doit penser à toi tous les jours. Mais elle n'est pas seule, ma mère est là pour la rassurer.

Chilali hocha la tête. Nokomis avait raison et elle n'avait pas vraiment à se plaindre. Ranfri était en sécurité, ce qui n'était pas le cas d'Eïka ni même d'Ayana.

Devinant son raisonnement silencieux, Nokomis sourit et passa un bras autour de ses épaules.

– Tu as le droit de vouloir être auprès d'elle. Et je ne t'en voudrais jamais de rentrer, tu sais. Samaari peut m'aider à retrouver Ayana et Eïka.

Chilali tourna un regard courroucé vers elle.

– Jamais je ne te laisserai affronter cette forêt seule ! Ma fille me manque, c'est vrai. Mais je resterai avec toi le temps qu'il faudra pour retrouver Ayana et Eïka.

Une lueur de détermination balaya la tristesse qui habitait les yeux de Chilali un instant plus tôt.

– Elles sont autant ma famille que la tienne, ajouta-t-elle en s'adoucissant.

Elle planta ses yeux dans ceux de Nokomis en faisant planer une étrange pression dans l'air. Se rappelant que leur lien n'était pas encore parfaitement rétabli, Chilali stoppa la vague de pouvoir qu'elle avait adressée à son amie. La sensation de la sentir contre son âme lui manquait terriblement. Ça non plus, elle n'osait pas le lui avouer. Préférant se passer de mots, elle se blottit contre Nokomis.

– Je ne veux pas que tu penses que Ranfri est plus importante que toi ou Ayana, dit-elle. Vous comptez tout autant qu'elle pour moi.

Nokomis sentit qu'elle aurait aimé ajouter quelque

chose, mais respecta son silence. Le froid commença lentement à lui picoter la peau, elle se glissa à son tour sous la couverture et resta auprès de Chilali tandis que la lune montait doucement dans le ciel.

***

Le soir de la pleine lune arriva enfin. Nokomis, Chilali et Samaari furent conduites par Chenoa à l'écart du village dans une petite clairière au centre de laquelle trônait un arbre centenaire. Asha, qui en temps normal se serait posée dans les branches de cet impressionnant perchoir, s'installa sur une roche dressée non loin. Comme si même elle respectait l'âge de l'arbre.

– Posez vos mains sur son tronc, indiqua Chenoa.

Impatiente d'enfin commencer le rite, Nokomis s'exécuta. Elle recula vivement la main quand l'écorce libéra une flammèche bleutée. Le feu follet resta collé à ses doigts et s'évanouit en fumerolles lorsqu'elle secoua la main pour s'en débarrasser. Intriguée, Nokomis lança un regard à Chilali, puis à Samaari dont les paumes étaient parfaitement plaquées contre l'arbre.

Pensant à une réaction normale de l'arbre, Nokomis reposa sa main contre l'écorce. Elle fut de nouveau repoussée, cette fois dans une salve de flammes bien plus violentes qui l'obligea à reculer d'un pas. C'était comme si l'arbre refusait son énergie.

– C'est bien la première fois que je vois ça, s'étonna Chenoa en s'approchant. Tu veux bien recommencer ?

Nokomis hésita.

– Est-ce que c'est douloureux quand tu le touches ? demanda Chenoa.

– Les flammes me brûlent, confirma Nokomis en regardant sa paume, pourtant intacte, qu'une douleur sourde irradiait.

Pourquoi ça ne pouvait pas se passer simplement ? Elle sentit la colère monter en elle. L'aura de la forêt effleura son esprit, amplifiant son envie de fracasser son poing contre l'écorce de ce maudit tas de bois. Le contact d'une main dans son dos la sortit de ses pensées.

– On peut essayer ensemble ? proposa Chilali. La présence de ton andiiyoh'aako ne doit pas plaire aux Anciens.

– C'est une bonne idée, approuva Chenoa. Je n'aurai pas d'autre solution à te suggérer si tu ne peux pas te lier à cet arbre. Je ne pensais pas que le wendigo en toi était si puissant.

– Il n'y a plus de wendigo en moi, répliqua sèchement Nokomis qui détestait par-dessus tout qu'on lui rappelle ses liens avec ces entités maléfiques.

Chilali lui attrapa la main pour qu'elle se focalise sur autre chose que les paroles de la chamane et la guida vers l'arbre. Nokomis la suivit sans résistance, la laissant prendre les devants.

Posant en premier sa paume contre l'écorce, Chilali apposa ensuite la main de Nokomis sur la sienne.

– Il faut que sa peau soit en contact avec l'écorce, remarqua Chenoa.

Nokomis glissa un doigt contre l'arbre et une nouvelle salve de flammes la brûla. Bien qu'elle soit en contact avec elle, Chilali ne ressentit rien.

– J'ai vraiment besoin de toucher l'arbre ? s'agaça Nokomis.

– Il le faut, soutint la chamane.

Nokomis grogna et jeta un œil vers la forêt. Et si elle avait attendu tout ce temps pour rien ?

– Je servirai de lien, intervint Chilali avant que son amie ne s'énerve véritablement. Tu peux me purifier en premier puis t'occuper de Nokomis ? ajouta-t-elle à l'adresse de Chenoa.

Cette dernière réfléchit un court instant et secoua la tête.

– C'est impossible.

– D'accord..., soupira Nokomis. Chilali, tu vas maintenir le contact pour moi.

– Le rite dure jusqu'à la disparition totale de la lune, fit remarquer Chenoa. Ce sera très éprouvant pour toi.

– Je prends le risque.

Elle leva la main pour la poser une nouvelle fois contre le tronc quand Chilali l'arrêta.

– Il doit y avoir une autre solution. Tu ne vas pas souffrir toute la nuit pour un rite !

Elle chercha du soutien auprès de Chenoa puis Samaari. Aucune ne réagit.

– On n'a pas le choix, trancha Nokomis. Si je veux retourner là-bas, il faut que je me débarrasse de la marque.

Elle se radoucit et reprit :

– Tout se passera bien.

Elle lui prit la main et la posa contre le dos la sienne.

– Tu es là pour me soutenir.

Elle lui sourit puis déposa sa paume contre l'écorce de l'arbre. Les flammes attaquèrent immédiatement sa peau. Le réflexe de fuir la chaleur manqua de la faire reculer, mais cette fois, elle tint bon. La douleur était telle qu'elle chancela. Afin de ne pas perdre le contact, Chilali se positionna de façon à la soutenir au mieux.

Bien qu'elle ne supportait pas de la voir souffrir de la sorte, Chilali prit son rôle à cœur et appuya de toutes ses forces sur la main de Nokomis pour qu'elle reste en place. Puis elle lança un vague d'énergie apaisante, oubliant que leur lien, et surtout cette marque qu'elle tenterait de faire disparaître cette nuit, ne la laisserait pas passer.

– Je suis là, lui souffla-t-elle tandis que les flammes commençaient à englober leurs deux corps.

Elle tourna la tête vers Chenoa et indiqua qu'elles étaient prêtes.

– Attends !

Samaari se plaça de l'autre côté de Nokomis, que les flammes recouvraient complètement à présent, et posa sa main contre la sienne. Malgré la douleur qui lui faisait perdre pied avec la réalité, Nokomis la remercia de son soutien. Même si elle ne pouvait rien faire pour atténuer la sensation de brûlure, sa présence lui faisait du bien. Un spasme la traversa, l'entraînant contre Chilali, qui tenait bon malgré tout.

– On peut commencer, lança Samaari à Chenoa en essayant de soulager Chilali du poids de Nokomis.

***

Le rituel dura toute la nuit. Toute une nuit où Nokomis avait ressenti la morsure du feu des Anciens lui attaquer la peau. Pas une parcelle de son corps ne fut épargnée. C'était comme si ce rituel avait eu pour but de la purifier dans son entièreté.

Durant la cérémonie, Chenoa avait enchaîné les incantations. Chacune d'elles servait à détacher le parasite démoniaque de l'esprit des trois femmes. Contrairement à ce que Nokomis aurait cru, le premier ne fut pas le moins douloureux, au contraire. Chaque nouveau mot prononcé par la chamane semblait lui arracher une part de son âme.

La sensation était bien différente du côté de Samaari et Chilali qui, elles, recevaient la puissance des Anciens comme une vague de fraîcheur suivie d'une douce chaleur qui déliait délicatement les ancrages maléfiques de leur âme.

Peu à peu, Chilali avait pu reprendre le contrôle sur ses pouvoirs et soutenir Nokomis afin d'atténuer la brûlure qui irradiait son corps. Elle avait plusieurs fois essayé de la soulager en partageant la douleur du processus, mais à chacune de ses tentatives de lui venir en aide, Nokomis lui avait bloqué l'accès : elle refusait de la voir souffrir pour elle.

La dernière phase du rituel fut la plus spectaculaire. Un brasier bleu remonta le long de l'arbre centenaire, entraînant les filins noirs et visqueux des parasites qui furent emportés comme de vulgaires brindilles par un torrent en furie. Encore une fois, Nokomis dut lutter contre la puissance purificatrice. Le feu sacré manqua de lui arracher son andiiyoh'aako en plus de la marque maudite. Sentant son pouvoir lui échapper, elle crispa la main contre le tronc. Chilali n'avait pas attendu plus longtemps pour réagir : elle avait forcé les défenses de Nokomis et appliqué tout ce qu'elle avait pu lui apprendre ces dernières années pour créer un cocon protecteur autour de l'âme de son amie.

Aux premières lueurs du soleil, la tempête de feu s'étei-

217

gnit enfin, indiquant la fin du rituel. Chilali lança un regard vers Chenoa qui le lui confirma. Avant cela, Chilali leva ses barrières mentales et s'assura de l'intégrité de l'âme de Nokomis, qui était bien incapable de le faire elle-même.

Une fois certaine que tout était à sa place, elle retira sa main de l'écorce tout en retenant Nokomis qui, à bout de forces, manqua de s'écrouler. Chilali l'entraîna ensuite doucement au sol.

Nokomis mit un long moment avant de reprendre ses esprits. Les yeux dans le vague, elle ne parvenait pas à fixer un point sans que la forêt ne tourne autour d'elle.

Les laissant se remettre de leurs émotions, Chenoa commença à rassembler ses affaires en silence. Son attention fut attirée par un grognement étouffé de Nokomis qui luttait contre l'habituelle migraine que lui procuraient les manipulations démoniaques prolongées. Elle arrêta son geste, lui lança un étrange regard puis glissa ses yeux vers Chilali.

— Votre lien est singulier et puissant, remarqua-t-elle. Et ce pouvoir... je n'avais jamais vu ça de ma vie.

Chilali posa une main sur l'épaule de Nokomis pour anticiper une quelconque réaction agressive de sa part et demanda :

— Tu as quand même réussi à nous purifier ?

— Je vous ai libérées. Toi et Samaari, affirma Chenoa. Pour ce qui est de toi, Nokomis, je ne saurais dire si le mal a complètement disparu.

Elle fit une pause.

— Quelle est cette énergie sombre que vous protégez avec autant d'ardeur ? dit-elle.

— C'est mon andiiyoh'aako, répondit Nokomis. On ne peut pas le dissocier de moi sans me tuer.

— Tu le savais, devina Chilali face à l'absence de réaction de Chenoa.

— C'est moi qui lui ai parlé de l'andiiyoh'aako de Nokomis, intervint Samaari.

Chilali hocha la tête. Elle se doutait que leur nouvelle amie avait partagé l'information. Tout simplement parce qu'elle savait que Samaari n'arrivait pas à garder les choses pour elle. Elle soupira.

À sa réaction, Samaari se crispa et se tourna vers Nokomis.

– Pardon. J'aurais dû t'en parler ! Les traces énergétiques comme celles-ci sont personnelles. Mais je pensais que c'était mieux pour te protéger...

Nokomis leva la main pour qu'elle se taise, et n'empire pas plus sa migraine.

– Tout va bien. Tu as bien fait.

– Mais tu ne...

– Non, je ne vais pas encore essayer de t'arracher la tête, sourit Nokomis, appréciant que ses accès de colère incontrôlables se soient enfin calmés.

Le contact de l'énergie réconfortante de Chilali était très certainement en grande partie responsable de cet apaisement. Captant ses pensées, cette dernière lui envoya une subtile vague de pouvoir qui eut comme bénéfice de balayer la douleur sourde qui irradiait son crâne. Nokomis la remercia d'un sourire et s'adressa de nouveau à Samaari qui attendait avec une certaine appréhension la suite de ses paroles.

– Je ne te ferai plus de mal, reprit Nokomis. Mais il faut quand même que tu apprennes à dire quand tu révèles ce genre de choses. Et tu l'as dit toi-même : c'est personnel comme information.

Samaari ne sut comment réagir. Elle se contenta donc de répondre maladroitement au sourire chaleureux que lui adressait Nokomis.

CHAPITRE 9

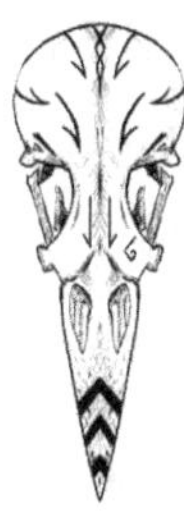

Nokomis insista pour partir dès le lendemain. Une journée et une nuit de repos lui semblaient suffisantes pour reprendre des forces. Chilali et Chenoa avaient tenté de la raisonner, mais la détermination de Nokomis à retrouver Eïka et Ayana demeurait plus forte que leurs recommandations. C'est ainsi que Nokomis, Chilali, Samaari et leurs totems s'enfoncèrent dès l'aube dans les profondeurs de la forêt sombre.

Comme l'avait promis Chenoa, aucune d'elles ne ressentit la désagréable pression exercée par la malédiction de la forêt sur leurs sens comme avant leur purification. Le trio n'en demeurait pas moins sur ses gardes. Samaari avait informé ses amies sur la façon d'atteindre le clan de la couleuvre : elles devraient suivre le chemin que leur indiqueraient les amulettes éparpillées dans la forêt sans jamais dévier de leur sillage. Bien que ce plan paraisse simple, il n'en restait pas moins dangereux.

– Alors ? Vous venez ? s'exclama Samaari.

À peine les premiers arbres franchis, elle et Dena avaient pris les devants de l'expédition. La jeune chamane semblait prendre très au sérieux son rôle de guide, en plus de savoir exactement où se trouvait leur premier objectif.

– La première amulette ne devrait plus être loin, ajouta-t-elle. Je l'ai mise par-là la dernière fois et j'aurai besoin de votre aide pour la détruire !

— La quoi ? demanda Chilali en blêmissant.

— La détruire, répéta Samaari en cherchant entre les buissons.

— Mais tu n'as pas dit que si on touchait les amulettes, elles révéleraient notre présence à Shania ?

— Shania sait déjà qu'on est là.

— Attends, comment ça, « Shania sait déjà qu'on est là » ? s'inquiéta Chilali.

— Elle nous a captées à l'instant même où on a mis un orteil dans cette forêt, expliqua Samaari. En détruisant les amulettes, on s'assure juste de ne pas être une nouvelle fois prises d'hallucinations ou infectées par un de ces parasites maudits. Enfin, je crois... Ah ! La voilà !

Elle plongea dans le buisson et brandit victorieusement une amulette composée d'un crâne de petit carnivore serti d'une gemme irisée.

Chilali fixa l'amulette pour revenir à Samaari dont le sourire radieux ne se propagea pas à elle. À l'inverse, Chilali blêmit. Elle n'en avait rien à faire de cette amulette qu'il fallait en plus détruire !

Elle réalisa à l'instant ce qu'elle et ses amies entreprenaient. Qu'elles marchaient depuis le début de la journée, que le soleil était déjà en train de se coucher et qu'il leur serait donc impossible de faire demi-tour pour fuir le courroux de Shania s'il lui prenait l'envie de les traquer ! La panique monta en elle comme une flèche vers sa proie.

— *Tout se passera bien,* lui souffla mentalement Nokomis, sentant l'angoisse grandissante de son amie.

Elle ajouta une douce vague d'énergie à ses paroles. Chilali lui adressa un léger sourire qui se voulait rassurant quant à son état, bien que cela soit totalement inutile : Nokomis captait la moindre de ses émotions. Pour dire vrai, Chilali était heureuse de ne plus être *seule*. D'avoir Nokomis à ses côtés pour partager ses angoisses. De savoir qu'elle était là pour la soutenir et l'apaiser au besoin.

Nokomis lui rendit son sourire.

– Tout se passera bien, répéta-t-elle à voix haute.

Elle savait que ni elle ni Chilali n'était vraiment prête à parcourir une nouvelle fois ces bois. Mais elles devaient le faire. Ensemble.

– Bon, alors ? Vous venez ? les héla Samaari en brandissant l'amulette.

S'intéressant enfin à ce que leur guide tenait dans sa main, Nokomis la regarda, perplexe.

– Comment fais-tu pour la tenir sans qu'elle t'attaque ? demanda-t-elle, une fois certaine que Chilali allait bien.

– C'est moi qui ai posé celle-ci, je connais ses protections. Par contre, vous deux, évitez de la toucher. Au mieux, ça vous brûlera ; au pire...

Elle hésita.

– Au pire ? répéta Nokomis.

– Ça n'a pas d'importance. Juste, ne touchez à rien et suivez mes instructions pour les détruire. D'accord ?

– Est-ce qu'on a seulement le choix ? soupira Chilali.

Ignorant sa question, Samaari les rejoignit, sa précieuse amulette entre les mains. Puis, elle déposa son butin au sol et recula d'un pas.

– Noko, c'est toi qui commences, déclara-t-elle avec un peu trop d'enthousiasme.

Nokomis nota la soudaine utilisation de son diminutif. Elle ne savait pas si cela lui plaisait ou non. Elle n'eut pas le temps d'y réfléchir davantage, son esprit fut subitement happé par des voix étouffées émanant de l'artefact maudit.

– Ah, je vois que tu les entends, remarqua Samaari en se collant presque à elle. Bien. Chilali, recule un peu.

Elle la poussa doucement pour qu'elle s'éloigne de Nokomis.

– Tout devrait bien se passer, mais je préfère que tu ne sois pas...

Elle se tut en voyant les traits de Chilali afficher une soudaine inquiétude.

– Non, rien. Oublie. Recule juste. Voilà.

Une fois satisfaite de la distance, elle se tourna vers Nokomis. Asha se posa non loin d'elle, observant la scène avec curiosité. Chilali siffla pour attirer son attention, la trouvant un peu trop proche du cercle de sécurité établi par Samaari. Son totem gonfla ses plumes, indiquant son mécontentement. Elle s'envola tout de même pour se rapprocher de son humaine.

— Qu'est-ce que tu veux que je fasse ? demanda Nokomis, une fois Samaari de retour à ses côtés.

— Tu vas te concentrer sur les voix et retenir leur énergie.

Nokomis hocha la tête. Visiblement, son entraînement des jours précédents n'avait pas pour unique but de lui apprendre à localiser Eïka comme elle l'avait cru.

— J'imagine que retenir leur énergie permettra de trouver les amulettes suivantes ?

— Exactement ! On ne dirait pas, mais tu es plutôt futée, répondit Samaari, réalisant un peu tard que son compliment n'en était finalement pas un.

Elle haussa les épaules plus pour elle-même que pour Nokomis et reprit la parole :

— Une fois que tu auras sondé l'énergie de l'amulette, je t'expliquerai comment la désactiver.

Puis, elle posa une main sur son dos et lui fit signe de commencer. Habituée à ce geste quelque peu intrusif de la part de la chamane, mais apparemment nécessaire pour son *exercice*, Nokomis souffla pour se concentrer et ferma les yeux. Ce ne fut pas bien compliqué de sonder l'artefact. En un rien de temps, elle fut capable de discerner les voix associées aux anciens totems qui avaient permis sa fabrication.

— Elles sont deux, dit-elle pour tenir Samaari au courant de son exploration énergétique, bien qu'elle sache qu'elle ressentait le moindre mouvement de pouvoir qui animait son âme.

— Bien. Maintenant, tu vas les neutraliser. Je sais que je n'ai pas besoin de t'expliquer comment faire ça. Par contre, j'aimerais savoir comment tu le fais. Enfin, calme les âmes. Je m'occupe du reste.

La main de Samaari quitta son dos et Nokomis l'entendit sortir quelque chose de son sac avant de détecter sa présence sur sa gauche.

– Quand tu veux, l'informa Samaari.

Nokomis s'exécuta. Immobiliser les âmes était pour elle un jeu d'enfant. C'était presque trop simple. Une sensation de bien-être monta en elle. Ses sens captèrent les cœurs des êtres vivants alentour. En particulier ceux de Chilali et Samaari. Une soudaine envie de sang et de violence s'éveilla en elle. Ses instincts de prédateur prenaient peu à peu le dessus sur tout le reste.

Réalisant que l'aura maudite des âmes prisonnières corrompait son pouvoir, Nokomis leva brutalement ses défenses, éjectant au passage les parasites qui tentaient de s'insinuer une nouvelle fois dans son esprit. Un *clac* sonore résonna, coupant brusquement le contact avec les âmes.

Cachant au mieux son malaise, Nokomis ouvrit les yeux et découvrit l'amulette brisée en deux face à une Samaari perplexe.

– On peut aussi faire ça de cette façon...

– C'était pas prévu ?

– Il n'y a pas qu'une seule méthode pour détruire une amulette. Mais c'est la première fois que je vois ça ! Ton démon est très puissant. Bon, suivante !

Elle l'attrapa par la main et la posa contre un tronc tout proche.

– On va où maintenant ? demanda-t-elle.

– Euh...

Nokomis lança un coup d'œil à Chilali qui n'avait rien raté de ses sensations durant la destruction de l'amulette. Elle lui envoya une vague de pouvoir pour la rassurer, mais fut rapidement ramenée à l'instant présent par Samaari qui s'impatientait à ses côtés.

– Alors ?

Se concentrant sur les traces d'énergie des deux âmes de l'amulette détruite, Nokomis sondait les alentours. Son esprit fut perturbé par un furtif mouvement démoniaque tout proche qui disparut aussi vite qu'il était apparu. Puis elle capta une nouvelle source de pouvoir bien plus similaire à l'aura de l'amulette qu'elle venait de détruire. Elle orienta ses sens dans sa direction et déclara :

— Par là.

Elle indiqua un chemin, peu sûre de son verdict.

— C'est normal qu'il y ait d'autres énergies ? demanda-t-elle.

— C'est normal, oui. Plus on va avancer, plus les amulettes comporteront d'âmes. Les premières seront faciles à repérer et à neutraliser. Mais plus on s'approchera du village, plus ce sera difficile. Et on aura aussi besoin de toi à ce moment-là, Chilali, ajouta-t-elle avec entrain.

Puis elle prit la direction indiquée par Nokomis, laissant cette dernière la regarder disparaître entre les arbres. La tâche serait finalement bien plus compliquée qu'elle ne l'aurait cru. Encore plus si d'anciennes énergies démoniaques venaient jouer avec ses sens durant leur traque.

***

— Plus nous approcherons du village, plus Shania et mes sœurs capteront notre présence, expliqua Samaari tandis que le trio suivait le signal de leur troisième balise.

La seconde destruction avait été bien plus simple que la première. Encore une fois, Chilali avait été mise à l'écart. Mais contrairement à la première fois, elle avait discrètement pénétré l'esprit de Nokomis afin qu'elle ne succombe pas aux forces démoniaques. Cette dernière ne l'avait pas empêchée de le faire. Déjà pour leur propre sécurité, à toutes les trois, mais aussi pour que son amie voie elle-même le processus avant de devoir le faire à son tour.

Comme pour appuyer les paroles de Samaari, un souffle glacé se leva tout à coup. La chamane envoya son totem en avant.

— Simple précaution, dit-elle.

La biche revint aussi vite qu'elle était partie en émettant un drôle de bruit que seule son humaine put interpréter.

— On va prendre cette route, déclara Samaari en bifurquant du cap indiqué par Nokomis.

— J'imagine que tu ne vas pas nous dire ce qu'il y a là-bas ? s'enquit Nokomis qui commençait à la connaître.

– Oh, si ! On arrive sur le territoire des loups maudits. On va juste le contourner en passant par celui de l'ours. Il est tout seul et plus gros, il sera plus facile à éviter.

– Le territoire de l'ours ? Mais on ne l'a pas tué ? s'exclama Chilali, qui ne put dissimuler son angoisse. Ou alors c'est un autre ours ?

– Mmm... peut-être ? Honnêtement, j'en ai aucune idée, répondit Samaari en cherchant quelque chose dans sa sacoche. Ne fais pas cette tête. Avec Dena et Asha en éclaireuses, on ne risque rien. Enfin, presque rien.

– Noko, dis quelque chose ! s'énerva Chilali, réalisant que son amie restait muette.

– Tout ira bien, assura Samaari. On va manger ça et nous passerons inaperçues à ses yeux.

Elle ouvrit la main, révélant une poignée de baies noires. Chilali les observa puis leva doucement la tête vers la chamane.

– Il est hors de question qu'on mange ça.

– C'est le seul moyen.

– Le seul moyen d'être malade, oui !

– Oh, vous en avez déjà mangé ? Je comprends mieux pourquoi vous avez pu aller si loin la première fois.

– Oui, on en a déjà mangé. Et ça ne nous a pas franchement réussi. Surtout à Nokomis.

– Tu sais, en dehors des maux de ventre et des hallucinations, elles ne font rien de bien méchant, ces baies. On peut perdre un peu la notion du temps aussi. Enfin, rien de grave.

Chilali la dévisagea en silence. Elle se demandait si Samaari se fichait d'elles ou si elle était juste complètement inconsciente.

– C'est ça ou finir en charpie, dit la chamane en haussant les épaules.

– Noko, ne me dis pas qu'on va devoir manger ça ?

– Je crois qu'on n'a pas trop le choix, répondit cette dernière que la prise de ces fruits n'enchantait pas plus qu'elle.

Elle fixa un instant les petites baies noires, puis soupira et en saisit quelques-unes qu'elle avala en ignorant les contestations de Chilali.

***

La suite de la progression des trois amies s'avéra particulièrement difficile, principalement à cause du brouillard qui s'était installé entre les arbres, mais aussi des effets des baies. Effets qui firent rapidement leur apparition chez Nokomis. Prise de vertiges soudains, elle chancelait et trébuchait régulièrement, obligeant le groupe à ralentir le rythme afin d'attendre qu'elle se remette en marche.

Il ne fallut pas longtemps pour que Nokomis s'arrête cette fois complètement. Son estomac n'appréciait visiblement pas son dernier repas. Elle s'accroupit en soufflant et se concentra pour écarter une nausée. Inquiète, Chilali lui proposa sa gourde. Celle-ci contenait une infusion censée les aider contre les nausées, mais aussi réduire les potentielles hallucinations engendrées par les baies. Sans grande surprise, le breuvage n'eut aucun effet sur Nokomis qui sentait son estomac se soulever à chaque nouvelle gorgée.

– T'es sûre que ton infusion est la bonne ? grogna-t-elle à l'adresse de Samaari en rendant sa gourde à Chilali.

– Les plantes que j'ai utilisées sont très puissantes, répondit Samaari. Il arrive qu'elles ne conviennent pas à tout le monde.

– Super…

Nokomis retint un nouveau haut-le-cœur et marqua une pause avant de reprendre :

– Si au moins elles arrêtaient ces foutues nausées, j'accepterais les maux de tête.

– Ça, je n'y peux rien, par contre. Ton corps doit être trop corrompu pour que ça fonctionne. Ou alors, tu ne supportes juste pas l'une des plantes.

Elle se perdit dans ses pensées en fixant un point au loin, énumérant mentalement la liste des ingrédients de son infusion et leur réaction possible sur certains organismes.

Nokomis la dévisagea. Si elle n'avait pas été dans un état aussi lamentable, elle aurait très certainement passé outre sa promesse de ne pas la brusquer de nouveau afin de lui faire comprendre son ressenti. Elle se contenta de marmonner :

– Si je te vomis dessus, faudra pas venir râler...

Elle soupira et se redressa. Le sol tangua dangereusement, l'obligeant à se retenir à Chilali. Une vague de chaleur puis un frisson la secouèrent.

– On peut attendre un peu si ça ne va pas, lui dit Chilali, que son état ne rassurait en aucun cas.

– C'est bon, on n'a pas le temps d'attendre.

Nokomis se redressa, ce qui intensifia sa migraine. Elle fit un pas puis un second, mais n'avança pas plus loin ; la forêt fit un tour sur elle-même avant que les ténèbres ne tombent devant ses yeux.

***

Quand Nokomis se réveilla, la nuit était tombée. Posée à ses côtés, Asha veillait sur elle. La voyant s'agiter, elle siffla de contentement et s'approcha pour réclamer des grattouilles. Nokomis les lui offrit distraitement puis se redressa sur un coude. Non loin, Chilali et Samaari préparaient un feu et de quoi se restaurer. Toutes deux lui tournaient le dos. Elles ne semblaient pas avoir entendu l'exclamation d'Asha à son réveil.

Sentant que son estomac se portait mieux, Nokomis se leva pour les rejoindre. Leur absence de réaction l'intrigua une nouvelle fois, mais surtout le fait qu'elles n'aient pas bougé d'un cheveu depuis que ses yeux s'étaient posés sur elles.

– Chilali ?

Elle la contourna et effleura son épaule de la main. Chilali s'évapora dans une brume visqueuse qui resta collée à ses doigts. Nokomis sursauta et recula d'un pas. Dans son mouvement, elle bouscula Samaari, qui disparut de la même façon.

– OK, je dois rêver, murmura Nokomis en sondant les ténèbres devenues subitement plus profondes.

Sans grande surprise, Asha n'était plus là. Nokomis leva les yeux vers les arbres qui... avaient eux aussi disparu, laissant place à un cours d'eau. Un endroit que Nokomis connaissait. Un endroit qu'elle aurait voulu oublier.

Un cri inhumain s'éleva alors, puis une masse la projeta au sol.

Nokomis vola dans la boue humide et se retourna en panique. Face à elle se trouvait un jeune homme à la carrure particulièrement imposante, qu'elle reconnut sans problème malgré son corps décharné qui laissait apparaître çà et là des os blancs tranchant avec la saleté de sa peau.

– Hanska ?

Hanska la jaugea. Des brûlures entouraient ses orbites creuses. Un rictus s'apparentant un sourire étira sa mâchoire pendante.

Nokomis sentit sa gorge se nouer. Cette vision n'était en aucun cas son frère, mais sa présence remonta en elle en de douloureux souvenirs qu'elle aurait préféré garder enfouis pour le restant de ses jours.

Hanska la fixa, immobile, puis, sans préambule, il chargea. Nokomis bondit sur ses pieds pour l'éviter.

– Hanska, c'est moi !

Elle savait que ça ne servait à rien. Que l'ombre face à elle n'avait aucune conscience et rien d'humain ! Mais revoir son frère après tout ce temps... Le poing de ce dernier rencontra son estomac, la sortant de ses pensées. Nokomis percuta un arbre qui vola en morceaux. Une profonde douleur lui irradia le dos, bloquant momentanément sa respiration.

Allongée au sol, Nokomis reprenait son souffle avec peine. Pour un rêve, il n'en demeurait pas moins réaliste. Hanska fondit une nouvelle fois sur elle, lui laissant tout juste le temps de se redresser.

– Stop, Hanska !

Mains en avant, elle tentait de le raisonner quand un éclat attira son regard : un poignard, planté dans la boue.

Son poignard.

Comprenant ce que cela signifiait, Nokomis secoua la tête. Les larmes envahirent ses yeux. Une puissance qu'elle ne maîtrisait pas monta en elle. Une puissance couplée à une énergie qu'elle ne connaissait que trop bien.

– *On ne peut pas changer le passé*, susurra la voix caverneuse à son oreille.

Elle frissonna.

– Non pas encore...

– Noko !

Ayana apparut sur sa droite. Face à elle, Hanska, masse au poing. Il était prêt à l'abattre sur elle.

– Ce n'est pas réel..., souffla Nokomis. Ça ne peut pas recommencer.

Elle attrapa sa tête entre ses mains, repoussant l'aura maléfique qui s'éveillait en elle.

– Non, ça ne peut pas recommencer, répéta-t-elle.

– Noko !!!

Le cri déchirant de sa femme déclencha ses instincts. Des flammes remontèrent le long de ses bras, activant son pouvoir, réveillant la luminescence de ses tatouages. Puis elle s'élança. Droit sur Hanska, droit sur sa mort.

Comme des années plus tôt, elle enfonça la lame de son poignard dans la chair d'Hanska. Comme des années plus tôt, elle ne put retenir le flot de colère et de puissance guider ses coups. Massacrant celui qu'elle avait aimé comme un frère. Le seul qu'elle n'aurait jamais. Mais cette fois, un élément était différent. Cette fois, Nokomis assistait à la mise à mort d'Hanska en comprenant parfaitement ce qu'il se passait. Elle sentait la satisfaction malsaine d'Ohanzee parcourir ses veines tandis qu'un sang noirâtre et visqueux la recouvrait peu à peu.

Son massacre terminé, Nokomis reprit le contrôle de son corps. Couverte de sang et de boue des pieds à la tête, elle observa le carnage en tremblant. Son arme lui glissa des doigts. Celle-ci émit un bruit de succion particulièrement répugnant en se plantant dans le sol.

– *On ne peut rien contre sa propre nature...*, résonna la voix d'Ohanzee dans son esprit.

Un vent glacial se leva. Elle frissonna. Le souffle continua sa route vers la masse informe qu'était devenu le corps d'Hanska, le dispersant comme s'il n'avait été qu'un tas de cendres.

Le souffle se dirigea ensuite vers Nokomis. Il glissa le long de son cou et de sa nuque pour enfin revenir face à elle. Les cendres, suspendues dans l'air par des filins visqueux, prirent soudainement vie. Comme guidées par une volonté propre, elles s'assemblèrent pour créer une nouvelle construction. Une masse humanoïde.

Une planche de bois se matérialisa dans le dos de Nokomis, la figeant sur place.

Face à elle, la cendre devenue chaire se solidifia. Recouverts d'un voile, deux points verts illuminèrent ce qui semblait être un visage. Lentement, le voile s'évapora dans une brume visqueuse, révélant les traits que Nokomis redoutait de voir apparaître. Elle se crispa et se plaqua de toutes ses forces contre le mur. Si elle avait pu fusionner avec le bois et disparaître entre ses fibres, elle l'aurait fait sans hésiter.

– Comme on se retrouve, sourit Bjørnarsen en glissant son doigt le long de la mâchoire de Nokomis.

Un geste qu'il ne s'était jamais lassé de faire quand il cherchait à l'effrayer. Même s'il ne passait pas à l'acte, il avait toujours aimé s'amuser avec les nerfs de sa prisonnière. Par pur sadisme.

– Tu n'es pas réel, articula Nokomis, se battant contre sa peur qui, malgré toutes ces années, continuait de la paralyser. Tu ne peux rien contre moi.

Sa voix se brisa malgré elle. Cauchemar ou pas, elle ne voulait pas revivre ce que cet homme lui avait fait subir. Bjørnarsen avança.

– Tu n'es pas réel, répéta-t-elle en fermant les yeux.

– Je t'assure que je suis parfaitement réel, répondit Bjørnarsen, une légère pointe d'amusement malsain dans la voix.

Comme pour illustrer ses paroles, il glissa une main sous sa tunique et effleura le ventre de Nokomis, qui se raidit.

Luttant contre ses propres traumatismes, Nokomis

plaqua sa paume contre la poitrine de Bjørnarsen pour qu'il recule, sans succès. Bjørnarsen sourit et approcha son visage du sien.

– Tu sais que ça ne sert à rien, souffla-t-il.

Une flamme verte embrasa son regard. La voix d'Ohanzee résonna alors :

– Tu es et resteras ma femme. Les Anciens en ont décidé ainsi.

Son visage se décomposa, laissant apparaître çà et là des morceaux de crâne. Ohanzee rapprocha ses lèvres déchaînées de celles de Nokomis, qui le supplia une nouvelle fois de reculer. Il en profita pour libérer une masse visqueuse qui pénétra sans tarder la bouche de Nokomis. La masse se glissa jusqu'à l'estomac de sa pauvre victime qui manqua de s'étouffer à son passage. Celle-ci se fraya un chemin à travers les entrailles de Nokomis, contaminant chacune de ses cellules de sa noirceur.

– *Tu es entièrement à moi*, déclara Ohanzee. *Pour l'éternité.*

***

Nokomis se réveilla et... vomit. Elle expulsa tout ce qu'elle put aux pieds de Chilali qui la regardait avec stupéfaction.

Tremblante, Nokomis ignora son commentaire de dégoût. D'un œil hagard, elle scruta les alentours, sursautant au moindre bruit. Comprenant qu'elle avait eu une vision, Chilali s'approcha pour la rassurer.

– Tout va bien, Noko.

Elle lui attrapa doucement le visage pour la mettre face à elle. Ne parvenant pas à capter son regard, elle sonda son esprit. La violence des réminiscences de son amie explosa dans son crâne. Sans même réfléchir, Chilali les capta et les expédia au plus profond de sa propre conscience. Une intense douleur accompagna le processus, mais il fallait qu'elle éloigne ces événements de l'esprit de Nokomis. Du moins tant qu'elle serait en état de choc.

233

Cela fait, elle attira Nokomis contre elle jusqu'à ce que ses tremblements cessent. Quand ce fut le cas, elle laissa à son amie la décision de reculer lorsqu'elle s'en sentirait capable. Ce qu'elle fit au bout de longues minutes.

– Ça va mieux ? demanda Chilali en la libérant de ses bras.

Nokomis hocha doucement la tête en essuyant ses yeux bouffis. Il lui faudrait encore un moment avant de complètement se remettre de ce cauchemar, elle le savait. Chilali passa une main sur sa joue, lui montrant qu'elle était encore là au besoin et lui sourit.

Accroupie non loin d'elles, Samaari les observait en silence. Elle n'avait pas osé ouvrir la bouche. Une fois rassurée et certaine que Nokomis allait bien, elle dit :

– Il fallait bien que ça finisse par sortir !

Elle lui tendit une gourde. Nokomis la regarda avec suspicion.

– C'est juste de l'eau, assura Samaari. Bois, ça te fera du bien, t'as vraiment une sale mine.

CHAPITRE 10

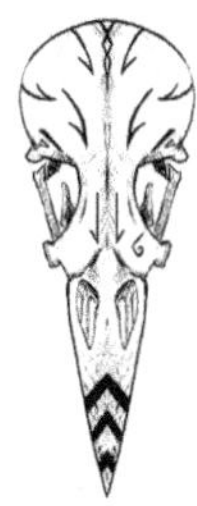

Samaari ne reproposa pas de baies à Nokomis. Elle savait ce que cela signifiait, mais la journée complète qu'elle avait perdue en attendant qu'elle se remette de sa dernière ingestion suffit à confirmer les effets néfastes du fruit sur sa part sombre. Et pour cause, le but même de ces petites baies noires ressemblant trait pour trait à des myrtilles était de combattre les entités démoniaques. Consommées en faible quantité par un organisme sain, elles permettaient de passer inaperçus auprès des créatures maudites telles que les wendigos et autres entités qui en dérivaient. En quantité trop importante, elles engendraient des hallucinations et, dans de rares cas, des crises de panique.

Samaari avait un premier temps cru que c'était cette dernière réaction qui avait terrassé Nokomis deux jours plus tôt. Mais non, il y avait fort à parier que les baies nydawinaa' étaient un poison sur un organisme corrompu comme celui de son amie. Peut-être pas mortel, bien que la paralysie partielle qui apparut dans la main de Nokomis la nuit suivant l'ingestion des baies aurait pu être inquiétante si elle avait subsisté plus longtemps. Dans tous les cas, Samaari admit qu'il ne fallait plus qu'elle consomme ces fruits pourtant essentiels à la traverse du brouillard.

– Tu es certaine qu'on peut repartir ? s'inquiéta Chilali

le matin du troisième jour quand Nokomis en fit la demande.

— On doit avancer. Ça ira.

— Il faut que tu saches que sans les baies, il risque de se passer la même chose que lors de notre première tentative d'atteindre le village, intervint Samaari.

— Je lèverai mes défenses. Et cette fois, Chilali n'est pas corrompue.

Elle se redressa en grognant. Ces foutues baies lui avaient complètement détruit l'estomac.

— On peut attendre encore un peu, insista Chilali. Samaari ira faire du repérage d'amulettes le temps que tu te remettes.

— On ne peut pas attendre, trancha Nokomis.

Elle se tourna vers le brouillard qu'elles avaient dû fuir lors de sa perte de conscience.

— Il faut que tu sois sûre de tes capacités, l'avertit Samaari. Je ne suis pas certaine qu'on puisse réellement tuer cet ours. Tu pourras seulement le repousser s'il nous trouve. Et je ne veux pas vous inquiéter, mais sans les baies, tu es comme un feu au milieu de la nuit pour lui. Pour toutes les créatures maudites qui rôdent dans le brouillard à vrai dire.

Nokomis lui lança un regard irrité. Il était évidemment hors de question qu'elle remange ces baies « protectrices ». Elle grogna de nouveau. Toutes ces histoires de créatures maudites commençaient dangereusement à jouer avec ses nerfs.

— Je sais que tu veux y aller au plus vite, dit Chilali. Mais ce n'est pas en mettant encore une fois ta vie en danger que tu résoudras tout ça.

Nokomis retint un sourire amer. Elle avait entendu cette recommandation tellement de fois qu'elle était incapable de pouvoir toutes les énumérer.

— Et pourtant, c'est ce que je vais faire, déclara-t-elle. Je marcherai en tête. Ce sera plus prudent pour tout le monde.

Elle s'approcha de Chilali.

— Je te fais entièrement confiance pour m'arrêter si je perds le contrôle.

Samaari les regarda, dubitative.

– Si on n'était pas coincées ici et que je ne voulais pas vous aider, je dirais que c'est du suicide. Mais au point où on en est…

– Samaari, tu ne sais pas de quoi elle est capable quand…

– Je sais très bien de quoi elle est capable, la coupa Samaari soudainement bien plus sérieuse. Et toi aussi. Vos pouvoirs sont tellement puissants qu'ils me donneraient mal au crâne si je ne portais pas en permanence mon amulette de protection. Je sais que Nokomis peut perdre le contrôle et nous arracher la tête en un claquement de doigts. Mais je sais aussi que toi (elle pointa son doigt vers Chilali), tu as un potentiel que tu n'exploites pas et que tu es capable de faire des choses dont tu n'as même pas conscience. Arrête d'avoir peur et de rester cachée derrière Nokomis. Tu vaux tout autant qu'elle.

Ignorant la surprise de ses amies, elle ramassa la corde qu'elle avait sortie de ses affaires, la noua autour de leur taille et déclara :

– Maintenant, prêtes ou pas, on y va. Et on prie les Anciens pour ne pas tomber sur les loups. Parce que oui, ils sont pires que l'ours.

***

La progression dans le brouillard fut bien plus difficile que ne l'avait prévue Samaari. Habituée à le traverser seule et sur le dos de Dena, elle découvrit les racines noueuses sous ses pieds, mais aussi les multiples précipices que son totem évitait lors de leurs trajets.

En plus de cela, l'ambiance de plus en plus pesante jouait dangereusement sur les nerfs de Chilali qui, bien qu'elle soit parfaitement équipée pour se défendre et survivre dans un lieu aussi hostile, sursautait au moindre bruit. Asha n'aidait en rien à calmer son angoisse. Posée sur l'épaule de Chilali, elle sifflait à chaque mouvement suspect, amplifiant par la même occasion la peur de son humaine.

De son côté, Nokomis luttait contre ses pulsions et ses

237

visions, les imperceptibles crispations de ses épaules ne pouvant tromper Samaari sur la situation.

En fin de cordée, elle pouvait aussi voir Chilali poser régulièrement une main dans le dos de Nokomis et sentir leur échange d'énergie. Bien qu'elle n'ose pas le demander, Samaari s'interrogeait souvent sur la nature exacte de leur relation.

Alors qu'elle partait une nouvelle fois dans ses suppositions à ce sujet, un rugissement s'éleva entre les arbres, figeant les trois amies.

– Noko, monte tes défenses, souffla Samaari. Peut-être qu'il ne te sentira pas.

– C'est déjà fait, grogna Nokomis.

Elle aurait voulu que sa voix soit plus agréable, mais sa difficulté à maîtriser son pouvoir l'en empêcha. La paume de Chilali rencontra son dos au même instant. Ce subtil contact la détendit, malgré la créature maudite qui rôdait non loin d'elles.

Préférant vérifier l'emplacement exact de l'ours, Nokomis ferma les yeux et, au dépit de la recommandation de Samaari, baissa ses défenses pour sonder les alentours. Elle se figea en reconnaissant la marque énergétique qui l'animait.

– Tu savais qu'il portait une amulette sur lui ? demanda-t-elle, maîtrisant au mieux sa voix pour que son amie ne se sente pas agressée.

– *Tu vas l'attirer !* s'alarma Chilali en l'obligeant mentalement à remonter sa garde et surtout à arrêter de chercher l'ours.

Nokomis se retourna, irritée qu'elle lui force la main de la sorte. Ses yeux enflammés traversèrent Chilali, qui se figea. Le contact avec l'âme de l'ours avait suffi pour allumer le feu démoniaque de Nokomis ! N'attendant pas que la colère la submerge véritablement, Chilali plaqua immédiatement sa paume sur le buste de Nokomis et envoya une puissante vague d'énergie.

Sonnée par sa réaction, Nokomis s'écroula. Elle se rattrapa à l'épaule de Chilali, délogeant Asha qui siffla d'être privée de son perchoir si brutalement.

– Les créatures de Shania n'ont pas d'amulette, répondit Samaari, ignorant complètement leur interaction. L'ours a dû récupérer celle-ci en grattant un arbre.

Elle fit une pause et fixa un point au loin.

– Mais quelque chose me dit qu'il ne nous fera plus de mal, ajouta-t-elle en désignant une masse en contrebas du sentier. Enfin, pas pour le moment.

Nokomis secoua la tête pour reprendre ses esprits.

– Pardon, ça ne devait pas être aussi violent, s'excusa Chilali en la maintenant.

– Tu as bien fait, répondit Nokomis.

Elle glissa distraitement la main sur son bras, lui indiquant qu'elle ne lui en voulait pas et se réintéressa à la découverte de Samaari.

Un vent glacial déplaça la brume qui, jusque-là, recouvrait la créature maudite. Un spectacle peu ragoûtant s'offrit alors à elles. Outre sa chair noirâtre en stade précoce de pourrissement, le plus impressionnant était l'état dans lequel la carcasse de l'ours avait été mise.

– Qu'est-ce qui lui a fait ça ? souffla Chilali en regardant Samaari s'approcher d'un morceau de l'animal complètement dissocié du reste de son corps.

Accroupie près de l'ours, Samaari écartait la chair putride à l'aide de son bâton afin de s'assurer qu'aucune gemme ne s'y trouvait, comme le sous-entendait Nokomis, quand un grondement retentit au-dessus d'elle. Elle leva doucement la tête et se figea. Elle répondit d'une voix blanche à Chilali :

– Lui.

Chilali et Nokomis relevèrent les yeux à l'unisson avant de s'immobiliser à leur tour. Face à elles se tenait un loup presque deux fois plus gros que la normale. Composé d'une brume compacte et visqueuse, sa gueule aux crocs impressionnants laissait s'échapper un brasier vert.

– Je m'en occupe, lâcha Nokomis en passant devant Chilali.

– Noko, qu'est-ce qu'il te prend ! Recule.

Samaari la retint par le bras.

– Fais-lui confiance et laisse-la faire.

Puis elle coupa la corde qui les reliait à Nokomis afin de lui permettre d'être libre de ses mouvements. Cette dernière, après une première tentative d'activer son pouvoir, fortuit, parvint à le déchaîner au second essai. Cela sans aucune retenue. Ses tatouages s'illuminèrent, libérant de puissantes flammes qui recouvrirent son corps en un claquement de doigts.

Contrairement à d'habitude, Chilali ne put endiguer le flux de pouvoir qui la liait à Nokomis. Et, même si cette fois, seule sa part maudite quittait ses forces pour rejoindre celle de son amie, Chilali sentait que quelque chose ne se passait pas correctement.

Elle se souvint alors des paroles de Samaari : « Si les baies annulent les pouvoirs des wendigos, elles ne les empêchent pas de circuler. » À l'origine, les pouvoirs maudits de Nokomis étaient conservés dans son esprit à elle, et la part des Anciens dans celui de Chilali. Au fil du temps, et sans le faire consciemment, les deux amies avaient fini par mélanger leurs flux d'énergie. Il arrivait donc que les puissances démoniaques se retrouvent dans le corps de Chilali et inversement.

De ce fait, quand Nokomis utilisait ses pouvoirs, elle ne faisait pas, ou plus, de différence entre leur source, corrompant alors temporairement la puissance des Anciens offerte par Chilali.

Mais cette fois, cela ne fonctionna pas de cette façon. Cette fois, les effets de la baie nydawinaa' se chargèrent de faire le tri. Cette fois, aucune énergie des Anciens ne rejoignit le corps de Nokomis, seul le pouvoir maudit des wendigos se détacha de l'âme de Chilali, dans une sensation particulièrement désagréable.

Prise d'un violent vertige déclenché par la séparation de ces deux flux d'énergie étroitement liés, Chilali vacilla. Samaari la retient avant qu'elle ne s'effondre.

– Laisse-lui l'accès à son pouvoir, lui dit la chamane. Il lui faut de l'énergie pure pour détruire cette amulette.

Alors que Chilali tentait de comprendre ce que Samaari lui disait, un loup, bien plus petit que le chef de meute, s'élança sur elles et les percuta de plein fouet. La faiblesse de Chilali la quitta en même temps qu'elle rencontrait le sol.

Nokomis ignora ce qu'il se passait derrière elle. La sensation de puissance que lui procurait le feu démoniaque pur qui irradiait ses veines détournait ses sens de toute empathie. L'emprise de l'aura des wendigos la poussait à chercher une proie. Une proie dont le cœur gorgé d'énergie palpitait dans la poitrine de la créature face à elle.

Libérant son pouvoir, elle se rua sur le loup. Griffes en avant, elle arma son bras, prête à lui arracher la tête. L'animal l'esquiva de peu. En riposte, il la saisit par l'avant-bras et, profitant de son élan, l'envoya contre un arbre. Nokomis se remit sur les pieds en un claquement de doigts et revint à la charge.

Bien que de la taille d'un ours, le loup gardait l'agilité que lui procurait son espèce. Il tournait autour de Nokomis, devenue subitement la proie. Ses comparses arrivaient de toutes parts, la harcelaient à tour de rôle.

Ce petit jeu énerva rapidement Nokomis. Elle saisit la queue d'un de ses adversaires qu'elle envoya contre un rocher. Le corps du loup émit un craquement sinistre. N'attendant pas de savoir s'il se relèverait, Nokomis lui sauta dessus. À l'aide de ses griffes, elle lui ouvrit la cage thoracique comme un vulgaire fruit pourri, puis en extirpa un cœur noirâtre au sein duquel brillait une pierre d'un vert léger.

Des filins visqueux suivirent le cœur pétrifié quand Nokomis le sépara de son propriétaire. Elle admira sa prise avec avidité, comme si son aura seule pouvait la nourrir de sa force, et mordit dedans à pleines dents !

La puissance du cœur maudit glissa le long de sa gorge pour ensuite remonter à travers ses veines, décuplant sa soif de sang et de violence.

Bien que choquée par le geste de son amie, Chilali fut soulagée de constater que ce soudain apport d'énergie avait stoppé la ponction de pouvoir que lui imposait Nokomis. Elle la fixait sans vraiment savoir comment réagir face au massacre qui se déroulait sous ses yeux. Car, oui, nourrie par une

puissance démoniaque aussi pure que celle qui animait ces loups, Nokomis était méconnaissable, et surtout, inarrêtable.

Il ne lui fallut pas longtemps pour réduire en charpie le reste de la meute. Cela fait, elle s'attaqua au chef des loups, qui finit dans le même état que ses comparses : un tas de chair éparpillé entre les arbres.

Son carnage terminé, Nokomis s'élança, sans grande surprise, sur le seul cœur qui battait près d'elle : Chilali.

– Chilali, attrape ! s'écria Samaari, restée en retrait.

Elle lança un sac qui atterrit au sol, déversant les baies noires qu'il contenait.

– Fais-lui manger ça !

– Quoi ?

– Il faut qu'elle en mange ! Et une bonne poignée !

– Mais...

Elle n'eut pas le temps de terminer sa phrase que Nokomis était déjà sur elle. La plaquant par terre, elle tenta de planter ses griffes sanguinolentes dans son cœur.

-Nokooooo ! C'est moi ! Stop !

Chilali plaqua sa main contre son buste pour la faire reculer, tout en envoyant des salves d'énergie de plus en plus puissantes, qui n'eurent aucun effet.

– Les baies, Chilali ! s'époumona Samaari.

Chilali grogna sous l'effort. Les baies, les baies, il fallait qu'elle arrive à les attraper déjà ! Mais elle était bloquée. Elle n'osait pas libérer sa deuxième main, celle qui empêchait Nokomis de déchiqueter la peau de sa poitrine. Et pourtant, pour atteindre les fameuses baies éparpillées près d'elle, elle devait le faire !

– Mais, viens m'aider, Samaari ! s'énerva-t-elle.

Comprenant que la chamane resterait en retrait, elle glissa ses jambes sous Nokomis et parvint, par elle ne sut quel miracle, à la repousser sur le côté. Une fois libre, elle se rua sur le sac en toile. Elle eut tout juste le temps d'attraper une poignée de fruits, de se retourner et de plaquer sa paume contre la bouche de Nokomis avant que celle-ci ne la morde. Chilali sauva ses doigts de justesse ! À l'aide de son pouvoir, elle maintint sa main contre les lèvres de Nokomis, lui bloqua le cou et pria les Anciens pour qu'elle avale les baies, de préférence sans s'étouffer.

Chilali resta ainsi de longues minutes, le temps que les fruits fassent effet. Quand enfin, ce fut le cas ! Son énergie entravée, Nokomis se mit à trembler. Chilali attendit encore un moment avant de la libérer.

Se tenant l'estomac, Nokomis roula sur le côté. Secouée par de violents spasmes, elle se pencha en avant, se crispa et finit par vomir une matière noire et visqueuse. C'est ce moment que choisit Samaari pour l'assommer d'un coup de bâton sous le regard ahuri de Chilali.

***

Nokomis ouvrit péniblement les yeux peu de temps après. Elle avait mal partout et une étrange matière froide et visqueuse la recouvrait. Du sang ? Autre chose ? Elle grogna. Qu'est-ce qu'il s'était passé ?

Tandis qu'elle cherchait à savoir comment elle avait pu terminer dans cet état, Chilali apparut dans son champ de vision et l'aida à se redresser. Son mouvement déclencha un douloureux battement à l'arrière de son crâne. Nokomis décela une petite bosse en formation sous ses doigts et en chercha l'origine.

— J'ai eu peur que les baies ne soient pas assez efficaces, dit une voix dans son dos.

Samaari se tenait droite comme un piquet, à la fois rassurée de voir son amie se réveiller, mais aussi embarrassée de l'avoir frappée.

— Au moins, tu t'es bien occupée d'eux, ajouta-t-elle en désignant les morceaux de corps éparpillés aux alentours.

Nokomis lui accorda un regard en biais. Sa bosse lui faisait un mal de chien, mais elle fut soulagée de voir qu'elle n'avait pas de blessures graves, et surtout, qu'elle n'avait tué personne. Sa vision stabilisée, elle contempla le massacre.

— C'est moi qui ai fait ça ?

— Tu étais méconnaissable, un vrai démon ! répondit Samaari avec un enthousiasme immédiatement calmé par l'air désapprobateur de Chilali. Enfin, je veux dire, tu nous as sauvé la vie !

Nokomis se tourna vers Chilali pour avoir sa version des événements.

— Le seul moment un peu tendu a été quand tu as essayé de lui arracher le cœur, précisa Samaari. On a dû utiliser les baies, et ça (elle montra son bâton de chamane) pour te neutraliser.

— Ça ira, Samaari, pas besoin de plus de détails, répliqua Nokomis qui s'inquiétait bien plus du ressenti de Chilali face à son agression que de savoir comment ses amies l'avaient empêchée de commettre le pire.

Elle blêmit quand les images lui revinrent en tête

— J'ai perdu le contrôle, souffla-t-elle. Le pouvoir de ces...

— Tout va bien, la rassura Chilali.

— J'ai failli te tuer ! s'exclama Nokomis.

— Je ne t'en veux pas, assura Chilali. Ces créatures... Ces créatures me font bien plus peur que toi.

Elle indiqua les cadavres éparpillés autour d'elles.

— Je me suis nourrie de leur pouvoir, dit Nokomis. J'étais l'une d'entre elles !

— Et tu ne l'es plus. C'est tout ce qui compte.

Chilali lui sourit. Enfin... elle tenta de lui sourire. Elle faisait bonne figure, mais elle avait eu la peur de sa vie. Encore plus lorsqu'elle avait réalisé qu'elle était incapable d'arrêter Nokomis. Cette dernière le savait. Elle posa sa main sur son bras pour la rassurer :

— Ça ne se reproduira plus, je te le promets.

Elle marqua une pause.

— *La prochaine fois, arrête-moi avant,* ajouta-t-elle. *N'écoute pas Samaari.*

Tout en disant cela, son regard glissa vers la chamane qui inspectait les cadavres à la recherche d'une potentielle amulette à détruire ou d'un quelconque ingrédient dont elle pourrait avoir l'utilité.

CHAPITRE 11

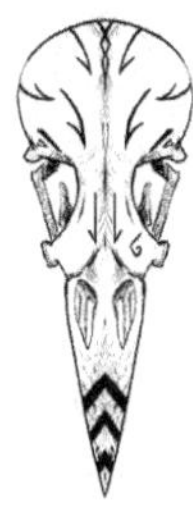

La suite du trajet se déroula sans nouvelle rencontre. Créatures maudites, animales ou humaines, il n'y avait, pour ainsi dire, pas âme qui vive dans cette partie de la forêt. Du moins pour Chilali et Samaari, car ce n'était pas le cas de Nokomis. Pour elle, la forêt était peuplée de créatures difformes, de fantômes filamenteux, de feux follets... Des hallucinations qui n'arrêtaient pas de se manifester devant ses yeux, rendant son état de plus en plus instable.

Sous le conseil de Samaari, elle avait monté ses défenses mentales à leur maximum, mais la magie de Shania restait bien trop puissante pour que son pouvoir de simple humaine, même maudite, ne rivalise avec lui. Un point que Nokomis comprenait chaque jour un peu plus et qui ne cessait de tourner dans son esprit.

Qui était Shania ? Quelle entité démoniaque vivait en elle ? Quel âge avait cet être pour parvenir à déployer une telle puissance sans que personne ne l'ait remarqué auparavant ? Et surtout sur une si grande superficie !

Alors que le trio détruisait une énième amulette maudite – composée cette fois de six âmes liées entre elles ! –, Nokomis sentit une présence effleurer la sienne. Elle se redressa et fixa un point au loin.

– Ça ne va pas ? s'inquiéta Chilali qui surveillait attentivement son état depuis sa perte de contrôle.

Nokomis lui fit signe de se taire. Cette énergie, elle la connaissait. Enfin, elle lui semblait étrangement familière. Ce qui n'avait aucun sens vu que la seule personne capable de la contacter mentalement et qui lui donnait autant de réconfort était Chilali. À moins que...

– Chilali, ce n'est pas toi qui essaies de me contacter mentalement ? demanda Nokomis, craignant que son esprit ne lui joue des tours.

– Non, ce n'est pas moi.

Elle faufila son âme auprès de celle de son amie afin de la soutenir en cas de tentative de corruption de la part de Shania. À peine eut-elle capté les pensées de Nokomis qu'elle souffla :

– Ça ne peut pas être elle. C'est impossible.

Leur échange fut bref. Bien qu'elle soit incapable de comprendre les sens de leur impulsion magique, Samaari sentit leur énergie circuler entre elles, ce qui la perturbait tout autant que cela la fascinait.

– Vous allez m'expliquer ou non ? demanda-t-elle, craignant qu'une nouvelle créature de Shania ne soit en route pour les intercepter.

– Eïka tente d'entrer en contact avec moi, répondit Nokomis.

– On n'est pas sûr que ce soit elle ! l'arrêta Chilali. C'est peut-être un piège.

– Piège ou pas, elle et Shania se trouvent au même endroit, répliqua Nokomis en baissant ses protections afin d'accueillir l'impulsion énergétique qui restait collée contre ses barrières mentales depuis qu'elle s'était accrochée à elles.

À la fois forte et fragile, l'âme se glissa tel un petit félin à l'abri de ses protections et vint se lover contre celle de Nokomis. Cette dernière, bien plus habituée à ce que des auras maléfiques entrent en contact avec elle, ne put retenir l'émotion grandir dans son cœur quand l'âme d'Eïka se blottit contre la sienne. Des larmes de joie perlèrent au coin de ses yeux. Elle se tourna vers Chilali, qui n'avait rien raté de cet échange.

– Elle va bien ?

Nokomis se concentra. Elle marqua un arrêt comme si elle cherchait à comprendre le sens d'une langue qu'elle ne parlait pas parfaitement.

– Je... Je ne sais pas. Elle a l'énergie d'Eïka, mais une autre aussi.

– Shania ?

– Non, c'est Kiso ! répondit Nokomis comme une évidence. Elle est très faible, comme s'il lui manquait quelque chose ou qu'elle était entravée. Elle va nous guider.

– Tu es certaine que ce n'est pas Shania ?

Nokomis hocha la tête.

– Si Shania est bien possédée par un wendigo, elle ne se comporterait pas de la sorte. Elle n'aurait pas peur comme Kiso en ce moment.

– Shania est très douée pour manipuler les gens, rappela Samaari.

Nokomis lui lança un regard noir. Elle qui lui avait appris à discerner les énergies lui reprochait maintenant de ne pas reconnaître celle de l'andiiyoh'aako de sa propre fille ? Sentant que le pouvoir démoniaque de Nokomis prenait le pas sur le reste, Chilali posa sa main sur son bras et lui envoya une subtile vague d'apaisement, faisant redescendre sa colère naissante.

– Comme tu l'as dit, elle et Shania sont au même endroit, dit-elle en plus de son action. N'ouvre juste pas trop vite ton esprit.

Comprenant le message de ses amies, Nokomis hocha la tête et détacha doucement l'âme qui se présentait comme étant celle de Kiso, puis elle la déposa à la limite de ses protections mentales. Comme si l'intruse avait compris la raison de cet isolement, elle se laissa faire et resta docilement à la frontière de l'esprit de Nokomis.

Chilali assista une nouvelle fois à ces mouvements d'énergie. N'osant pas intervenir, elle laissa Nokomis gérer la situation, non sans surveiller la petite boule lumineuse voletant à la limite de leur pouvoir commun.

***

Suite à cette rencontre, l'esprit de Nokomis fut étrangement plus apaisé. C'était comme si la présence de Kiso – car c'était bel et bien l'andiiyoh'aako d'Eïka qui l'avait contactée –, éloignait la noirceur que la forêt insinuait en elle. À moins que ce ne soit l'élimination des dernières amulettes ?

– C'était la dernière ! déclara Samaari en jetant l'artefact au sol. Enfin, la dernière sur le chemin.

En effet, la forêt maudite regorgeait d'amulettes cachées çà et là. Samaari et ses amies avaient uniquement détruit celles posées par la jeune chamane ainsi que les amulettes dont elle avait capté l'énergie pendant leur traversée afin de diminuer l'emprise de Shania sur leur secteur.

– Et maintenant ? demanda Chilali.

– On continue par là et on prie les Anciens pour que Shania nous laisse passer.

– Et c'est tout ?

– Et c'est tout.

Chilali se tourna vers Nokomis qui était, encore une fois, perdue dans ses pensées, puis ajouta :

– On ne va pas arriver dans le village comme des fleurs et exiger de récupérer Ayana et Eïka, alors que Shania nous surveille depuis des jours.

– On n'aura pas à entrer dans le village, déclara froidement Nokomis.

Elle fixait un point entre les arbres. Asha, qui avait vu avant tout le monde ce qui attirait son regard, poussa un cri enjoué quand Ayana et Eïka apparurent au loin.

– Ne me dis pas que..., commença Chilali.

– Je n'y suis pour rien, la coupa Nokomis. Kiso a pris les devants pour nous rejoindre.

Ayana et Eïka étaient presque à leur hauteur quand Samaari retint Nokomis.

– Shania ne les aurait jamais laissées partir si facilement. Ayana ! Arrête-toi ! dit-elle plus fort en faisant reculer Nokomis.

– Mais qu'est-ce que tu...

– Regarde-les bien, dit Samaari en pointant les deux nouvelles venues du doigt.

Nokomis s'exécuta et remarqua la démarche titubante d'Ayana qu'Eïka semblait traîner derrière elle.

– Elle est blessée...

– Non. Elle est possédée, rectifia Samaari.

– Noko, il faut rester prudente, intervint Chilali qui n'était en aucun cas rassurée par la facilité de cette libération.

Son intuition fut confirmée quand une flèchette se planta dans l'épaule de Nokomis. Le liquide noir dont la pointe avait été enduite gicla sur son visage. Par réflexe, Nokomis retira la flèchette. Mais il était trop tard. Le poison circulait déjà dans ses veines, tétanisant les muscles de son épaule avant de descendre le long de son bras.

Tandis que Nokomis enclenchait son pouvoir pour repousser la propagation du poison, une seconde fléchette vint se ficher dans sa cuisse. Comme précédemment, ses muscles se contractèrent en quelques battements de cœur, la faisant s'effondrer au sol.

Chilali se précipita pour l'aider à se relever, mais Samaari l'intercepta, empêchant une flèche de lui traverser le flanc.

– *Sama, ma chérie, te voilà enfin...*

La voix de Shania résonna entre les arbres sans que sa présence physique ne soit décelable.

– *Tu m'as déçue par le passé. Mais sache qu'à présent, tout t'est pardonné,* reprit la chamane.

Samaari vacilla. Une pression soudaine écrasa son crâne. Elle réalisa alors qu'elle était la seule à entendre sa mère.

– Chilali, il faut partir, dit-elle en panique.

– On ne peut pas la laisser là ! rétorqua Chilali en passant le bras de Nokomis par-dessus son épaule.

Cette dernière, à demi consciente, glissa entre ses mains.

– Aide-moi ! s'exclama-t-elle en se démenant avec le

corps inerte de Nokomis dont les tatouages laissaient échapper de faibles flammèches vertes.

– *Reviens à moi, Samaari...*

La pression dans le crâne de Samaari se fit plus forte. Elles devaient partir. Maintenant.

D'un sifflement bref, Samaari appela Dena. Chilali tenta de faire monter Nokomis sur le dos de la biche quand une flèche se planta à ses pieds. Une fumée noirâtre s'éleva de la poche enflammée attachée au fût du projectile. Chilali retint un cri. La fumée venait de fondre sur elle tel un serpent ! À son contact, l'inquiétante entité se rétracta en sifflant.

La volute de fumée vibra, prit une consistance plus visqueuse puis se détourna d'elle et s'enroula autour du mollet de Nokomis qui échappait à la prise de Chilali. Impuissante, cette dernière regarda le corps de son amie disparaître sous l'étrange brume.

– Nokoooo !

Elle plongea en avant pour la rattraper. Samaari l'arrêta en lui saisissant le bras et la tira vers Dena.

– On ne peut plus rien pour elle, monte.

– Quoi ?

– Monte, je te dis !

Chilali se dégagea. Elle n'abandonnerait pas Nokomis !

– Monte ! insista Samaari.

Elle porta de nouveau une main à son front quand la voix de Shania tonna dans son esprit :

– *Débarrasse-toi d'elle ! Elle n'est d'aucune utilité.*

Samaari secoua la tête.

– Non, je ne peux pas...

– *Tu veux encore me décevoir ?*

Une étrange sensation remonta le long de son dos.

– Chilali, pars ! répéta-t-elle en la rattrapant une nouvelle fois par le bras.

– Je ne peux pas ! s'exclama Chilali en se retournant.

Elle se figea en découvrant le visage de son amie. Les yeux enflammés d'une effrayante lueur verte, des filins recouvrant son corps, elle était méconnaissable.

– Monte sur Dena et pars..., l'implora Samaari tandis

que Shania prenait peu à peu possession d'elle.

Elle ne put rien dire de plus, les filins noirs qui la recouvraient pénétrèrent sa peau comme un seul être, libérant des flammes vertes qui englobèrent entièrement le corps de la pauvre chamane.

Au même instant, Dena émit un cri bref et s'écroula au sol. Le pouvoir qui l'animait quelques secondes plus tôt s'évapora par ses orbites désormais vides tandis que son corps se liquéfiait. En un claquement de doigts, il ne restait du totem de Samaari plus qu'un tas d'os parsemé de morceaux de chair noirâtre en putréfaction.

Pétrifiée par cette vision de cauchemar, Chilali ne réalisa pas tout de suite que la brume noire invoquée par la flèche recouvrait à présent l'entièreté de la forêt. Le sol n'était visible qu'autour de ses pieds. Un pas la séparait de ce brouillard brûlant, comme si celui-ci n'osait pas l'approcher.

Son attention fut attirée par un cri rauque émis par Samaari, ou du moins par ce qu'il restait d'elle, car çà et là, sa peau s'était dissoute, laissant apparaître sa chair par des plaies suintantes.

– Pardonne-moi, souffla Samaari avant que son visage ne soit à son tour contaminé par la nécrose.

Puis elle s'élança sur Chilali qui n'eut d'autre réflexe que de croiser ses bras devant elle. Samaari la manqua de peu ! Uniquement grâce à l'intervention d'Asha qui, comprenant que son humaine ne bougerait pas, avait fondu sur Samaari.

Bien que son action ne soit relativement pas très efficace, elle permit à Chilali de réaliser ce qu'il se passait. Dégainant son tomahawk, elle se mit en position défensive, non sans projeter son esprit à la recherche de Nokomis qui restait introuvable.

Samaari la fit revenir à l'instant présent en la percutant de plein fouet. Les deux adversaires tombèrent au sol droit sur une volute de brume qui fuit le contact de Chilali. Si elle n'avait pas été occupée à se battre, cette dernière aurait pu entendre les cris stridents de la créature visqueuse à son approche.

Mais Chilali n'avait pas le temps de s'inquiéter d'antiques entités effrayées par son aura. Pour l'heure, elle tâchait d'éloigner les dents de Samaari qui cherchait à lui déchiqueter la gorge. Posant les mains sur son visage, Chilali maintint la tête de la chamane à une distance raisonnable, sans pour autant faire quoi que ce soit d'autre.

– Samaari ! Tu m'entends ? tenta-t-elle sans trop de conviction.

Les deux trous enflammés que formaient désormais les yeux de la jeune femme lui firent comprendre qu'il était vain d'employer cette stratégie pour faire fuir Shania. Chilali ne voulait pas lui faire de mal. Elle utilisa la seconde méthode qui s'offrait à elle. Puisant dans son énergie, elle élabora une barrière défensive autour de son esprit. Sans même savoir si cela fonctionnerait, elle projeta ensuite son pouvoir vers celui de Samaari. Tout en faisant cela, elle chercha l'aura de Nokomis... et capta un faible signal au loin !

Les liens visqueux qui glissèrent autour de sa gorge lui firent perdre la connexion. Se serrant un peu plus à chacune de ses respirations, ils lui coupèrent rapidement le souffle. Ressentant la douleur et la peur de Chilali, Asha siffla. Elle tomba en piqué sur Samaari et planta ses griffes dans son crâne. Son intervention n'eut pas plus de succès que la précédente, mais eut au moins le mérite de faire reculer les dents de la chamane du cou de son humaine.

Sentant son souffle lui manquer, Chilali se concentra sur son action. Par le biais de ses mains solidement collées à ses tempes, elle plongea dans l'esprit de Samaari. La connexion fut brutale. Encore plus que lors de ses premières tentatives de lien avec Nokomis, car cette fois, elle ressentait la puissance ancestrale qui habitait la faible enveloppe terrestre de Samaari. La puissance des milliers d'âmes que la chamane – le wendigo ! – avait ajoutée à ses forces depuis sa naissance il y avait de cela des centaines de générations.

Chilali emmagasina une nouvelle vague d'énergie des Anciens et fit grossir son aura. Elle n'avait aucune idée de ce qu'elle s'apprêtait à faire, mais espérait au plus profond d'elle que cela fonctionnerait. Tandis que son pouvoir augmentait, elle extirpa un peu de la force démoniaque de Nokomis, que l'action paralysante des baies avait scellée dans son propre esprit, puis elle la redirigea contre les barrières visqueuses que formait le pouvoir de Shania.

Tel un aigle fondant sur sa proie, Chilali percuta la protection démoniaque, qui vola en éclats... et se referma au moment où elle la traversa.

Mais elle y était ! Chilali avait percé les défenses montées par Shania autour de l'esprit de sa marionnette. Ballottée dans une tempête perpétuelle, son âme se fraya un chemin jusqu'au cœur de celle de Samaari. Une brume sombre remplissait l'endroit. Comme précédemment, elle fuit à l'approche de l'énergie bleutée de l'aura de Chilali. Malgré tout, Shania, elle, n'en demeura pas moins particulièrement violente envers cette intruse. Envoyant décharge énergétique sur décharge énergétique, elle ne put que ralentir la progression de Chilali, sans toutefois l'arrêter.

À présent au plus près de l'âme de Samaari, Chilali accéléra. Elle ne devait pas céder ! Déployant ce qui lui restait de pouvoir, elle engloba la frêle aura de son amie afin de la protéger des assauts de Shania.

– Samaari ! C'est moi !

Elle avait crié cette phrase. Passer par la pensée lui aurait demandé bien trop de temps, de concentration et surtout d'énergie qu'elle n'avait pas à sa disposition.

– Samaari !

Ce second appel fit mouche. L'âme de la chamane vibra comme si on l'avait aspergée d'eau froide. En écho, Chilali lui envoya une vague de pouvoir. La plus puissante qu'elle put. Cela dans l'unique but de restaurer l'influence des Anciens qui vivait au cœur de l'énergie de Samaari et que Shania avait asséchée comme une rivière en période de canicule.

Le résultat fut immédiat. Samaari se cambra, aspirant le pouvoir offert par Chilali. Un éclat illumina ses yeux qui libérèrent les flammes azurées caractéristiques de la magie des Anciens. Celle-ci inonda tout l'être de Samaari, repoussant la noirceur incrustée par les multiples rituels de Shania et que la purification de Chenoa n'avait pas pu éliminer correctement.

Chilali soutint son amie durant tout le processus, ne lâchant pas son visage, laissant le feu sacré assainir son être. Il ne fallut que quelques minutes pour qu'enfin le brasier s'éteigne, libérant les deux femmes, à bout de souffle.

Un cercle de jeunes pousses s'était formé à leurs pieds, apportant un semblant de vie dans cet environnement mort et froid abandonné par la brume. La forêt, elle, était devenue étrangement calme et vierge de toute corruption, comme si rien de toute cette violence ne s'était produit précédemment.

Les yeux de Samaari s'attardèrent autour d'elle tandis qu'elle reprenait ses esprits et s'accrochèrent à une tache immaculée au milieu de l'éclat verdoyant de la végétation.

Ce crâne, ces os... Samaari se figea.

Encore sous le choc de ce qu'elle venait de vivre, elle ne réalisa pas tout de suite ce que Shania avait fait subir à son totem. Que sa possession lui avait, indirectement, coûté la vie ! Quand les informations s'assemblèrent dans son esprit, elle tendit la main vers le crâne de Dena. Une larme glissa sur sa joue. Puis une seconde. Ses doigts restèrent suspendus un moment au-dessus du crâne de son totem avant qu'elle ne laisse éclater sa tristesse.

Chilali l'attira contre elle, se demandant si elle avait bien fait de sauver la vie de son amie. Encore plus en sachant que Samaari devrait apprendre à vivre sans son totem.

CHAPITRE 12

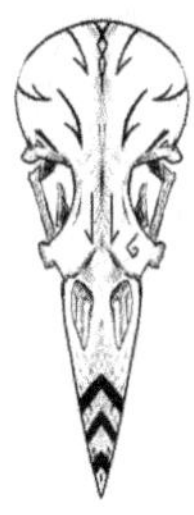

Quand Nokomis se réveilla, ses muscles étaient encore endoloris par le poison. Elle tenta de se redresser, sans succès. Mue par la frustration de s'être fait avoir aussi facilement et par son incapacité à bouger, elle jura plusieurs fois, maudissant les Anciens pour leur manie à jouer avec elle de la sorte.

— Ne t'agite pas comme ça.

Elle leva les yeux et croisa le regard froid d'une femme au visage scarifié. Son totem, un opossum au masque fendu, lui grogna dessus.

— Doucement, Taka, dit la femme en glissant ses doigts entre les poils hirsutes de son partenaire.

Elle figea son geste et tourna la tête, comme si quelqu'un l'avait appelée. Elle attendit un court instant puis posa sa préparation et se leva. Deux femmes émergèrent de l'ombre de la pièce pour saisir Nokomis et la traîner à l'extérieur.

Nokomis aurait voulu se débattre, mais la dose de poison qui parcourait son corps était encore bien trop forte pour qu'elle puisse faire quoi que ce soit d'autre que de respirer. Elle se laissa donc mener tel un vulgaire sac de grains.

Pénétrant dans la hutte qui trônait au centre du village, ses geôlières la jetèrent sans ménagement au pied d'une estrade sur laquelle se tenait une femme d'une quarantaine d'années. Peut-être moins ? Ou plus ? Ses traits comme figés par le temps ne permettaient de le déterminer.

À sa droite, une autre femme, plus jeune, attendait patiemment. Son visage était tatoué des mêmes symboles et scarifications complexes que celui de Samaari. Un rapace à la tête rouge, au cou dégarni et au plumage noir la surplombait, observant Nokomis d'un œil à l'étrange lueur cyan.

Shania toisait son invitée avec détachement quand un sourire chaleureux étira ses lèvres :

— Aaaah ! Il ne manquait plus que vous ! dit-elle d'une voix enjouée. Approche, Hyua.

Obéissante, Hyua la rejoignit sur l'estrade. Dans son sillage se trouvaient Eïka et Ayana. Nokomis ne put s'empêcher de lancer un regard empli de colère en direction Shania en les voyant.

— Qu'est-ce que tu leur as fait ? gronda-t-elle.

Shania remercia ses guerrières et les congédia, ne gardant à ses côtés que ses deux chamanes et leurs totems.

— Je leur ai offert un lieu de vie et une protection contre la noirceur de la forêt, dit-elle en se réintéressant à sa prisonnière.

— Tu n'es pas celle que tu prétends être, grogna Nokomis en essayant une nouvelle fois de défaire ses liens. Je sais que tu es responsable de ce qui hante la forêt.

Sa tentative désespérée de se libérer et la colère qui habitait les traits de sa captive amusèrent Shania. Elle descendit de son estrade pour la rejoindre et s'accroupit face à Nokomis qui était enfin parvenue à se mettre à genoux.

Shania l'observa un instant de son regard à la fois doux et cruel dans lequel s'éveillait de temps à autre une flammèche verte immédiatement étouffée par la noirceur de ses pupilles. Nokomis ne put retenir un frisson quand elle capta la puissance de son interlocutrice. Ses yeux sans âge en disaient long sur son vécu.

Avec une lenteur et une étrange délicatesse, Shania porta une main à la joue de Nokomis. Elle laissa glisser son doigt le long de sa mâchoire sans jamais quitter ses yeux du regard, comme si elle désirait la sonder au plus profond de son âme.

Un frisson incontrôlable traversa le corps de Nokomis. Elle aurait voulu que ce soient les effets du poison qui s'estompaient dans ses veines, mais non, c'était bien une réaction involontaire face à l'aura de puissance qu'elle ressentait par ce subtil contact.

— Depuis combien de temps es-tu sur ces terres ? souffla Nokomis, comprenant qu'elle n'avait pas affaire à un wendigo ordinaire.

— Pourquoi me demander une chose que tu sais déjà ? répondit la chamane avec une douceur qui contrastait bien trop avec la violence qui s'éveillait dans ses pupilles.

Elle laissa échapper un faible flux de pouvoir. Une étrange sensation de froid envahit le corps de Nokomis. Son andiiyoh'aako se manifesta et la repoussa immédiatement. Cette réaction étira les lèvres de Shania qui passa son doigt sous le menton de Nokomis pour lui faire relever le visage.

À présent à quelques centimètres de Nokomis, elle avait adopté une attitude de prédateur s'amusant avec sa proie.

— Tu ne vas quand même pas m'obliger à le dire ?

Comme hypnotisée par l'aura démoniaque qui émanait de la chamane, Nokomis parvenait difficilement à rester concentrée, et surtout, à mettre ses idées en place. Elle trouva subitement cette femme particulièrement attirante. Elle en oublia presque l'existence d'Ayana, pourtant à quelques pas d'elle. Puis, comme si une force invisible le lui avait extirpé de l'esprit, elle murmura :

— Yakhandiiyo'Stontaka.

Le wendigo ancestral ! Celui-là même qui, des générations avant la naissance de Nokomis, avait passé un pacte avec l'un de ses aïeuls, lui faisant promettre de lui offrir la première descendante de sexe féminin de sa lignée afin que son frère soit sauvé de la mort. Ce que l'ancêtre de Nokomis avait accepté sans hésiter et surtout sans réfléchir aux conséquences que cela engendrerait sur cette descendante qu'il ne connaîtrait jamais.

La réponse parut plaire au démon qui laissa échapper quelques bribes de pouvoir à travers le corps de Nokomis, qui tressaillit de nouveau sous sa puissance.

– Tu vois, quand tu veux, susurra Shania. Et j'ai bien fait de choisir cette pauvre âme qu'était ton aïeul. Je n'aurais pu rêver meilleur présent que toi.

Elle la regarda encore un moment comme si elle allait la dévorer sur place. Nokomis crut discerner un crâne de cerf se matérialiser autour du visage de Shania. Elle eut un mouvement de recul. Non, ce crâne n'existait pas. Ça ne pouvait être que son propre pouvoir – ou l'entrave soudaine de ce dernier ! – qui lui jouait des tours.

Alors que le regard hypnotique de Shania continuait de sonder l'âme de Nokomis, la chamane releva subitement la tête, brisant l'étrange sensation qui paralysait sa prisonnière jusque-là, et s'adressa à Hyua :

– Va t'occuper de ta sœur, dit-elle. Elle n'a visiblement pas compris qu'elle n'était plus la bienvenue ici. Et toi, amène ces deux-là pour occuper l'autre, ajouta-t-elle à l'adresse d'Izusa.

Les deux chamanes opinèrent du chef d'une façon bien trop synchronisée pour que cela soit normal et sortirent, Eïka et Ayana devant elles.

Shania les suivit du regard en caressant la pierre noire qui ornait son cou puis se réintéressa à Nokomis. Elle reprit, comme si personne ne les avait interrompues :

– Nous avons l'éternité pour apprendre à nous connaître. Mais avant, il faut que je m'occupe de certaines choses avec toi.

Elle se leva, plaça la main sur le front de Nokomis et projeta une puissante vague de pouvoir démoniaque contre son andiiyoh'aako.

CHAPITRE 13

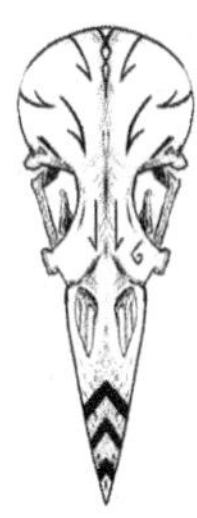

Chilali traversa le village sans accorder le moindre regard aux femmes qui la dévisageaient. Samaari sur les talons et Asha au-dessus d'elle, elle était bien déterminée à sauver ses amies. Les pulsations d'énergie qu'elle avait senties autour de l'âme de Nokomis lui ayant fait comprendre l'urgence de la situation, elle n'avait pas hésité à venir sur-le-champ.

Tandis qu'elle suivait le faible signal émis par son amie en proie à des forces bien supérieures aux leurs, un groupe de femmes sortit de la hutte vers laquelle ses sens la guidaient.

– Sama, fais demi-tour, ordonna Hyua, d'une voix étrangement déformée.

Encore secouée par la mort de Dena, Samaari s'arrêta. Elle savait que cette femme n'était plus sa sœur. Depuis longtemps. Qu'aucune de ces femmes n'était ses sœurs ni ne lui voulait du bien ! Contrairement à ce que lui avait toujours affirmé Shania.

Non.

Chacune de ces femmes était une particule du pouvoir de Shania. Des âmes qu'elle utilisait à sa guise afin d'en attirer de nouvelles et ainsi accroître, au fil des générations, sa puissance et son emprise sur la forêt. Cette puissance qui lui permettrait de retrouver celle qu'on lui avait promise des siècles auparavant : Nokomis.

Tout ça, Samaari le savait. Depuis longtemps. Depuis le jour où Shania avait percé les faibles barrières de son esprit pour y déposer une graine de pouvoir. Depuis le jour où elle l'avait incluse dans le cercle restreint de ce clan. Depuis le jour où elle lui avait fait croire qu'elle avait la capacité unique à sonder les énergies des êtres vivants avec une précision déroutante. Elle n'avait que six ans. À peine plus qu'Eïka, mais déjà bien assez pour permettre au wendigo de doucement parasiter son cerveau.

Elle aurait pu finir en marionnette, comme toutes ces femmes qu'elle avait côtoyées depuis son enfance. Celles que Shania faisait passer pour sa famille. Ces coquilles vides, que l'aura maudite de la chamane avait rongées jusqu'à ce qu'elles ne soient plus que de vulgaires pantins à animer. L'appât idéal pour de nouvelles proies. Mais ce n'était pas le cas. Simplement parce que le plan n'aurait pas marché si toutes les couleuvres avaient été des marionnettes sans âme. Samaari était restée dotée de sa volonté propre. La seule dans son village. Elle avait toujours été l'élément parfait pour tenir ce rôle. De par son jeune âge, elle était encore assez malléable, influençable. C'était sans compter sa rencontre « fortuite » avec Nokomis. Le *présent* de Shania. Cette rencontre qui avait changé sa vie.

À moins que ce ne soit le geste de Chilali, quelques heures plus tôt ? Chilali était parvenue à détruire le parasite qui lui faisait effectuer des actions qu'elle n'aurait jamais réalisées d'elle-même. Par ce geste, elle lui avait ouvert les yeux. Elle lui avait montré que cette petite voix, qu'elle avait cru être sa conscience, était celle de Shania ! Ou plutôt celle du wendigo ancestral qui cherchait à la pervertir afin qu'elle soit la guide idéale pour lui ramener Nokomis. Cette promesse vieille de plusieurs générations. Promesse que Shania, ou Yakhandiiyo'Stontaka, avait captée dès le jour de sa naissance, mais que les Anciens avaient cachée à ses sens jusqu'à aujourd'hui. Sa future femme avec qui il coloniserait la Terre des Anciens et plus encore !

Samaari frissonna. Toutes ces pensées étaient subitement montées en elle, comme si des entités supérieures tentaient de lui montrer qu'elle avait les réponses sous son nez depuis le début. Que depuis qu'elle avait rencontré Nokomis, elle aurait pu empêcher tout ça ! Se sauver avec elle. La sauver.

– Laissez-nous entrer ! exigea Chilali avec une assurance qui l'étonna elle-même et qui sortit Samaari de sa réflexion.

– *Rentre chez toi. Ta fille t'attend, il serait dommage qu'elle ne retrouve pas sa mère.*

La voix de Shania avait résonné dans son esprit aussi clairement que si Nokomis s'était adressée à elle.

– Vous allez nous laisser entrer dans cette hutte, répéta Chilali en ignorant la menace.

Puis elle monta ses défenses. Mais pas complètement. Elle voulait rester en contact avec l'âme de Nokomis que la force du wendigo ancestral tentait de corrompre et que Chilali maintenait en sécurité depuis plusieurs minutes déjà.

Réalisant qu'elle ne reculerait pas, les chamanes éclatèrent de rire à l'unisson. Un rire sinistre qui se répercuta comme une vague à l'entièreté des couleuvres. La puissance de l'énergie qui connectait toutes ces femmes fit vibrer l'air.

Puis, une première guerrière s'élança. En aucun cas prête à céder, Chilali dégaina son tomahawk. Esquivant la lance qui frôla sa joue, elle se mit en position et riposta. Elle appliqua tout ce que Nokomis avait pu lui apprendre ces dernières années afin d'éliminer, sans difficulté, le pantin de Shania. Cela fait, elle se tourna vers les deux chamanes et leur indiqua qu'elle ne bougerait pas.

Un rictus mauvais anima leurs traits. Toujours avec cette même effrayante synchronicité. Puis, toutes deux s'écartèrent. Une femme armée d'un poignard se rua sur Chilali, qui para le coup. Elle se figea en la reconnaissant.

– Ayana ?

Ayana s'étala au sol. Elle se releva et revint à la charge dans une démarche saccadée, une rage qui ne lui ressemblait pas sur le visage. De nouveau, Chilali la repoussa. Puis encore une fois. Ce manège dura un bon moment, Ayana ne laissant aucun répit à son amie qui, désemparée par la violence de ses coups, ne savait comment agir pour la neutraliser.

— Utilise ton pouvoir, s'écria Samaari.

Chilali capta l'information sans réellement la comprendre. Son pouvoir ? Pourquoi ?

— C'est Shania qui la dirige, ajouta Samaari, qu'une guerrière venait de saisir. Bloque-lui l'accès !

Évitant de justesse la lame d'Ayana, Chilali attendit l'occasion parfaite et s'exécuta. Elle posa la main sur la poitrine de la guérisseuse et envoya un vague de pouvoir... sans effet.

Shania était parvenue à lui barrer l'accès à sa propre source de pouvoir ! À moins que ce ne soit une action de Nokomis elle-même ? Chilali n'eut pas le temps d'aller au bout de son questionnement, Ayana lui lacéra la joue d'un coup de poignard. Coup qui lui aurait tranché la gorge si Chilali n'avait pas eu le réflexe de reculer.

Se remettant en position défensive, Chilali sonda l'accès au pouvoir de l'andiiyoh'aako de Nokomis... qu'elle trouva grand ouvert !

— *C'est frustrant, n'est-ce pas ?* susurra la voix de Shania à son oreille.

Chilali ferma son esprit. Il ne fallait pas qu'elle se laisse déstabiliser par le wendigo. Surtout que ce dernier semblait s'amuser à la voir affronter Ayana tout en se débattant contre sa propre conscience.

Un cri attira son attention sur sa droite. En proie à plusieurs couleuvres, Samaari était à terre. Elle roula sur le côté pour éviter un coup de talon qui visait sa tête. Laissant Ayana derrière elle, Chilali s'élança vers le groupe et heurta la femme qui s'en prenait à Samaari. Elle en éloigna une seconde, puis une troisième, tout en s'assurant que son amie se relève. Dans un mouvement parfaitement exécuté, que Nokomis lui avait appris quelques années plus tôt, elle désarma l'une des guerrières, récupéra la lance avant qu'elle ne touche le sol et l'envoya à Samaari qui l'attrapa maladroitement.

— On ne devrait pas plutôt s'occuper de Shania ? couina-t-elle.

— C'est pas ce qu'on fait ?

Chilali repoussa d'un coup de talon une nouvelle opposante trop proche à son goût.

– Vise les jambes ! ajouta-t-elle. Elles tiennent à peine debout.

En effet, leurs adversaires ne se déplaçaient et n'agissaient en aucun cas comme des êtres doués de conscience. Leurs mouvements saccadés et aléatoires indiquaient même que Shania n'avait pas prévu la possibilité de devoir animer tous ses pantins en même temps.

Comme si elle avait capté ces pensées, la chamane envoya une nouvelle pulsation d'énergie qui bloqua la respiration des deux amies le temps d'un battement de cœur. Un groupe de femmes s'écroula. Au même moment, une désagréable sensation de brûlure remonta le long de la colonne de Chilali puis traversa son crâne avant de se dissiper.

– Elle rassemble ses forces ! s'exclama-t-elle. Il faut aller libérer Noko !

Repoussant une couleuvre dont la peau commençait à se détacher de façon particulièrement dérangeante, elle saisit le bras de Samaari et l'attira dans son sillage. Asha les accompagna par le ciel, crevant les yeux des femmes qui cherchaient à les arrêter. Elle remonta en flèche lorsque ses serres manquèrent de prendre ceux d'Ayana.

Cette fois, Chilali n'hésita pas : elle écarta son amie d'un coup d'épaule, espérant l'éloigner par ce geste du chaos qui se formait à l'entrée de la hutte de Shania, puis accéléra sa course.

Éliminant les pantins maudits qui s'interposaient entre elles et sa cible, Chilali continua sa route avec détermination. Derrière elle, Samaari faisait un travail remarquable de déblaiement. Contre toute attente, elle savait utiliser son arme. Et pas qu'un peu ! Sa lance tournoyait autour d'elle, fauchant les jambes de leurs poursuivantes, renversant celles qui arrivaient d'un pas désordonné.

Profitant de son soutien, Chilali accéléra. C'est ce moment que choisit Hyua pour s'interposer. D'un coup de hache, Chilali lui fait sauter la mâchoire. Effectuant un pas sur le côté, elle prit appui sur un banc afin de prendre de la hauteur et réduire en miettes l'épaule d'Izusa d'une puissante frappe. Son totem laissa échapper un cri strident en écho à celui de son humaine.

Alors que Chilali se réceptionnait, elle fut accueillie par Hyua qui, mâchoire pendante, tenta de lui lacérer la peau avec son poignard de cérémonie. Elle fut interceptée par la lance de Samaari qui, lui traversant la poitrine, l'épingla contre la hutte. Sans même un regard vers sa sœur, la jeune chamane attrapa la main de Chilali pour la traîner à l'intérieur de l'habitation.

À peine eut-elle passé la porte que Chilali s'élança vers Shania dont la paume était toujours collée au front de Nokomis.

— Enlève tes sales pattes d'elle !

Elle accéléra et leva son arme, prête à l'abattre. Sa course fut stoppée net quand, d'un simple geste de Shania, le temps se figea. Une douleur sourde s'éleva dans la poitrine de Chilali qui peinait à respirer.

Bras toujours tendu dans sa direction, Shania resta un instant silencieuse. Puis, elle releva la tête vers sa nouvelle captive. Son visage, à moitié décharné, laissait apparaître une partie de son crâne étrangement déformé à la base de sa mâchoire.

Elle agita les doigts. Une force invisible souleva Chilali de terre pour la porter à la chamane. Sans rompre le contact avec Nokomis, dont les yeux étaient révulsés, Shania observa attentivement Chilali.

— C'est donc toi la gardienne que les Anciens ont envoyée pour la *protéger* de moi ?

Elle tendit la main, mais l'arrêta à quelques centimètres de la peau de Chilali, comme si elle n'osait pas la toucher et l'étudia de nouveau. On aurait cru qu'elle cherchait à sonder la moindre parcelle de son être. Détaillant avec attention ses traits, sa corpulence mais aussi son aura, qui vibrait quand la force du wendigo l'effleurait de ses sens.

— Il n'y a pas à dire, ils ont fait du bon travail, dit-elle. Même si ton pouvoir découle entièrement de ton amie, ta capacité à l'exploiter dépasse l'entendement.

D'un nouveau mouvement de doigts, elle augmenta la pression sur la poitrine de Chilali qui déployait toutes ses ressources pour la repousser.

– Malheureusement pour toi, tu n'es pas à la hauteur pour m'affronter, annonça Shania, ravie de la voir lutter de la sorte. Tu ne le seras jamais.

Elle marqua une pause pour fixer un point derrière sa prisonnière.

– Tout comme toi, ma chère Sama.

Samaari, figée sur place par le pouvoir du wendigo, regardait la scène avec désespoir. Elle tentait de repousser les forces démoniaques de sa mère. De tout son être. Sans succès.

– Avoir un potentiel ne fait pas tout, soupira Shania. Vos énergies rejoindront celles des milliers d'âmes qui alimentent mon pouvoir.

Ses yeux glissèrent vers Nokomis qui s'agitait sous sa main. Ses tatouages luisirent avant de s'éteindre.

– Doucement..., susurra la chamane. Je reviens à toi dans quelques instants.

Elle esquissa un sourire, sans remarquer que la pierre noire à son cou pulsait à son tour d'une faible lueur verdâtre, puis se réintéressa à Chilali qui commençait à vraiment manquer d'air.

Shania releva la main pour la faire s'élever davantage et lâcha trois mots, invoquant un mur de flammes vertes autour d'elles, puis elle entama une incantation. Parlant lentement dans un premier temps, elle accéléra son débit jusqu'à n'émettre qu'un son presque continu.

Plus les mots s'accéléraient, plus la pression sur l'âme de Chilali augmentait. Shania cherchait à pénétrer ses défenses, mais elle tenait bon. Elle réussit même à la repousser un court instant. La chamane manifesta son mécontentement en appuyant davantage sur sa barrière énergétique, mais peu à peu, elle parvint à la ronger. Non sans peine. Nokomis le ressentit. Se concentrant au mieux, elle accumula donc ses forces, puisant dans le fin filet bleuté qui la liait en permanence à Chilali. Ce pouvoir pur des Anciens était faible, mais bien présent ! Parfaitement utilisé, il serait efficace.

Elle attendit alors. Elle attendit que le combat mental entre Chilali et Shania soit à son paroxysme. Puis, elle libéra la puissance des Anciens.

Les flammes bleutées explosèrent telle une éruption dans ses veines. La violente brûlure qu'elles laissaient sur leur sillage remonta jusqu'à son crâne et attaqua la main de Shania qui, surprise, recula d'un pas. Son geste coupa instantanément le lien entre elle et Nokomis, mais également l'entrave qu'elle exerçait sur la hutte.

Chilali tomba au sol. Samaari, jusque-là entravée à la porte de la hutte, reprit son souffle comme si elle venait de séjourner sous l'eau. Nokomis, quant à elle, vacilla mais se ressaisit rapidement. Elle devait rester concentrée ! Stoppant l'afflux du pouvoir des Anciens, elle le redirigea vers Chilali, qui toussa plusieurs fois avant d'enfin parvenir à respirer de nouveau.

Cela fait, Nokomis se redressa afin de faire face à Shania, se positionnant entre elle et Chilali. Elle n'enclencha pas son pouvoir maudit. Pas encore. Pour le moment, elle voulait seulement faire comprendre à Shania qu'elle n'avait pas intérêt à faire le moindre mal à Chilali.

– Le petit lynx est en colère ? se moqua Shania, en aucun cas impressionnée par sa réaction. Tu ne me laisses pas le choix.

D'un geste vif, elle écarta les bras. Une vague de flammes vertes déferla autour d'elle, faisant voler la hutte en éclats.

Le temps se figea une fraction de seconde, puis un souffle inverse revint vers Shania, qui commença sa transformation. Son crâne s'allongea dans un craquement sinistre, ses membres s'émacièrent, la fourrure noire qui couvrait jusque-là ses épaules brûla, s'évaporant en une fumerolle visqueuse.

Sa forme originelle atteinte, le wendigo ancestral brandit ses bras au-dessus de sa tête. Des filins noirâtres s'échappèrent alors des couleuvres les plus proches. Shania effectua un mouvement de poignet. Les filins se réunirent en une boule de matière démoniaque qui bouillonna avant de fondre sur Samaari.

Libérant son andiiyoh'aako, Nokomis la dévia d'un coup de griffes. Puis, elle amplifia les flammes qui léchaient sa peau et s'élança vers Shania.

Bien qu'elle eût déployé son pouvoir à son maximum, Nokomis ne parvint pas à toucher son adversaire. Pas une seule fois. De son côté, Shania s'amusait de la voir s'acharner de la sorte.

– C'est ça, ma jolie, épuise-toi…, dit-elle, un sourire malsain sur le visage, ou du moins ce qu'il en restait.

Shania esquiva une énième attaque de Nokomis. Puis, comme si elle en avait assez de virevolter autour d'elle, elle l'empoigna et l'envoya violemment contre le sol.

Sonnée, Nokomis roula sur le côté en grognant. S'approchant d'un pas nonchalant, Shania la saisit par la gorge.

– Quand comprendras-tu que tu ne peux rien contre moi ? Ni toi, ni personne.

Chilali intervint à ce moment précis, effectuant une chose qu'elle n'avait jamais faite auparavant : charger son tomahawk de l'énergie des Anciens. Toujours en s'aidant de leur puissance commune, elle projeta son arme entre les omoplates de Shania. Au contact de la créature, la tête en os expulsa une salve de pouvoir qui embrasa la peau du wendigo qui, dans sa surprise, lâcha Nokomis et fit volte-face.

– Saleté de….

Ne terminant pas sa phrase, le wendigo s'élança vers Chilali qui l'évita de justesse. Shania hurla de rage. Elle l'attaqua une seconde fois et fit mouche ! Enfonçant profondément ses griffes dans le flanc de Chilali, elle la souleva et la propulsa contre une hutte en ruine.

Alors qu'elle allait en finir avec sa proie, Nokomis apparut sur sa droite. Elle lui bloqua le bras. Puis, canalisant son pouvoir, Nokomis le libéra d'un coup de poing qui projeta Shania au loin.

Momentanément débarrassée de son adversaire, Nokomis se précipita vers Chilali afin de s'assurer qu'elle aille bien.

— Ce n'est rien, lui affirma cette dernière en se tenant un point sous les côtes.

Elle marqua une pause, interrompue par Shania qui se relevait déjà et commençait à ponctionner les âmes d'autres de ses adeptes.

— Elle est increvable, grogna Nokomis en puisant elle aussi dans ses pouvoirs afin de les amplifier.

— À deux, on peut la tuer, assura Chilali en se redressant.

— Tu n'es pas en état, l'arrêta Nokomis.

— Noko. Tu ne peux pas la tuer seule, on le sait toutes les deux. Et je vais bien, ne t'inquiète pas.

Elle enleva sa main, dévoilant les cinq trous sanguinolents laissés par les griffes de Shania.

Nokomis la regarda, peu convaincue.

— On y va à deux, insista Chilali. Une dernière fois. Après, je te laisse faire.

Les yeux de Nokomis passèrent de la blessure de Chilali à Shania, qui continuait de siphonner les âmes de ses adeptes. Elle repéra Ayana et Eïka non loin d'elle. Toutes deux se trouvaient assez loin du pouvoir du wendigo pour ne pas être atteintes, mais toujours trop proches d'elle à son goût.

— D'accord, soupira Nokomis.

Chilali lui sourit tout en effleurant son âme de son pouvoir. Puis, comme elle l'avait fait de nombreuses fois déjà, elle mêla son énergie à la sienne. Le feu bleu des Anciens se fondit dans le brasier vert du démon de Nokomis, liant ainsi leurs âmes et leurs forces.

Une fois leur pouvoir prêt, les deux amies s'élancèrent comme une unique entité, sous le regard à la fois ébahi et effrayé de Samaari. Nokomis guidait, elle le voyait, mais elle sentait que Chilali prenait elle aussi les devants durant une fraction de seconde avant que cela ne change.

Shania aussi le ressentit. Elle se prépara à accueillir ses deux proies, un air mauvais sur ce qu'il lui restait de visage, cela sans jamais arrêter sa ponction de pouvoir.

Nokomis frappa la première, arrachant à la chamane

un bout de chair pourrie. Dans son geste, elle emporta son collier à la pierre noire qui se brisa au sol, libérant l'âme de Kiso, qui se rua vers son hôte. En rejoignant le corps d'Eïka, Kiso en profita pour isoler l'âme d'Ayana du reste des couleuvres.

Ignorant cette libération involontaire, Chilali dégaina ses griffes et lacéra le dos de Shania dans un saut que seul le pouvoir des Anciens pouvait lui faire réaliser. Elle se réceptionna près de Nokomis qui repartait déjà à la charge.

Parfaitement synchronisées, Nokomis et Chilali harcelèrent Shania de toutes parts, lui arrachant çà et là des morceaux de chair qui se transformaient instantanément en boules visqueuses en s'écrasant mollement au sol.

La chamane riposta un premier temps puis, peu à peu, ne parvint plus à repousser ses assaillantes. C'était comme si elle affrontait un seul adversaire séparé en deux corps.

Dans un hurlement de rage, elle faucha Chilali, faisant réagir Nokomis en un claquement de doigts. D'une impulsion, elle se projeta avec force contre le crâne du wendigo, qui se fissura, laissant émerger de fines flammèches vertes.

Ce coup dévoila la poitrine de Shania. Le temps parut se figer. Chilali fixa le point d'énergie verdâtre qui battait dans ce qui devait être le cœur de Shania. C'était le moment, elles n'auraient sans doute pas d'autre occasion. Elle envoya mentalement cet objectif à Nokomis, puis elle plaqua sa paume sur le buste du wendigo et déversa la totalité de son pouvoir.

Shania sentit un changement en elle. Un changement léger, mais bien présent. Et soudain, des pics de douleur lui traversèrent le cœur, suivis d'une sensation de froid, chose assez déroutante pour un être qui n'avait plus ressenti cela depuis des millénaires. Puis, sa peau défraîchie se solidifia autour de la main de Chilali.

Le flux de glace se dirigea ensuite vers les épaules de Shania et son cou. Tous deux prirent l'apparence et la constitution de la pierre. Plus précisément d'une pierre verte avec une légère iridescence proche des gemmes des Anciens.

L'air vibra tandis que Shania s'évertuait à se libérer de

ce parasite minéral qui infectait sa chair.

– *Äkyo'Aako* ! hurla-t-elle en ponctionnant de plus belle ses adeptes afin d'endiguer la cristallisation de son corps. *Ko'Tsayä'Yohskwah'* !

Une puissante salve de flammes surgit de ses orbites vides, descendant jusqu'à son cœur. Son pouvoir repoussa le froid mordant de la magie des Anciens. Les pieds de Chilali glissèrent sur le sol, mais elle tint bon.

- *Noko !*

Elle n'eut pas à réitérer son appel. Nokomis se plaqua contre son dos et ficha ses griffes dans le buste de Shania, une de chaque côté de la main de Chilali, afin de l'empêcher d'être éjectée. Puis, à son tour, elle envoya sa puissance droit dans le cœur du wendigo.

– *Pourquoi te bats-tu pour elle ?* résonna tout à coup la voix de Shania dans l'esprit de Nokomis.

Un pic de douleur accompagna les paroles du wendigo. Shania cherchait un moyen de pénétrer son âme pour en prendre possession !

– *Quand vas-tu comprendre que ta place est auprès de moi ?* reprit Shania. *Que nous sommes pareilles ! Que ces pantins animés par les Anciens ne valent rien ! Ils sont faibles. Leur magie est faible !*

– *Akowönda* ! s'écria Nokomis, utilisant la langue maudite sans même s'en rendre compte.

Puis, elle bloqua le pouvoir de Shania et engloba l'âme de Chilali afin de la protéger de la puissance du wendigo. Cette action donna bien plus de difficulté à Nokomis qu'elle ne l'aurait cru. Le comprenant, Shania amplifia la pression, tentant avec de plus en plus de violence de s'insinuer en elle. Sentant les forces de son amie diminuer, Chilali la soutint de son pouvoir. C'est alors que Nokomis capta une douleur qu'elle avait ignorée jusque-là. Une profonde douleur que Chilali avait pris soin d'isoler de leur conscience commune.

La douleur de Chilali fit enfler la rage dans le cœur de Nokomis. Une rage sourde qui se diffusa dans ses veines sans qu'elle ne puisse l'arrêter. Elle aurait dû s'assurer que Chilali allait réellement bien avant de faire tout ça !

Elle souffla dans l'espoir de faire redescendre sa colère afin de commencer le soin de Chilali, mais elle n'y arriva pas.

– *Utilise tes pouvoirs contre elle*, fit la voix de Chilali dans son esprit.

Elle leva une barrière autour de son âme et dirigea les forces de Nokomis vers le cœur de Shania, qui luttait toujours contre la gangrène minérale qui immobilisait peu à peu son corps.

– *Il faut te soigner !* rétorqua Nokomis dans un semblant de lucidité avant que son brasier de fureur ne percute le mur de protection de Chilali.

Elle se concentra une nouvelle fois, non sans surveiller Shania qui s'agitait dangereusement sous ses griffes.

Continuant de se nourrir des âmes des couleuvres, le wendigo faisait reculer la cristallisation. Lentement, mais efficacement.

- *Oui... Utilise tes forces de façon utile*, souffla Shania à Nokomis, comme un murmure lointain. *Viens à moi.*

Cette fois, Nokomis ne dit rien, bien trop occupée à se battre contre ses propres pouvoirs. Ses pouvoirs qui refusaient d'aller vers Chilali. Car eux voulaient de la violence. Toujours plus de violence. Tout ça pour extérioriser la douleur et la rage que la blessure de son amie faisait résonner en elle. Chilali le savait. Et elle faisait tout pour rediriger cette rage et cette soif de sang vers son objectif : la destruction de Shania.

– Ne lutte pas contre moi..., murmura Nokomis en percutant de nouveau les barrières de Chilali.

– *Tu dois l'arrêter*, insista Chilali en la repoussant.

– Laisse-moi t'aider avant.

Une nouvelle fois, ses pouvoirs se heurtèrent contre le mur d'énergie érigé par son amie.

– *Tu dois la tuer !* répondit Chilali, ignorant sa demande. Maintenant.

– Je ne peux pas !

Nokomis luttait contre sa fureur, mais aussi contre la tristesse qui montait dans son cœur, déclenchée par ce qu'elle sentait approcher. Elle avait peur que tout cela ne lui fasse perdre le contrôle, mais surtout, qu'il lui fasse perdre Chilali !

– Je ne peux pas..., répéta-t-elle.

Elle ne pouvait pas parce qu'elle savait. Elle savait qu'en tuant Shania, elle condamnerait Chilali. Car pour le faire, elle avait besoin de son énergie. De toute son énergie. Elle ne le réalisait que maintenant. Elle ne réalisait que maintenant que les chances pour qu'elle parvienne à maîtriser assez ses pouvoirs pour ne pas détruire l'âme de Chilali en plus de celle de Shania étaient presque inexistantes. Elle aurait dû s'en douter ! Elle ne voulait pas de cette issue.

– Noko, c'est déjà trop tard, dit Chilali en suivant le cours de ses pensées.

Shania remua, repoussant toujours plus le parasite implanté en elle.

Chilali envoya une vague d'apaisement dans le cœur de Nokomis. Un contact doux très différent des tentatives habituelles de la motiver ou de la rassurer. Cette fois, son énergie s'étiola lentement au contact de celle de Nokomis, comme si Chilali cherchait un maximum à se fondre en elle. Cela avant de lui offrir ses dernières forces afin d'accomplir ce pour quoi elle était née : protéger le corbeau blanc du wendigo ancestral.

La gorge de Nokomis se serra.

– Noko, tue-la, ordonna Chilali avec une détermination que son amie lui connaissait peu.

– Non...

– Je suis avec toi. Tu vas y arriver.

Les larmes montèrent aux yeux de Nokomis. Elle ne voulait pas que Chilali se sacrifie pour elle. Mais elle devait choisir. Choisir entre sauver la vie de son amie, au risque de permettre à Shania de faire d'elle sa femme, et ainsi mettre en péril l'existence de milliers de vies innocentes ; ou alors accepter l'énergie que lui offrait Chilali afin qu'elle puisse détruire cette entité ancestrale et tous les sauver.

Nokomis secoua la tête. Elle ne voulait pas choisir. Elle ne pouvait pas choisir entre Chilali et le reste du monde ! Et pourtant, elle devrait faire un choix.

Chilali sourit. Elle acheva le transfert. Puis, utilisant ses dernières forces, elle activa le pouvoir de Nokomis.

La puissance qui se déversa dans ses veines atteint une intensité jamais égalée. Nokomis lutta pour que l'âme de Chilali ne se sépare pas de la sienne, l'englobant d'un fragment de pouvoir qu'elle maîtrisait encore. Elle ne voulait pas quitter son contact. Et pourtant, celui-ci diminuait tandis que le pouvoir des Anciens et celui des wendigos s'entremêlaient en elle.

L'âme de Chilali était à la fois présente et absente, déclenchant un chaos incontrôlable dans tout son être. C'était comme si on retirait quelque chose en elle. Quelque chose qui faisait partie d'elle. Une présence qui l'avait soutenue durant toutes ces années. Une présence qui la rassurait quand elle allait mal, quand son démon la forçait à faire des choses qu'elle ne voulait pas. Une présence qui ne l'avait jamais jugée, en aucun cas. Une présence avec qui elle avait partagé la moindre de ses émotions. Ses doutes et ses peurs. Une âme qu'elle aimait par-dessus tout et qu'elle ne voulait pas quitter.

– Non, j'ai besoin de toi..., souffla Nokomis.

– *Je suis avec toi*, répondit Chilali. *Pour toujours.*

Des larmes glissèrent sur les joues de Nokomis. Des larmes de rage et de tristesse. C'est à ce moment que Nokomis laissa éclater toute la violence qui habitait son cœur. Ses tatouages s'illuminèrent avec force, délivrant un flot de flammes vertes qui se terminaient par une pointe bleutée. Sa colère fut dirigée dans son entièreté vers Shania qui luttait toujours contre la cristallisation. Le wendigo eut un instant d'hésitation face à la fureur de Nokomis qui, cette fois, déversa la totalité de son pouvoir et de sa puissance en lui !

Puis suivit celle de tous les êtres dont Nokomis s'était nourrie ces dernières années : Nashoba, Enhawee, Ohanzee... Ces wendigos qui lui avaient volontairement ou non cédé leurs pouvoirs et qui à présent faisaient entièrement partie d'elle. Elle manipula leur force brute avec une facilité déconcertante, se connectant sur le parasite créé par Chilali afin d'en accélérer et d'en amplifier l'efficacité.

Cette fois, Shania ne put rien faire. La cristallisation envahit son corps comme une flamme sur de l'huile. Elle hurla de rage, tentant encore une fois de ponctionner les âmes disponibles aux alentours. Mais Nokomis l'en empêcha. Sa colère lui dicta ce qu'elle devait faire pour emprisonner l'âme de Shania dans la gaine de roche verdâtre formée par sa chair.

Quand son sarcophage minéral fut enfin finalisé, Nokomis emmagasina ses dernières forces et les envoya droit vers le cœur du wendigo... qui vola en éclats !

Le souffle de l'explosion coucha les arbres, arracha la palissade qui entourait le village ainsi que toutes les habitations encore debout. Un vent d'une violence sans nom éparpilla les corps désarticulés des anciennes marionnettes de Shania dans un chaos monstre, propulsant des fragments de pierre qui lacérèrent le visage de Nokomis et transpercèrent chaque être qui se trouvait sur leur trajectoire.

Puis le silence tomba.

CHAPITRE 14

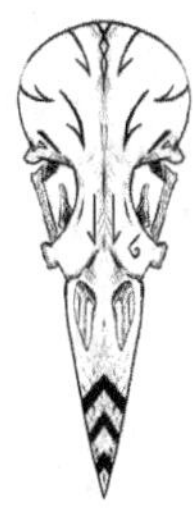

La fumée se dissipa doucement. Un silence de mort régnait sur le village. Les oreilles bourdonnantes, Nokomis s'extirpa des décombres en toussant. Elle sonda les alentours avec angoisse en réalisant que Chilali n'était pas là.

– Chilali ! appela-t-elle.

Elle ne l'avait pas lâchée, elle le savait ! Même si la force de l'explosion les avait projetées à travers le village, Chilali ne devait pas être loin !

Les environs étaient en piteux état. Çà et là gisaient des corps plus ou moins intacts. Des femmes, des totems... il était parfois difficile de déterminer avec certitude à qui appartenaient les morceaux de bras, buste et jambes éparpillés au milieu des ruines et des débris.

Alors qu'elle commençait à désespérer, Nokomis repéra Asha. Elle se tenait près d'un corps.

– Chilali !

Nokomis se précipita vers elles. Asha était là, vivante. Cela voulait dire que Chilali aussi !

Nokomis sonda l'âme de son amie à la recherche d'une pulsation magique. Elle en décela une. Faible, mais bien présente.

– Chilali ! réponds-moi.

Elle ferma les yeux et posa son front contre celui de

Chilali. Nokomis ne pouvait rien faire pour l'aider, elle le savait, la totalité de son pouvoir disponible était partie dans la destruction de Shania et il lui faudrait beaucoup de repos avant d'être en capacité de le réutiliser correctement.

– Bats-toi. S'il te plaît, souffla-t-elle.

Un sursaut d'énergie lui répondit avant de s'arrêter, comme si Chilali lui montrait qu'elle était là ! Puis, le battement reprit. D'une pulsation irrégulière. Nokomis ne put empêcher l'emballement de son propre cœur.

Dans un geste désespéré, elle puisa dans sa force vitale, posa sa main contre la poitrine de Chilali et la partagea avec elle. Le peu de pouvoir qui lui restait ne serait pas suffisant pour la soigner – il pouvait même la tuer si elle l'utilisait dans sa totalité !

Mais elle devait le faire, c'était le seul moyen d'aider le cœur de Chilali à se maintenir.

– Ne me laisse pas..., murmura Nokomis, la gorge serrée.

Lentement, elle envoya un peu plus de pouvoir afin de soutenir le faible battement qui vivait encore dans la poitrine de Chilali. Ce dernier reprit un rythme plus régulier cette fois. Malheureusement, les forces de Nokomis lui échappèrent. La tête lui tourna.

– Non, c'est pas le moment...

Elle se concentra, puisant au plus profond de son énergie vitale. Encore une fois, elle lui échappa.

Une larme coula sur sa joue. Impuissante, Nokomis sondait son pouvoir à la recherche de l'âme de Chilali qu'elle tentait de maintenir contre la sienne. Mais c'était comme essayer de retenir de l'eau dans un sac en toile. L'âme de Chilali, de plus en plus vacillante, glissa entre ses entraves. Petit à petit. Disparaissant au loin, telle une plume dans un torrent. Douce et fragile.

À mesure que l'âme de Chilali s'éloignait de Nokomis, la pulsation d'énergie ralentit. Les battements devenaient toujours plus faibles. Pour enfin s'arrêter. Définitivement.

– Non, non, non... Chilali !

Nokomis projeta son âme au plus profond de celle de

son amie, l'appelant, retenant les derniers fils de vie qui, privés de leur accès au pouvoir des Anciens, s'évanouissaient dans les ténèbres. Comprenant qu'elle se battait contre une issue qu'elle ne pouvait empêcher, Nokomis attira Chilali contre elle et laissa ses larmes couler.

Elle resta immobile un long moment, serrant le corps de Chilali contre elle, comme si lui aussi pouvait disparaître entre ses bras. Un sifflement l'interpella. Les yeux bouffis, Nokomis les releva vers Asha.

Jusque-là silencieux, le totem la fixa avec un regard presque humain. Il semblait lui demander ce qu'il se passait.

Nokomis secoua la tête.

– Non, c'est pas possible...

Elle sonda de nouveau l'âme de Chilali. Ce même vide qu'elle aurait aimé ne plus ressentir lui percuta le cœur. Elle se retira immédiatement. Refoulant ses larmes, Nokomis tourna son regard vers Asha qui la fixait toujours.

Les yeux du harfang quittèrent les siens et glissèrent vers Chilali. Il l'observa en silence puis émit un sifflement. Le même qu'il faisait pour la réveiller le matin. Il réitéra plusieurs fois son appel, sans succès.

Nokomis effleura son plumage.

– Je suis désolée, dit-elle d'une voix éraillée. On va rester ensemble, toi et moi.

Elle lui sourit tristement en essuyant une larme qu'elle n'avait pu retenir et lui gratta la tête.

– Noko !

Ayana et Samaari apparurent au loin. Ciqala les devança et vint se coller contre Nokomis en jappant, heureuse de la retrouver. Le visage d'Ayana s'illumina puis se figea quand elle réalisa qui sa femme tenait dans ses bras.

– Non...

Elle tomba à genoux et chercha le pouls de Chilali.

– C'est trop tard, dit Nokomis d'une voix brisée.

– Mais Asha...

Nokomis secoua la tête, laissant une larme s'échapper. Ayana s'approcha pour la serrer contre elle, ne sachant quoi faire d'autre.

– Où est Eïka ? demanda tout à coup Nokomis, réalisant que sa fille manquait à l'appel.

– Tu sais que..., commença Ayana. Je l'ai perdue de vue. Je ne sais pas où elle est.

– Elle t'a sauvé la vie, intervint Samaari. J'ai senti son pouvoir quand Nokomis a brisé le collier de Shania. Puis une nouvelle fois au moment de l'explosion. Elle était juste devant toi.

– Ça veut dire que...

– Il faudrait chercher parmi les corps, répondit Samaari qui ne voulait pas être pessimiste. Kiso est puissante, elle a pu vous protéger toi et Eïka.

Elle observa les alentours.

– Même si à part nous, j'ai l'impression qu'il n'y a pas de survivantes...

Nokomis ne suivit pas le regard de la chamane, elle resta immobile à fixer le vide.

Ne préférant pas la brusquer davantage, Ayana l'attira de nouveau à elle afin qu'elle intègre l'information. Elle venait de perdre deux des âmes les plus chères à son cœur, il lui faudrait un moment pour accepter cela.

– Je vais faire le tour du village, décida Samaari, comprenant qu'elle était de trop.

– Je viens avec toi, l'arrêta Nokomis d'une voix terne. Je veux être certaine de son sort.

Aidée d'Ayana, elle se releva. Il lui fut difficile de lâcher Chilali. Bien qu'elle désire s'assurer que sa fille n'était pas coincée quelque part sous les décombres, toujours vivante, elle ne voulait pas laisser le corps de Chilali seul. Elle se trouva stupide en le réalisant.

– Je vais rester ici, proposa Ayana, comprenant le fil de sa pensée.

Elle embrassa sa femme sur la joue pour l'encourager et la laisser suivre Samaari.

Parsemé d'une fine couche de poussière et de pierres vertes, le village était complètement détruit. Plus aucun bâtiment n'était debout. La palissade qui le cernait avait elle aussi été soufflée, tout comme une partie des arbres limitrophes.

Aidé de Ciqala, le duo passa les décombres au peigne fin. Puis, utilisant leurs sens magiques, les deux femmes se mirent en quête de la moindre étincelle de vie. En vain. Aucune des humaines ni des totems liés au wendigo ancestral n'avaient survécu.

Mais ce n'était pas le cas d'Eïka ! Nokomis le savait ! Ou voulait s'en persuader. Si Ayana était vivante, sa fille devait l'être aussi ! Grâce à Kiso, son âme avait été épargnée, elle en était certaine. Et pourtant, elle avait beau projeter ses sens au plus loin que ses faibles forces le lui permettaient, elle ne trouvait aucune trace d'Eïka. Nulle part.

– Nokomis !

Elle sursauta. Au loin, Samaari lui faisait de grands signes. Le visage grave, elle lui montra quelque chose entre les décombres : un bras d'enfant.

– En dehors d'elle, il n'y avait que des adultes ici, dit Samaari, comme si elle s'était sentie obligée de le préciser. Je suis désolée.

Nokomis ne l'écoutait déjà plus. Elle resta un moment à fixer le bras, puis elle se précipita pour le libérer des gravats. La première couche de débris retirée, elle se figea. Rien. Mis à part ce bras, il n'y avait aucun corps.

– C'est pas possible, souffla-t-elle. Non...

Malgré l'annonce de sa disparition quelques jours plus tôt, Nokomis s'était toujours accrochée à l'espoir qu'Eïka soit encore vivante, même au bout de ces six longues années. Elle était tout de même l'enfant de deux êtres maudits ! Elle ne pouvait pas mourir. Pas comme ça...

Nokomis demeura silencieuse face à tout ce qu'il restait de sa fille. Elle ne pouvait pas retourner tout le village pour retrouver le corps d'Eïka, c'était impossible, elle le savait. Et pourtant, elle le voulait. Au plus profond d'elle. Afin de lui offrir une sépulture décente. Pour lui permettre de rejoindre les Anciens et de ne pas devenir une âme maudite. Malheureusement, au vu du chaos de cadavres décharnés qu'était à présent le village des couleuvres, trouver ce bras tenait déjà du miracle. Ou de l'humour malsain des Anciens. Elle devrait donc se contenter de ça.

Nokomis posa ses mains au sol. Retenant le cri qui se créait dans sa gorge serrée, elle fondit en larmes, maudissant les Anciens de jouer de la sorte avec sa vie et celle des gens qu'elle aimait. Mais elle ne fit rien de plus. Elle n'avait plus la force de se battre. Plus maintenant. Tout ce qu'elle voulait à présent, c'était rentrer chez elle et oublier tout ce qu'elle venait de vivre.

***

Ne pouvant pas ramener Chilali avec elles, il fut décidé que sa sépulture ainsi que celle d'Eïka seraient établies en lisière du village des couleuvres.

Tandis que Nokomis et Ayana s'occupaient des leurs, Samaari effectua un rituel de protection pour les membres de son clan. Elle délimita un espace de passage interdit afin que les âmes de chacune des défuntes puissent trouver au mieux leur chemin vers les Anciens.

Enfin, ce fut le peu de détails que Nokomis retint. Depuis la mort de Chilali et d'Eïka, elle n'était que l'ombre d'elle-même. Elle n'en avait, pour ainsi dire, rien à faire que les âmes de toutes ces femmes deviennent ou non des âmes corrompues. De toute façon, cette forêt était déjà maudite. Pour l'heure, tout ce qui comptait pour elle était de protéger les âmes de Chilali et d'Eïka, en espérant que le rituel de purification effectué sur le bras de cette dernière suffirait à guider son esprit en lieu sûr.

Les rites terminés, le trio quitta les lieux. Ayana proposa à Samaari de rejoindre les renards, ce qu'elle refusa. Elle voulait les suivre, intégrer leur clan et refaire sa vie loin de cette forêt et de ses fantômes. Encore une fois, Nokomis ne contredit pas l'idée.

Le voyage de retour fut long et éprouvant pour elle. Il lui arrivait parfois de ne juste plus pouvoir marcher. Malgré la présence constante d'Asha, le vide qu'avait créé la disparition de l'âme de Chilali dans son cœur était bien trop difficile à supporter pour Nokomis. Kajika aussi le sentait. Sa gemme vibrait de temps à autre quand son humaine ne pouvait plus avancer. L'âme de totem l'encourageait à aller de l'avant, lui montrant par ses manifestations que si elle avait réussi à surmonter sa perte a lui, elle pouvait le faire pour Chilali et Eïka.

C'est ainsi que plus de deux lunes après leur départ, sous les premières neiges, Ayana et Nokomis rentrèrent enfin chez elles.

À peine eurent-elles passé les portes du village qu'une petite fille arriva vers elles en courant, suivie d'Aquene, qui n'avait pas eu le courage de la retenir davantage. L'expression de la chamane s'assombrit en découvrant le groupe.

Ranfri sautilla dans sa direction et se plaqua contre les jambes de Nokomis, la première sur sa trajectoire. Se décollant d'elle, elle regarda la personne qui la suivait. Elle chercha un instant puis leva la tête vers Ayana et Nokomis.

– Elle est où maman ?

Nokomis serra la mâchoire. Elle indiqua à Ayana qu'elle s'en occupait et s'accroupit pour faire face à Ranfri.

– Pourquoi tu as les yeux mouillés ? demanda Ranfri.

Son innocence arracha une larme à Nokomis qu'elle essuya immédiatement. Elle se racla la gorge :

– Ta maman ne rentrera pas.

– Mais elle a promis !

– Je sais...

Sa voix se brisa.

– Elle a dit « quand la lune sera toute pleine deux fois » ! s'exclama Ranfri. Et elle a été pleine deux fois ! J'ai compté !

Elle regardait Nokomis sans comprendre. Asha était là. Nokomis, Ayana et Ciqala aussi ! Pourquoi sa mère, elle, ne l'était pas ?

Elle dévisagea un instant Samaari et revint à Nokomis :

– Maman ne veut plus de moi ?

À son tour, ses yeux s'humidifient.

– Non, ce n'est pas ça, l'arrêta Nokomis qui ne voulait en aucun cas lui faire du mal en lui annonçant la nouvelle. Elle est... était très fière de toi.

Maîtrisant ses propres émotions, elle sortit un collier

de sous sa tunique et le montra à la petite. C'était une amulette confectionnée à partir d'une plume et d'une mèche de cheveux blancs.

— Tu vois ça ? Ça veut dire que même si ta maman n'est plus ici, elle sera toujours avec nous. Elle m'a aussi confié Asha, qui est mon totem maintenant.

Réalisant que la situation était trop compliquée pour Ranfri, Nokomis l'attira dans ses bras et ajouta :

— Tout ce que tu dois savoir, c'est qu'elle t'aimait. Très fort. Et qu'elle sera toujours avec toi. Tout comme Ayana et moi.

Elle resserra son étreinte et enfouit son visage dans le cou de la fillette pour dissimuler ses larmes.

ÉPILOGUE

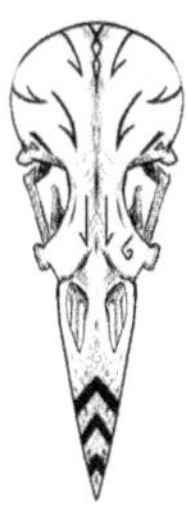

La lumière du soleil déclinait faiblement. Les dernières neiges fondaient. Il n'avait pas fallu longtemps pour que la vie sauvage reprenne ses droits sur le village des couleuvres. Et encore moins pour que les membres du clan des renards osent fouler de nouveau le sol de la forêt sombre.

Cela faisait des générations qu'il leur avait été interdit de parcourir ces bois, pourtant remplis de gibier, de baies et d'autres plantes utiles à leur quotidien. L'annonce de Chenoa de la libération de la forêt du mal qui la rongeait avait été accueillie avec joie, bien qu'une certaine réticence fût palpable au début.

Accompagnés de leur chamane, les renards avaient rapidement compris qu'il n'y avait plus rien de maléfique dans ces bois. Chenoa avait tout de même insisté pour s'assurer elle-même que l'endroit était bel et bien purifié de son influence démoniaque. Elle avait donc un premier temps exploré la forêt et le village des couleuvres seule, puis escortée de guerriers.

La violence du combat qui s'était déroulé dans le clan maudit ne l'avait pas surprise plus que cela, l'intensité de l'explosion ayant été ressentie jusqu'à leur propre village. Ce qui étonna le plus la chamane fut l'étrange sépulture dressée à l'orée du hameau détruit. Une sépulture que les plantes avaient envahie bien trop tôt dans la saison. Une puissante magie en émanait, une magie purificatrice qui à terme finirait très certainement par englober l'ensemble de la forêt.

Les villageois, eux, n'avaient que faire de ce mystérieux lieu béni des Anciens. Ils n'avaient jamais vraiment su qui vivait dans ces bois ni leurs rites et pratiques, et ils s'en fichaient. Encore plus maintenant que cette étrange secte n'était plus là.

Ce qui les intéressait à présent, c'était ces magnifiques pierres vertes éparpillées à travers la forêt, que beaucoup commençaient à ramasser afin d'en orner leurs armes et vêtements. Ces pierres, présentées comme des trophées, cadeaux de la forêt, porte-bonheur... devinrent rapidement un point central de leur vie. Des pierres que certains juraient entendre murmurer. Mais ça, ils ne le diraient à personne. Encore moins à leur chamane. Et bien qu'elle savait parfaitement ce que tous lui cachaient, il était déjà trop tard, car elle aussi entendait ces voix.

Remerciements

Pour commencer, merci à vous d'avoir acheté ce livre ! Si cette suite vous a plu, n'hésitez pas à laisser un petit commentaire sur Amazon ou à en parler autour de vous ! Ça m'aiderait beaucoup pour faire connaître la saga.

Ensuite, j'aimerais, comme à chaque fois, remercier toutes les personnes qui m'ont soutenue durant mon écriture (et ma femme qui supporte encore et toujours mes résumés de dix minutes des aventures de Nokomis et ses potes, mais aussi de mes futurs romans).

Merci à mes deux bêta-lectriceur.ices, toujours au taquet, et qui ont dévoré ce tome 3 plus vite que leur ombre !

Pour finir, merci à Yenka pour ses superbes illustrations de couverture. Vous pourrez retrouver son travail sur son Instagram : Yenkaart.

Musiques

Playlist principale :
- Eivør
- Kalandra
- Rúnahild
- Snow Raven
- Power-Haus
- Heilung
- Riit
- Tanya Tagaq
- Anilah
- In This Moment

Deux morceaux en particulier :
- Midsommar - Aethyrien
- Divine Mother - Sacred Earth

Pour la playlist complète, rendez-vous sur ce lien Spotify :

Glossaire wondaatiiosha

– **Wondaatiiosha** : voix/langue sauvage

Noms

– **Yonäyäatsi'Tenwa'Yändisonta'** : Nokomis (jeune fille de la lune)
– **Yakhandiiyo'Stontaka** : mangeur d'âme

Phrases et expressions

– **Akowönda !** : La ferme !
– **Äkyo'Aako !** : Sang maudit !
– **Ko'Tsayä'Yohskwah'** : *Tu vas mourir !*

À l'écrit

Nokomis : (Yonäyäatsi'Tenwa'Yändisonta)

Dépôt légal Mai 2024
ISBN : 978-2-9586670-1-6
Édité par M. Briand – 69400 Limas